Il

Pointman

Un libro di Jesper Persson

Prologo

Il **libro, The Pointman,** parla di una persona che per molti anni è stata educata e addestrata da un'Organizzazione al finedi, per infiltrarsi facilmente in altre organizzazioni. Sceglie di prendere le distanze dalla vita negativa, ma l'Organizzazione non vuole sbarazzarsi di lui perché ha ricevuto una solida formazione in psicologia, fisiologia, addestramento alle armi, ordigni esplosivie Hacking, con intrusione informatica. Se l'Organizzazione abbandonasse volontariamente quella persona, si rivelerebbe una grande perdita, e con tutta la formazione che ha, un incubo sarebbe a portata di mano per l'Organizzazione se le sue conoscenze fossero tte nelle mani sbagliate.

Molte persone soffrirebbero molto, e la conoscenza dell'uccisione di persone è uno dei meriti della sua esperienza. L'organizzazione è un potente avversario con molti tentacoli in gran parte del mondo e con una visione della vita di una persona. Erik sapeva di questa conoscenza, ma dopo molti anni aveva il desiderio di smettere in modo dignitoso. La domanda è: può smettere di mantenere il suo onore? Sia l'organizzazione che le persone coinvolte sostengono che il viaggio è appena iniziato. Il detective è una storia davvero terribile ambientata in un ambiente che ti porterà a un altro livello che sarà dimenticato in ritardo.

Autore Jesper Persson
Godere!

Motto: La fiducia è dio - Il controllo è meglio

Un libro dell'autore Jesper Persson

Diritto d'autore 2021

Lettore BeDe

Traduttore A.D Zingo

Libri pubblicati in precedenza

dell'autore Jesper Persson

Pubblicato nel 2008

La guerra contro la società

Memorie

Pubblicato dal 2012 al 2013

Operazione Stato Errore Parte 1

Operazione Stato Errore Parte 2

Memorie

Pubblicato 2016 - 2017

Nell'ombradella società

Memorie

Pubblicato nel 2019

Vendetta di Lismaren

Gialli

La maggior parte dei libri pubblicati in precedenza sono attualmente
tradotti in inglese.
www.forfattarejesperpersson.se

ISBN: 978-91-986545-8-5

Capitolo 1

Si chiama Erik, e l'organizzazione fa la maggior parte del lavoro per convincerlo a rimanere, in parte perché credono che una persona del genere possa raccogliere denaro su larga scala, ma anche perché hanno investito a lungo e a lungo su Erik.

Un giorno, l'organizzazione nota che non è così spinto su di lui come lo è stato per alcuni anni, e che probabilmente ha perso le sue voglie. Erik ha sempre pensato che sua nonna giocasse un ruolo importante, e che le sue opinioni significassero molto nella decisione che ora ha preso in famiglia "The Organization". Fu nell'Organizzazione che fu formato, ed era lo stesso che chiaramente rifiutò di rinunciare alla sua identità

Ora le scelte e le richieste stanno iniziando a fare impressioni chiare dove nessuno vuole lasciarsi andare, e alcune persone che voi come lettori seguirete in questa storia poliziesca.

Erik aveva grande rispetto per sua nonna che ora era deceduta. Ha sempre voluto rendere omaggio ai principi che sua nonna rappresentava e sentiva che le scelte che aveva fatto per lasciare l'Organizzazione non erano esattamente quelle che sosteneva. Erik ci pensò più e più volte, rendendosi finalmente conto che la decisione giusta era probabilmente quella di lasciare la famiglia.

Quando era a casa di sua nonna e della casa del nonno, aveva un paio di pantofole ornamentali che sua nonna aveva appeso al muro all'interno della porta d'ingresso, e di cui Erik ha un ricordo abbastanza chiaro. Aveva anche un forte ricordo di cadere sempre quando li indossava.

Altrettanto chiaramente - ricorda la nonna - viene a correre ogni volta che cadeva, e questo lo aiuta di nuovo. Che correva e cadeva tutto il tempo, era probabilmente principalmente perché era un ragazzino rotondo con qualche chilo di troppo. Con il suo abito damarinaio blu, e uno spazio tra i denti radi come quello di Thore Skogman, e una gamba laterale con cui non giocare.

All'inizio della sua infanzia, il primo seme di empatia è stato impostato per Erik, e durante la sua infanzia, e nella sua vita adulta si è sviluppato in quello che è oggi. Perché un seme cresca, deve essere ingrassato, e la nutrizione del seme di vita di Erik è, come nella vita reale, una miscela di molti ingredienti, proprio come l'uomo che mangia una dieta nutriente.

A Erik e ad altri cinque scolari fu permesso di frequentare la classica classe OBS, che era una classe per bambini che non stavano al passo, o che disturbavano la scuola regolare, e quindi in alcune lezioni dovevano essere la loro classe.

Erik una volta ha incontrato l'insegnante OBS che ha avuto durante la sua vita adulta, e poi ha confermato che l'essenza dellascuola più o meno classificato i bambini in base alla loro relazione familiare. Erik si siede e pensa a com'era la società all'epoca in cui era uno scolaro, e non è senza che si chieda, se le condizioni fossero diverse, e ha avuto l'opportunità in modo più privato e disponibile di gestire la scuola.

Sì, ma non è a questo che pensare. Erik pensò.

No, non è certo colpa della scuola se Erik è entrato nel segno del crimine, ma con una piattaforma migliore avrebbe potuto diventare altre e maggiori opportunità di lavoro. Tale condizione sarebbe stata tale se avesse continuato al liceo o in qualche forma di formazione professionale.

Ora si trova di fronte a sfide nuove e importanti.

Ora stava davvero affrontando grossi problemi, stava per dire all'Organizzazione cosa era successo. No! Decise di aspettarlo, dato che aveva appena iniziato ad abituarsi all'idea e aveva anche dormito male di recente. Dare loro un tale messaggio lo avrebbe solo renderà più insonni, il che era del tutto inutile. In questomomento - si vissuto nella speranza che tutto funzionasse in qualche modo. Certo, ora si rammarica retrospettivamente di non aver detto direttamente all'Organizzazione, di quello che è successo, ma ha voluto che l'Organizzazione si sentisse bene, con tutto ciò che significava, e tutti i problemi che ora sono sorti. Dal momento che non glielo ha detto, significava che improvvisamente doveva vivere una sortadi doppia vita. Sì! Fai un sacco di cose incasino quando vieni in situazioni come questa, pensò. Aveva un istinto di sopravvivenzaumana, come gli piaceva affrontare una qualche forma di negazione della verità. I problemi sembravano accumularsi. Un incidente raramente viene da solo, e così è stato anche in questo caso.

Proprio in questo momento, Anton, che era piuttosto di alto rango nell'Organizzazione, chiamò e volle che Erik chiacchierasse con le persone che non avevano pagato i loro debiti, come avevano promesso in precedenza, e ora si è scoperto che il debito non era stato saldato. Anton voleva che Erik siricostituissi in, affinché il debito fosse pagato. Erik si rese conto che la sensazione che aveva di lasciare l'Organizzazione era quasi impossibile con la loro speranza che avrebbe fatto il lavoro. Erik sapeva che sarebbe stata una lunga notte, e ci sarebbero state alcune violenze ed elementi che Erik non sopportava, e non poteva fare un passo indietro. Più tardi nel corso della giornata, Anton chiamò di nuovo, chiedendo a Erik di ricevere la chiamata sull'altra linea. La seconda riga era Skype. Cioè, la polizia non è stata in modo da intercettare la chiamata. L'organizzazione lo ha fatto per proteggere tutte le persone coinvolte.

Dopo la chiamata, Erik arrivò nel luogo in cui doveva fare la ripresa. Quando Erik arrivò alla piccola fattoria, c'era una fattoria ancora più grande più in basso. Assomigliava a una villa più piccola, e sembrava essere buono per molti penny, ma le apparenze possono essere frodate, e ha fatto tutto.

Le persone che possedevano la villa non avevano abbastanza soldi, quindi i loro debiti potevano essere saldati. Erik ha pensato un po 'al posto, che probabilmente non aveva soldi, e ha scelto di esporsi a questo volontariamente anche se c'era il grande rischioche un infortunio potesse diventare un fact. Erik andò al bagagliaio della sua auto per recuperare armi e pipistrelli, ma si rese conto nello stesso secondo che le persone che possedevano il posto, non erano esattamente quelle persone che stavano lontano dalla legge, o un esattore di debiti. Ma la domanda era: perché queste persone hanno scelto la violenza invece di una soluzione o di un pagamento? Con grandi gradini Erik entrò nel posto e suonò il campanello, e un uomo piuttosto piccolo aprì la porta, e fu incontrato da Erik. L'uomo ha chiesto con voce traballante cosa potevano fare per te.

Erik chiese immediatamente dove fosse suo fratello. Solo un momento. Rispose all'uomo e chiamò suo fratello Carl, che probabilmente si rese conto di cosa trattasse la visita, e improvvisamente si sentì a disagio, e ben presto cominciò a mettere insieme il mento, o il numero di stagisti che dimostrabilmente aveva. Erik chiese il nome dell'altro fratello, e gli fu detto che si chiamava Evert, sembrava completamente paralizzato per la ripresa che non era iniziata.

Cari vecchi! Erik ha detto.

Entrambi avete un debito di 150.000 SEK ciascuno, e deve essere saldato entro 24 ore. Erik prese un biglietto dalla tasca con un numero di telefono e un numero di conto. Se paghi i debiti in questo periodo, non peggiora. Suo fratello Evert sembrava essere in un mondo

completamente diverso, così suo fratello Carl
ricevette la notizia.

Erik completò la ripresa, ma si rese conto
quando se ne andò, che era il primo recupero
che fece senza armi, quindi era una sensazione
nuova che sentiva. Quando Erik ha fatto molta
strada, Anton è venuto e si è incontrato. Anton
si chiese, ovviamente, come fosse andata, così si
disse Erik. Anton pensava di essere stato troppo
gentile e non pensava per la sua vita che questo
avrebbe funzionato. Sembrava molto
preoccupato per le azioni di Erik, e che aveva
mostrato un lato umano. Anton non era abituato
ad Erik ad essere così amichevole come ora
espose. Squilla il telefono di Anton. È
l'Organizzazione.

Capitolo 2

Si svolse che l'altro fratello, Evert, voleva che
pagasse più tardi perché non avevano copertura
per il lavoro che i fratelli avevano ordinato.
Erano tre società diverse che hanno subito
grandi perdite. Nel corso degli anni, le società
più affermate erano riuscite ad ottenere un
cuscinetto di denaro contante, ma la persona
che non aveva aziende aveva problemi molto più
grandi. Ora tutti dovevano cercare di spiegare
ciò che era accaduto alle persone interessate.
Quel giorno, i pensieri andarono in giro. Come
spiegherebbe i fratelli a chiunque non abbia
preso i loro soldi? Che non hanno pagato le loro
fatture. L'organizzazione era reticente, ma ora
doveva informare i fratelli di questo problema.
In effetti, si preoccuparono e iniziarono a
discutere se avrebbero entrambi chiamato i
clienti, il che non sarebbe stato così buono, dato
che c'erano già avvocati su questi casi, e per
vedere la disperazione dei due fratelli,
completamente strappato Erik all'interno.

Il recupero andrebbe a perdere ora, solo perché
due fratelli non potevano pagare? Moltevolte si
dimentica la pressione psicologica che diventa
quando si hanno problemi finanziari di questo
calibro, e naturalmente ha colpito tutte le
persone coinvolte. L'usura che poi sorse divenne

come una grande ferita aperta tra Erik e Anton. La ferita guarisce, la crosta cade, ma la cicatrice persiste. Certo, le cicatrici svaniscono nel tempo, ma il tempo era qualcosa che né Erik né Anton avevano. Ciò che avevano, tuttavia, erano autorità e grossisti che volevano essere pagati dai fratelli Evert e Carl. C'era un grande divario tra Erik e Anton, e cominciò a portare alla discordia tra loro, quando si trattava di un sacco di soldi. La perdita totale di oltre 300.000 SEK, una quantità che è grande quando l'azienda era fragile. I fratelli iniziarono a ridistribuire disperatamente gli importi disponibili che la società aveva. Senza i grossisti, i fratelli non avrebbero avuto alcun materiale con cui lavorare, e poi entrambi hanno dovuto rinviare l'imposta sulle società, per poter dare ai cittadini dell'azienda il loro compenso.

Non avrebbero dovuto soffrire perché i fratelli non pagavano. Erik non voleva che nessuno soffrisse, e disperato come entrambi, l'Organizzazione credeva che tutto avrebbe funzionato, solo che era un accordo in un tribunale arbitrale. Sì, è incredibileche tupossa essere cosìfottutamente ingenuo pensare una cosa così stupida, Anton era in realtà meno ingenuo, di Erik,e ha detto abbastanza presto, che questo non funzionerà, in alcun modo. Egli stesso era abbastanza convinto che sarebbe andato bene, il che era completamente impossibile. Sembrava che l'intera organizzazione fosse fuori fase.

Ora era il momento di incontrare i fratelli nel tribunale arbitrale persistemare le cose. A un fratello mancava la capacità di pagare, e c'erano altri che stavano prima e volevano essere pagati. Il processo terminò con Erik che aveva fatto un buon lavoro, ma poiché i fratelli mancavano di strutture di pagamento, significava che l'Organizzazione non era pagata.

Anton era così arrabbiato, e sussurrò a Erik che lui stesso avrebbe fatto la ripresa. Erik cercò di parlargli con calma, ma senza successo. Anton aveva preso una decisione e uscì dall'aula con grande affetto. È scappato a meta', così Erik l'ha visto uscire dal corridoio. Tutti sembravano un po' strani per le persone che erano nel corridoio, ma Erik ha percepito dove stava andando Anton, ed è sceso alla sua macchina. Erik si rese conto dopo aver percorso alcune miglia, che Anton probabilmente guidava in un'altra direzione.

Erik si fermò sul ciglio della strada e aveva il motore in funzione. Si chiese dove avesse guidato, arrabbiato come lui, ma Erik non pensò che Anton avesse guidato verso la fattoria. Si chiese se avesse parlato con i fratelli di una soluzione. I pensieri andavano davvero in giro

nella testa di Erik. Dove potrebbe essere?
Pensavo.

Erik si chiese se fosse uscito nel vecchio fienile,
che è di proprietà dell'Organizzazione, ma allo
stesso tempo si chiese perché sarebbe andato lì,
e dato che era solo per quelli
dell'Organizzazione, quindi non avrebbe dovuto
portare lì i fratelli? Per qualche motivo Erik va al
vecchio fienile e si assicura con sua sorpresa che
ci siano due auto nella fattoria
dell'Organizzazione. Strano, pensò Erik, che non
guidava fino in fondo, ma fermò la sua auto per
sedersi tranquillamente. Presto iniziò a schizzare
un po 'sul parabrezza, e poi cominciò a
piovigginare così tanto che Erik non voleva
scendere dalla macchina.

Quando Erik era stato seduto per circa 10
minuti, sentì qualcuno borbottare, sembrava
diverse voci che si trovavano nello stesso posto,
ma non riusciva davvero a discernerlo in senso
buono, ma dovette rotolare giù per la scatola un
po 'anche se pioveva. Quando Erik si è alzato
dalla finestra, poteva sentire qualcuno fare
rumori, e poi c'erano due voci che suonavano.
Che diavolo si sente? Pensava Erik.

C'è qualcuno che grida, o urla contro qualcuno?
Erik si sentì frustrato dal suono e decise di
scendere dalla macchina e avvicinarsi. Mentre si

avvicinava, sentì due voci maschili, e una terza urlare agli altri furiosamente, suonando molto, arrabbiato.

Erik era così curioso che decise di andare nel fienile e vide una persona completamente pazza seduta con un busto nudo, che era coperto di sangue dalle persone che venivano torturate nel momento attuale. Quando Erik guarda, ci sono due persone su una sedia, legate con nastro adesivo, e sono state severamente torturate. Questo, fratelli ha dovuto sopportare l'inferno.

Erano così male che un colpo di grazia sarebbe stato in ordine. La persona che aveva torturato i due fratelli li aveva attaccati entrambi ad ogni sedia, e poi li aveva torturati, e aveva preso un coltello più piccolo, e tagliato sottilmente intorno al dito, in modo che passava attraverso la pelle. Poi una raddrizzatura è stata posizionata sull'articolazione superiore del dito, e la pelle è stata tirata via, il che è stato un dolore molto grande, da qui il suono che aveva sentito in macchina. Poi aveva preso un taglierino laterale, e tagliato il muso dell'orecchio che dava molto sangue, per eseguire la torcia da taglio come numero di finitura, e tagliare tre dita dei piedi sul piede, da qui l'odore di maiale fritto nel fienile, che divenne l'inferno dei fratelli sulla terra.

Fortunatamente, Anton non aveva avuto il tempo di completare il suo lavoro. Suo fratello Evert aveva fatto il suo piede, e per uno strano motivo Erik ne era felice e non voleva guardare il suo amico Anton che aveva compiuto questo atto. È stata solo la prova per Erik che ha colpito latesta di Anton.

Erik vide solo Anton che era così sanguinante nella parte superiore del corpo, e un fratello Evert che fece alcuni movimenti di vita, suo fratello Carl era morto a causa di una grande perdita di sangue. Anton sembrava completamente sparito per motivi psicologici, ed Erik prese un giro di vite intorno a una grande pipa di ferro e lo colpì in testa, quando a quel tempo si diresse troppo oltre. Anche se hai intenzione di spaventare le persone puoi,non andare così lontano come anton ha fatto. Erik colpì così forte il tubo di ferro che la sostanza cerebrale cominciò a fluire dal cranio. Mentre Erik stava cercando di far sembrare questo una speciediresa dei conti, Evert guardò con i suoi occhi, il vecchio fratello sembrava lungo e duro, e i suoi occhi dicevano più di mille parole.

Sono sicuroche il vecchio voleva vivere, ma è diventato un testimone che doveva scomparire, ma come diavolo potrebbe Erik ucciderlo quando ha quello sguardo. Mentre Erik stava

ripulendo, Evert continuava a guardarlo, e
sperava che sarebbe sopravvissuto. Erik sapeva,
e capì che doveva uccidere il vecchio, ma quello
sguardo succhiò e creò più ansia che una
soluzione al problema.

Erik si avvicinò alla sedia dove Evert fu attaccato
con del nastro adesivo sulle gambe, sul braccioe
su un pezzo di nastro adesivo sulla bocca, in
modo che non potesse gridare o urlare. Erik
rimosse il pezzo di nastro sulla bocca di Evert,
ma disse prima di farlo, che non avrebbe urlato.
Evert annuì all'unisono per stare zitto, ed Erik
rimosse il nastro. Evert iniziò a parlare con una
voce piuttosto raccavata, che Erik udì a
malapena. Erik dovette appoggiare l'orecchio
verso Evert per ascoltare quello che voleva dire.

Portami a casa! Evert ha detto.

Casa? Pensavo Erik. Doveva essere ucciso, eora
vuole che loconsemi a casa? Cos'è questo
adesso? Pensavo Erik. Ancora una volta, ai valori
di sua nonna è stato ricordato che tutte le
persone sono uguali e che la violenza contro gli
altri non dovrebbe essere usata. No, non
dovresti farlo, pensò Erik, che quasi vedeva il
dito di sua nonna puntare come quando Erik
aveva sbagliato, e vide anche suo nonno che non
sembrava felice.

Sì! Devo guidare la casa del vecchio, pensò Erik, che aveva in mente sua nonna e suo nonno, e anche se si rese conto che potevano esserci grossi problemi, non ultimo tutto ciò che poteva lasciare il DNA sui vestiti, e poi aveva un ex amico che aveva dovuto uccidere. Questo da solo potrebbe causargli gravi problemi con l'Organizzazione, se si rendesse conto, o rendersi conto che un membro ne aveva ucciso un altro della stessa Organizzazione.

In quel momento Erik si rese conto che non aveva amici se l'avessero scoperto. Sarebbe stata una vita infernale, e non parlare di tutti gli sguardi dell'Organizzazione.

Erik pensò per un momento che il viaggio era appena iniziato, e ora non poteva rimanere, anche se lo desiderasse. Bene, Erik pensò e andò con chiari passi verso il fienile di nuovo per prendere Evert, che sembrava completamente, finito. Erik ha dovuto sollevarlo, e non riusciva a sostenere la gamba, quindi è andato con grande aiuto da Erik che lo ha davvero trattenuto. Mise Evert sul lato passeggero, mentre Erik andò di nuovo nel fienile per ripulire in sicurezza qualsiasi prova, avrebbe anche preso la bombola di gas in macchina e versato la zuppa, il più possibile, perché brucerebbe bene. Erik

accenderebbe la benzina ma si renderà conto
che non c'è accendino. Erik si chiedeva come
diavolo avrebbe preso una luce, adesso?

Guardò il saldatore a gas, e vide che c'era una
ciotola più leggera, iniziò il saldatore a gas e poi
accese la benzina che versava. Ha iniziato a
bruciare pesantemente subito, quindi Erik ha
dovuto lasciare il fienile velocemente.

Sapeva che c'era una bombola di gas e c'erano
buone probabilità che potesse esplodere. Evert
si sedette in macchina e vide che Erik veniva, ma
non lo disse a Evert, e guidò veloce. Erik gli disse
che doveva scendere dalla schiena, così nessuna
gente avrebbe pensato a chi fosse, chi fosse
sceso dalla macchina.

Erik aiutò Evert, ed entrambi camminarono
verso la porta. Evert cercò di aprire la porta, ma
era chiusa achiave, e sembrava completamente
stordito nella testa. Erik si rese conto che doveva
sfondare la finestra se il vecchio sarebbe entrato
in casa. Detto e fatto, Erik ha rotto la finestra, ed
Evert alla fine è entrato.

Me ne vado subito! Erik disse, ed Evert capì che
Erik non poteva rimanere.

Erik saltò in macchina e iniziò a guidare in un
posto remoto per accendere l'auto in cui si

sedette Evert, si chiese se c'era ancora benzina nella lattine perché Erik aveva già usato molto per il fienile, quando lo incendiò. Sì, voglio vedere, pensò Erik, ma avevo ancora qualche preoccupazione al riguardo. Nell'ora del momento, potrebbe aver perso la zuppa nella lastra.

Una volta nel luogo fatidico, andò al bagagliaio per vedere se c'era benzina. Sì, c'era benzina, ma non tanto, ma abbastanza perché l'auto con le prove scomparisse per sempre. Erik ha preso il fuoco, e ha iniziato a bruciare abbastanza bene, non voleva lasciare il posto prima che l'auto fosse davvero in fiamme, dato tutto il DNA che era dopo Evert. L'auto cominciò a bruciare correttamente, ed Erik cominciò a sentirsi calmo mentre le fiamme erano intorno all'auto.

Cominciò a camminare dal luogo fatidico, e con gradini di rinforzo uscire su un percorso che esisteva più avanti. Si guardò intorno in modo che nessuno potesse vederlo uscire su quella strada. Sembrava calmo, così Erik iniziò la sua passeggiata che era completamente senza pianificazione da parte sua, quando Evert divenne una caratteristica della sua vita che non fu pensata.

Quando Erik aveva fatto molta strada, si rende conto che sono poche miglia, e la sua forma fisica non era del tipo migliore, quindi ha deciso di autostop, in modo da non andare. Dopo pochi chilometri nessuno doveva ancora affermare di restare, ed Erik iniziò a disperarsi. Proprio quando ci pensava, un'auto si è fermata più tardi. Erik corse a passo svelto verso la macchina che si fermò e, per pura gentilezza, disse "grazie per esserti fermato"

Quello che vide era una donna, che era meno bella, e capì perché si fermò per dargli un passaggio, e lo sguardo che aveva reso il Gobbo di Notre Dame meraviglioso e bello, ma tutti sembrano come loro, pensò Erik.

Stava pensando di tornare a casa quando la donna ha iniziato una conversazione per pura cortesia ed Erik non poteva ignorarla perché in realtà si era fermata a dargli unpassaggio, Erik l'ha ringraziata per essere stata così gentile e le ha augurato un bel viaggio. Ha detto, addio a Erik, e ha fatto lo stesso per lei. Voleva solo che se ne andasse di nuovo, così poteva camminare per quel miglio che era dove viveva ed essere in grado di andare al suo posto. Una volta all'interno della casa, vide il suo telefono sdraiato con il caricabatterie e guardò mentre si avvicinavaadesso, essendo nove chiamate perse dai leader dell'organizzazione.

Erik sapeva che sarebbe stata una fottutavita, e in effetti... Henke, il capo dell'organizzazione, non è rimasto impressionato dalla situazione e mi ha detto che qualcuno aveva ucciso Anton con un oggetto contundente e che l'Organizzazione stava indagando sull'esecuzione che qualcuno gli aveva fatto.

Il leader mi ha anche detto che ci sarebbero stati alcuni membri in più, ma non ha detto chi fosse, quando si sono incontrati nel cortile del club durante il giorno, poi ha concluso la conversazione.

Erik poteva sentire la voce del leader che non era felice, e che qualcuno osava persino uccidere una persona membro a pieno capitolo, e quando il leader non sapeva chi avesse fatto l'atto. Erik sapeva nel suo piccolo mondo chi l'ha fatto, ma ha fatto di tutto per nasconderlo, non voleva che l'Organizzazione sapesse chi fosse il colpevole.

Capitolo 3

Henke attese che arrivasse la club house per i nuovi membri, e nemmeno Erik li conosceva o ne sapeva, quindi fu tra i primi a venire nella club house. C'erano tre nuovi membri che avrebbero sostituito Anton in questo momento difficile, come ci ha detto Henke. Henke aveva ilpieno controllo di quelle persone, ed Erik si aspettava che le presentasse. Questa era una persona che era stata a lungo nell'Organizzazione, e che Henke pensava potesse fare un buon lavoro. Jim OneBone avevaprecedentemente lavorato nell'industria farmaceutica, e ora ha fatto un passo nella ripresa e in quel business.

Poi c'è stata anche una donna che è madre bordello, e non vuole essere chiamata nient'altro che questo, ma è anche chiamata goblin kid e perché viene chiamata così, può dirsi, se vuole.

Abbiamo un'altra persona a cui piace lavorare da solo, continua Henke, gli piace risolvere problemi difficili, ed è nell'Organizzazione per regolare le cose quando necessario, si chiama Bob Cole.

Era tutto a posto, disse Henke, e annuì per
tornare in macchina. Erik vide che il leader
cominciò a camminare verso l'uscita del club e
andò dopo a parlargli occhio per occhio. Il leader
vide nell'angolo del suo occhio che qualcuno
stava venendo verso di lui e si voltò per vedere
chi fosse. Il leader sembrava che fosse in attesa
di essere fatto una domanda, e l'ha ricevuto da
Erik. Si chiese delle nuove persone che erano
entrate nell'Organizzazione, e perché le portò
qui.

Ho pensato che fosse appropriato quando siamo
diventati un membro in meno, perché Anton era
stato picchiato a morte, e ce n'erano tre nuovi
che avevano tenuto il passo in quel periodo,
quindi ora era davvero fuori posto, ha concluso il
leader, dicendo.

Cosa ne sai tu di questi, Henke?
Sì, posso dirti un po', ma non tutto. Per
cominciare, Jim OneBone è una persona con una
vasta esperienza in droghe,commercio e affari
nel grande traffico di droga. Ora è passato alla
ripresa -quindi mi aspetto di aver fatto la cosa
giusta, ma si scopre dopo. Il suo nome era Jim
Bone prima, ma quando si ferì l'occhio sinistro,
durante un carico di droga, divenne dopo
l'infortunio Jim OneBone.

Poi c'è Big Mama, chiamata anche goblin kid.
"Ora non so nemmeno perché l'abbia chiamata
così, ma come ho detto, non è essenziale per
me, purché faccia il suo lavoro", ha detto Henke.
Le sue qualità erano che poteva tenere traccia
della ragazza escort che avevano
nell'Organizzazione, e oltre a ciò, sembrava
buona, con grandi, che poteva abbattere la
maggior parte delle persone, se si girava troppo
velocemente, allora aveva un bel ass con, ha
detto Henke.

Hai detto bel ass? L'ho sentito da un amico che
viveva prima, Tobbe, penso che il suo nome
fosse, ha detto Erik, e ha sempre detto qualcosa
su quella donna, pensa di essere un po '
ossessionato da quella persona, beh fanculo ora.

Poi ho Bob Cole, che è un risolutore di problemi
e il destro del leader. Il suo compito è semplice,
assicura che la vita del leader funzioni
pienamente, qualunque cosa gli sia richiesta.
Henke dice. Erano tutte le personalità che ora
fanno parte dell'Organizzazione, quindi ora vai
avanti, Erik. Henke disse, camminando verso la
sua auto per allontanarsi. Erik, che aveva il
desiderio di avere una vita tranquilla, dove i
disordini non esistevano ma ora non è stato così
inquelmomento, al momento, ma il desiderio
era davvero, lì.

Perdita totale! Ora era un dato di fatto, così
come l'ex amico di Erik, Anton, che ha preso
d'assalto, quando il leader voleva che favano
qualcosa al riguardo. Ma cosa potevano fare?
Era solo per rendersi conto della perdita.
Potrebbero fare di più? L'organizzazione
pensava che avrebbero dovutoprendere,
contatto con il fratello sopravvissuto, in, per
premere suo fratello Evert. In altre parole,
voleva che prendesse in prestitodal problema,
l'oans, non sono sicuramente una soluzionese si
hanno tali problemi, come avevano avuto come
una bancaaveva rapidamente trovato e quindi
Bob Cole, nonlo vedevano come una buona
soluzione. I pensieri cominciarono a diventare
distruttivi a tutti i livelli, e la disperazione che
Erik ora sentiva era pesante da sopportare. Ora
sembrava che l'inferno fosse scoppiato e tutto
fosse andato all'inferno. È anche vero che Erik,
dopo tutti questi anni, ricorda quanto si sentisse
male, ora che si siede qui e pensa di aver
picchiato a morte il suo amico.

Erik iniziò a lavorare sempre più nero, il che non
giovava direttamente all'Organizzazione. Erik era
diventato così passivo, quindi non gli importava
più della sua Organizzazione. Era come se si
fosse arrosseto in totale, e solo organizzato in

modo che potesse vivere bene, ma senza pagare le tasse. Erik era diventato odioso verso la società a causa di queste prove completamente malate che hanno reso la sua guarigione completamente senza azione. Si dice spesso che la vendetta è il movente più antico del mondo, e ora oggi può davvero dire con convinzione di essere estremamente vendicativo nei confronti di tutto e di tutti coloro che erano al di fuori della sua Organizzazione. Ha iniziato a diffidare di tutto.

Ha appena fatto quello in cui è caduto. Nessuno poteva influenzare la sua decisione era stanco di essere gentile con tutti. Ora era lui che gestiva la sua barca.

Erik non riusciva a vedersi scomposto, e non pensò di avere un buon rapporto con la vita. Ma non tutte le fiabe hanno sempre un bel finale, pensò Erik.

Non era una buona opzione quando la sua Organizzazione ebbe il fallimento della guarigione, e dire all'Organizzazione di aspettare con essa, sarebbe stato come chiedere alla Chiesa di Svezia di smettere di dire Amen. L'odio tra Erik e l'Organizzazione cominciò a crescere manifestamente, e presto Erik era in un nuovo conflitto con avvocati che avrebbero diviso la partecipazione di Erik con l'Organizzazione.

Non sarebbe finita, perché Erik apparentemente aveva figli in città, e ora si è scoperto che gli avvocati sono stati ricordati. La sposa con cui Erik era stato, voleva che accettasse l'ordine provvisorio, (custodia temporanea) ma Erik non era così interessato a questo, e si rese conto che un processo non era qualcosa che voleva, così la sposa ha ottenuto la sua decisione di ottenere la tranquillità sulla situazione che prevaleva.

Anche i bambini avevano notato che c'era qualcosa che non andava tra Erik e la madre, cosa che si è scoperto in quanto un bambino era spesso triste. Un bambino si chiedeva sempre dove fossero, e anche se avessero avuto un conflitto, fecero tutto il possibile per impedire ai bambini di sentire quando combattevano. Ma non è sempre facile, quando ti arrabbi, ha detto Erik, che è rimasto deluso dal suo partner. I bambini vengono sempre catturati in qualche modo quando i genitori decidono di separarsi. Erik sentiva che non era più la persona gentile e premurosa che era stato una volta. Si vergognava ogni volta che i suoi figli chiedevano perché la madre si sarebbe mossa. Spesso si chiedeva dove avrebbe vissuto papà, e poche parole che suo figlio gli disse, tagliate come un coltello nel midollo. Erik sentì una sensazione terribilmente spiacevole di tradimento dei propri figli, e le lacrime erano impossibili da trattenere.

Come faccio a perdonarmi? Erik pensò, mentre
doveva difendersi mentalmente pensando a
questi due fratelli che non avevano pagato i loro
debiti, e che erano in realtà la radice di tutto il
male, ma spiegare a suo figlio che papà era stato
imbrogliato con grandi somme di denaro non
era un'opzione. Erano semplicemente troppo
piccoli per capire una cosa del genere.

Molti dei pensieri di Erik erano come uscire da
questa miseria. Più passava il tempo, e che
vedeva allo stesso tempo come la madre
impacchettava le sue cose ha reso i pensieri più
idioti per diventare improvvisamente piani
brillanti. La gente è strana in quel modo. Inizi a
pensare e comportarti come il peggior
cavernicolo.

Erik voleva solo tornare a casa dai fratelli e
spiegare con un pipistrello cosa ne pensa, e
assicurarsi che pagasse i debiti, ma a quel punto
era troppo civile per fare una cosa del genere.
Poi uno dei fratelli era morto, e poi pensò che
una tale azione potesse risolvere il problema.
Erik non ha visto i possibili rigori che un'azione
del genere potesse finire, quindi per fortuna non
ha fatto nulla. Credete che i suoi figli gli abbiano
fatto pensare diversamente, perché non voleva
perderli perché avrebbe commesso alcun
crimine, ma dire che quei pensieri non

esistevano era stata una bugia, e con tutti i
crimini che aveva fatto, avrebbe potuto
facilmente perdere i miei figli e la loro fede.

La madre avrebbe iniziato a trasferirsi con la
madre per alcune settimane, fino a quando non
aveva un appartamento di terra. Erik voleva che
sua madre rimanesse con lui fino al momento di
trasferirsi. Non voleva nemmeno pensare
all'idea che i suoi figli non sarebbero stati a casa
sua. Erik era tutto. Sembrava che si sarebbe
rotto, e pensa di poter fare qualsiasi modo per
tenere interi i suoi figli. perché li ama così tanto.
All'improvviso era come se Erik fosse
responsabile di tutte le emozioni. Poi pensa
principalmente alla madre. I bambini
mostravano sempre i loro sentimenti, ed erano
spesso tristi per quello che sarebbe successo.
Erik non poteva fare altro che accettare che ora
si trovasse senza i figli, e che presto si sarebbe
seduto nella sua casa. Tutti i dipinti che
riempivano il loro posto, e tutti i ricordi con loro
erano spariti, alcuni dipinti erano ancora lì, ma
sembrava molto vuoto. All'improvviso
mancavano cose a cui non si era mai preso cura
prima, cose che solo ora sono diventate oro. Ora
erano un ricordo. Tutti i combattimenti lo hanno
fatto sentire diviso. La madre, che Erik amava
così tanto, odiava altrettanto ora, se non di più.

Adesso era, il momento di salutare i bambini. Le lacrime sgorgavano completamentesulle guance di Erik che non si preoccupava di spazzarle via. Erik scosse tutto,del dolore che provava, perché era esattamente quello che era, tristezza. Aveva perso la sua famiglia in qualche modo, e i suoi figli stavano urlando sul sedile posteriore dell'auto mentre stavano partendo. Se non hai mai provato un tale addio, è difficile capire quanto sia emotivo. Erik era leggermente un uomo schiacciato. Stava lì, e vide come i suoi figli scomparvero da lui, era come staccare la spina in una vasca piena d'acqua. Tutto ciò che Erik rappresentava, lo fermò in pochi secondi,e si sentì completamente morto di emozione, e proprio in questo momento non importavase fosse così , il mondo intero era morto. E 'stato sufficiente che il suo mondo era morto.

Essere triste mentre Erik si sentiva completamente ingenuo era qualcosa che lo preoccupava molto, e mentalmente sembrava che il suo corpo, stava per dividersi in due parti. Era come avere l'angelo malvagio su una spalla, e l'angelo buono dall'altra. Cosa stava succedendo a Erik? Era estremamente difficile sentirlo in questo modo, aveva un'educazione, dove gli era stato insegnato, per essere una persona buona e gentile, ma era tutt'altro che quello che Erik provava ora. Mentre tutte le cose buone scomparivano da lui, sembrava che qualcosa di malvagio e orrendo fosse stato riempito nella seconda parte di Erik.

Erik, nonostante tutte le pesanti decisioni tra lui e la madre du suoi figli, ha dovuto perseguire la sua vita. Mi chiedo se posso andare più in fondo allasocietà? Erik pensò, quando avevo perso tutto nella mia vita, senza nemmeno essere il meno incasinato. La mia vita era stata completamente distrutta da molti fattori. Forse avrei dovuto comportarsi diversamente. Sì, è difficile saperlo, perché non ho più visto alcuna opportunità o futuro più luminoso.

Erik aveva ormai circa 24 anni ed era già totalmente nella comunità. La sua giovane età fece i pensieri distruttivi, cominciò ad avere un potere intorno a tutta la sua personalità. Quelli che prima erano solo pensieri orribili, cominciarono a creare una persona completamente nuova. Una persona che è stata gettata in un guscio di piombo. Un involucro che come garantito per far passare qualsiasi emozione. Erik cominciò a provare un odio dentro di lui, che inizialmente non voleva uscire da questo corpo umano mascherato di piombo. La rabbia ha avuto un volto completamente nuovo per lui, di cui presto una società sarebbe

diventata consapevole. La stessa società che ha
contribuito a creare questa persona imitata e
indire.

Capitolo 4

Erik, che aveva appena corso un semaforo rosso in tutta la sua vita prima, stava affrontando una vita completamente nuova. Una vita molto distruttiva. Si dice sempre che sta aspettando, o l'ignoranza che è difficile. I pensieri andarono ai suoi figli che non sarebbe stato in grado di sostenere. Era tutto sparito. Erik si chiedeva come potesse essere così stupido, così che diventasse un criminale?!

Perché dovrebbe succedere a me e ai bambini? Erik hapensato.
Wcappello è destino? Deve aver avuto senso, anche se questi obiettivi erano estremamente impossibili da interpretare. Alcune persone pensano che si possa controllare il destino in una certa misura, ma è qualcosa su cui Erik è scettico quando vede come è stata la sua vita, negli ultimi 16 anni. Cosa avrebbe potuto fare per controllare il suo destino in modo diverso? Sarebbe stato che Erik ha saltato la parte criminale della sua vita. Sembra e asytutt'altro che quello che era.

Se stai senzamolto, tempo, ottieni un futuro che sia buono o cattivo. Solo lui poteva sopravvivere. Molti si chiedono sicuramente dove fosse andata la coscienza di Erik, la coscienza che ha cominciato a lasciarlo, e in termini di etica e moralità che cosa anche questo è un paragrafo finito. Il vecchio ME di Erik ha gradualmente cominciato a sfocare, lentamente ma inesorabilmente. La madre notò che Erik era stato estremamente conosciuto. Non le piaceva quello che ha visto ora. Ma cos'era, a cui la madre era così contraria? Secondo lei, pensava che le azioni di Erik manipolando i moduli IVA fosse colpevole di crimini, ma ora era storia, ed Erik non aveva lo stesso impegno per la famiglia, quindi perché tirarlo fuori ora? Quando i soldi dell'IVA sono arrivati a loro, la madre non ha piagnucolato. Non credevo a quello che non dici! Erik le rispose. Poi la madre dice che Erik lavorava nero al 100%,e questo era in realtà vero quello che sosteneva, he non poteva vederlo come un crimine importante e si difendeva con metà della Svezia che lo faceva ogni giorno, anche se ora si rendecontochequesti , il lavoro non dichiarato era un passo più vicino al crimine. Giustificando il lavoro esentasse, si comincia ad accettare violazioni della legge e, sebbene si tratta di una forma di reato più leggera, si tratta tuttavia di un'introduzione al corso del reato. Sembra stupido, ma il cervello umano inizia ad accettare ciò che non va, ed Erik inizia a mentire, sia a se stesso che all'ambiente circostante.

Dopotutto, le bugie sono una negazione che ti aiuta, in modo da non sentirti male, di ciò che fai. Un po' come prendere un'aspirina che allevia il dolore, ma la verità è purtroppo un'altra. Se menti o prendi antidolorifici, inganni il tuo cervello a pensare che il dolore sia sparito, ma tutto nella vita è collegato in un modo o nell'altro.

Proprio come il farmaco antidolorifici si esaurisce, è altrettanto certo che presto devi creare un'altra bugia per essere in grado di far fronte alla tua vita e anche coprire la bugia che hai detto in precedenza. Non era solo la madre che aveva notato il nuovo comportamento distruttivo di Erik. No, tutti i nostri ex conoscenti, come avevano notato anche i nostri amici, amici che avevano figli della stessa età di Erik e della madre. All'inizio non hanno detto molto, perché non volevano interferire, figuriamoci essere coinvolti.

Sono rimasti sorpresi! Ha detto la madre. Che erano sorpresi che Erik potesse capire, quando conoscevano Erik come una persona gentile e molto premurosa, una persona che potresti chiamare nel cuore della notte se avessi bisogno di aiuto. C'erano anche quegli amici che pensavano che avesse una forma più lieve di psicosi, quando il nuovo comportamento di Erik era come la differenza tra giorno e notte. Non dubita che probabilmente era scioccato da come fosse andato tutto all'inferno. Erik direbbe che era un istinto di sopravvivenza umano incorporato. Un istinto che diventava distruttivamente più forte ogni giorno che passava, e che non riusciva a vederlo lui stesso, è per lui retrospettivamente un pensiero orribile, che voglio solo dimenticare, pensò Erik.

La madre sapeva che Erik non avrebbe messo in pericolo i suoi figli. È qualcosa di cui la madre non ha mai incolpato Erik, ma essere pensiero distruttivo nei giorni feriali, e poi essere padre nei fine settimana, è stata una sfida. I bambini spesso chiedevanoa cosa stava lavorando il padre, dadè probabilmente un bastardo criminale, ouna buona idea fin dasubito i bambinierano ancora piuttosto piccoli, il che significava che non nefacevano uno contro il muro con le loro domande.

Ma dovendo mentire ai tuoi figli ricevuti in ogni modo, pensò Erik. La sensazione che aveva cominciato a diventare un cattivo padre, cominciò a venire strisciando. Una sensazione che ha fatto di tutto per negare, dato che è diventato semplicemente troppo difficile pensarci, ed Erik si è sentito male solo per il pensiero. Era un buon padre che pensava mille volte. Poi ha oscurato mentalmente il suo lato negativo.

Sono stati i bambini a far tenere Erik sopra l'acqua. I bambini sono nati con scarso udito, ed erano quelli che chiamano ear-babies, il che significava molti giorni in ospedale dove dovevano essere eseguiti gli esami dell'udito e che in seguito ha portato al loro intervento chirurgico. Impiantavano piccoli tubi nelle orecchie, che drenavano il fluido che si riempiva dietro i timpani. Dal momento che entrambi l'hanno avuto dalla nascita, questo ha influenzato il loro discorso abbastanza pesantemente, in quanto erano fondamentalmente sordi. La madre ed Erik lo scoprirono solo quando avrebbero visto un cartone animato in TV, quando avevano quasi sempre la TV al volume più alto.

I medici hanno detto che i bambini stanno crescendo da questi problemi, il che era vero. Non c'era dubbio che i figli di Erik avevano bisogno del padre. Avrebbero, come ho detto, a vari controlli di tanto in tanto, ma combinare la loro vita selvaggiacon l'essere un padre disponibile non era il compito più facile.

Come molti altri criminali, Erik ha anche fatto di
tutto per nascondere il lato negativo. E non
aveva concluso lui stesso che era un criminale,
ma si vedeva più come un artista vivente, anche
se l'ambiente circostante, cioè parenti e amici
avevano, come ho detto, un'idea diversa di
questo. FEDE, SPERANZA E MALE CON AMORE!
Sì, potete sentire di persona quanto fosse già
malato, ma l'uomo è una persona abitudinaria,
pensò Erik, e il fatto è che dopo 21 giorni inizi ad
abituarti, che si tratti di qualcosa che ti piace
ono, but che è in realtà come si trova l'uomo,
Erik sapeva che potevi riprogrammare te stesso,
accettare quello che stavi facendo, anche se era
puro all'inferno. Erik cambiò idea
inconsciamente, e lentamente ma
inesorabilmente galleggiava nel suo nuovo
vestito.

Dal momento che Erik lavorava molto quando
era attivo, cominciò a diventare irrequieto. Era
un altro segnale di avvertimento. Erik era un
maniaco del lavoro all'epoca. Jim Onebone
aveva programmato prima, e la sua esperienza
poteva essere utilizzata. L'unico problema era
che non aveva un lavoro. Erik aveva un sacco di
odio, vendettae molte altre stronzate all'interno,
che ora in modo più aggressivo hanno cercato di
penetrare nella personalità vestita di piombo, in
cui si era evoluto. Era come se tutta la merda

volesse uscire allo stesso tempo, mentre era una persona cauta, quindi forse non il gentile angelo lo aveva abbandonato completamente, ma il male era ancora più forte, cosa che cominciò a notare, da Erik che guardava i codici sorgente.

Jim OneBone pensava che questi codici sorgente fossero strani. È altrettanto disordinato e incomprensibile vedere un documento scritto in latino? Jim OneBone ha detto.

Era come leggere una massa criptata di testo in marziano, ma nonostante questi segni e punti incomprensibili, Jim OneBone era determinato ad imparare questa lingua.

Erik, all'inizio, imparerebbe a capire il significato di questi personaggi. Ha iniziato a leggere libri su un linguaggio di programmazione chiamato C +. Un linguaggio di programmazione estremamente sofisticato che in seguito si chiamerà C ++. Questo ha reso Erik quasi completamente pazzo quando non ha capito una merda, ma non si è arrendono, in quanto è una persona estremamente testarda. Ha iniziato a connettersi con persone che condividevano la sua grande passione, i dati. Quando spiegò cosa stava facendo, erano più- o meno disposti a guidare Erik alla SEZIONE GIALLA-alla psiche in altre parole.

Difficilmente avrebbe cercato lavoro come programmatore, ma Erik aveva piani completamente diversi sulla lezione stessa sui linguaggi di programmazione e voleva sfogare il suo desiderio di vendetta.

Ma questo è ciò che Erik pensava, e non ultimo ha agito. Quello che Erik ha fatto è sbagliato. Nei giorni in cui non si sentiva più così male con i suoi pensieri e le sue idee distruttive, Erik poteva iniziare a pensare a come avrebbe avuto una vendetta sulla società, che sentiva di averlo lasciato nel. Ora era il momento di rinunciare al doppio.

Erik è sempre stato molto interessato alla tecnologia, e anche la musica ha avuto un ruolo importante nella sua vita, poiché ora suona il pianoforte da 29 anni, ma anche i computer sono stati qualcosa di cui è sempre stato appassionato, ma sfortunatamente non ha corso l'occasione quando lui come giovane musicista ha ricevuto una buona offerta. No! Poi contava solo lavorare con i computer. Nel corso del tempo, iniziò a rendersi conto di ciò che un computer poteva fare per cose efficaci. Erik ha vissuto completamente analizzando diversi sistemi informatici, a fondo.

Capitolo 5

La parte anteriore di tutti i sistemi non era più
così interessante, poiché Erik era ora molto
impegnato nel cuore dei sistemi stessi. Erik
voleva semplicemente vedere il codice sorgente
dei vari programmi che ora eranomolto,
interessanti. La maggior parte dei sistemi
informatici non ha un cosiddetto codice open
source, ma il codice sorgente era la parte
posteriore della parte anteriore in cui tutto è
successo. Il lato posteriore era così interessante
che Erik iniziò a leggere di diversi linguaggi di
programmazione.

Questo senso di vendetta era così enorme, che
era piùo meno costretto a giustiziare tutti questi
pensieri di vendetta, ma prima che arrivava la
vendetta, avrebbe imparato a gestire
quest'arma efficace al 100%.

Dato ciò che egli stesso fa da quasi 15 anni, Erik
sa che l'ecocritto non si basa su decisioni
impulsive.

Di cosa stai parlando? Disse Henke, che era
venuto a casa di Erik, e si rese conto che aveva
nevicato per vendicarsi, e che non poteva
dimostrarlo. Ora abbiamo altri problemi oltre
alle tue teorie sulla vendetta da risolvere", ha
detto Henke a Erik. Qualcuno o alcuni hanno

picchiato a morte Anton e, oltre a questo problema, sapo (poliziasvedese dell'ecurity) ha ricevuto alcuni rinforzi con un agente McGill.

Quando otteniamo SAPO in barca, significa che l'Organizzazione ha grandi problemi, e non sono i tuoi problemi sulle tue teorie, di cui ti biforca! Disse con una voce irritata a Erik, che stava solo fissando, e rese Henke sempre più irritato, più guardava Erik.

Erik era un po 'premuroso e si chiedeva perché Henke fosse così imbarazzante per lui. Erik si chiese, ovviamente, se Henke avesse dei pensieri su di lui, che Anton avesse perso la vita, o che Henke avesse appena avuto una brutta giornata?

Durante tutto il periodo di insegnamento di Erik ha continuato un sacco di bang inutili, errori di cui Erik ha dovuto pentirsi molte volte, ma la pratica rende perfetti.

Tuttavia, è associato a molti esercizi costosi e imbarazzanti e rinunciare a questo "ritorno" non era un'opzione. Lo slancio che portava era forte e tenace. Una tenacia che non si è mai indebolita nei 15 anni, quindi forse capirete meglio quanto fosse forte il suo odio.

Quando, dopo qualche tempo, iniziò a capire come funzionavano questi diversi linguaggi di programmazione, era come un puro veleno.

Erik analizzò e analizzò fino a quando i suoi occhi sanguinarono. Per un po' era così in esso, così vide i codici sorgente proprio mentre chiudeva gli occhi. Tutte queste informazioni le raccolse, e poi iniziò a creare piccole applicazioni o in linguaggio semplice, piccole applicazioni. Questi piccoli programmi non avevano caratteristiche importanti, ma era innegabilmente un calcio quando Erik ha ottenuto questi codici per rotolare come un programma, anche se all'epoca non aveva scopo. Ha iniziato a fare programmi più grandi per vedere se poteva farlo funzionare, la maggior parte delle volte è andato pulito, ma era solo per continuare fino a quando non ha funzionato.

Ora, molti nell'Organizzazione potrebbero chiedersiche cosa fosse , il punto di sedersi e cercare di fare un sacco di piccoli programmi diversi, allora non aveva senso?! La ragione di ciò era imparare come erano strutturati i diversi programmi e quali debolezze avevano.

Non ci sono programmisicuri al 100%, e Erik lo sapeva. Tutti i sistemi e i programmi hanno un punto debole, e basta, per trovarlo. Un lavoro estremamente dispendioso in termini di tempo. Tutte queste combinazioni esistono milioni e sono totalmente impossibili da gestire per il cervello umano. Lo sarebbe se la persona fosse fortunata e riuscirà a digitare la password corretta, ma che possibilità c'è? Pensavo Erik. Richiede programmi molto sofisticati che loop diverse combinazioni. Un tale programma può richiedere diversi giorni, anche settimane, e se sono server più grandi che dovresti decifrare, possono essere necessario mesi, ma Erik non ha avuto quel tempo.

Che Erik ha fatto questi piccoli programmi, è stato quello di essere in grado di ottenere la conoscenza di come creare virus, Erik sa che un virus è in realtà un piccolo programma che ha il compito di svolgere alcune azioni illegali che guadagno per crearepercorsi d'ingresso, nei diversi sistemi era obiettivo numero uno. Molti sistemi sono attualmente protetti da firewall. Ma come ho detto! Tutto va se vuoi. Ci sono alcuni modi più semplici per entrare in sistemi diversi, ma si basa sulla conoscenza di alcuni prerequisiti su esattamente in cosa vuoi entrare. Erik voleva nasconderlo completamente, una forma di certezza per l'autore o l'azienda di non essere mai escluso dal suo prodotto, ma Erik voleva ottenere tale conoscenza nelle aziende e nel governo. Il che sarebbe terribile. Le porte sul retro di Erik sono un rischio per la sicurezza che mai il cliente conoscerà. Pertanto, la maggior parte delle aziende e il governo acquistano un prodotto di aziende consolidate che affermano che il loro sistema è molto sicuro. Ma non sono più sicuri di quanto il produttore possa entrare in se stesso quando lo desiderano. Erik voleva sviluppare il suo piano e vendicarsi. Nel segno della vendetta.

Questo piano diabolico aveva l'agente McGill sospettato, ma non poteva provarlo, figuriamoci spingere quella teoria, quando non c'erano nemmeno prove di quel piano. L'agente McGill avrebbe parlato con Henke, il leader dell'organizzazione, sperando che l'avrebbe condutta al prossimo thread. Ha preso, contatto con Henke. Rimase fuori dal posto dell'Organizzazione e fu incontrata da qualcuno dell'Organizzazione. Ha chiesto se Henke era lì, e lui l'ha fatto. Sono andati a prenderlo.

Non è stato male. Disse Henke, ora anche SAPO è in visita. Cosa ti fa venire oggi? Chiesto Henke e sembrava molto sorpreso.

Ho una piccola domanda per te, forse più appartata. McGill ha detto, guardando gli altri

ragazzi. Va tutto bene. Henke disse, guardando
Bob, che teneva traccia di Henke.

Sì, qual era la tua domanda? Henke ha detto,
guardando pensieroso. Sì, midispiace. Saiuto
McGill, noi di SAPO ci chiedevamo se avessi visto
Erik nelprossimo futuro? O se sai dov'è? McGill
ha chiesto. No, èacasa sua, vero? Henke disse, e
chiese allo stesso tempo se voleva mangiare,
allora era ora di pranzo.

"Sì, era stato appropriato", rispose McGill,
rendendosi conto che era una grande
opportunità per portare il suo nemico sulle
tracce, e quando era il momento, lo prendevi,
senza un mandato di perquisizione, e tutto ciò
che sarebbe stato richiesto per avere
un'opportunità come questa. Henke ha chiesto
dopo un po 'se a McGill piacesse il cibo?

Sì, è statomolto, bene. McGill ha detto.
Ho una persona che è molto,brava a fare il cibo,
è il cuoco cianuro che prepara tutto il nostro
cibo. Nello stesso secondo, McGill inizia a tossire
quando sente il cianuro. Puoi stare calmo,
McGill. La cuoca cianuro ha scontato una lunga
pena detentiva, quindi ha finito il suo tempo in
prigione. Henke ha detto di ridere. Oh sì, c'erano
dei pensieri con questo cianuro. McGill ha detto.
Se ci fosse stato cyanide, nel cibo, si sarebbe già
morto, e il cibo avrebbe sentito l'odore delle

mandorle. Rispose Henke, che aveva problemi a tenersi a ridere. Dopo che entrambi avevano mangiato, l'agente McGill iniziò a uscire dall'Organizzazione per andare alla sua auto. Non pensava di essere sempre più saggio ora, più che mangiare con il nemico. Henke e McGill si agitarono l'un l'altro, e poi andò in un modo.

McGill si chiedeva cosa stava succedendo, e sono sicuro che Henke e molti hanno fatto con lui. In effetti, nessuno saprebbe del piano più di Erik. Sia Henke, SAPO che McGill si chiedevano cosa stava facendo Erik, o cosa stava per accadere. Henke si era persino consultato con il suo destro Bob Cole, se sapesse cosa stava facendo Erik.

Henke, quell´ Erik è come una vongola e   non dice nulla a nessuno nemmeno a me in aiuto Bob frustrato, e si rese conto che le informazioni non potevano essere trovate, a meno che Erik non voglia tirarlo su di sé.

Durante la conversazione, Big Mama entrò per rendere conto delle donne che erano state attive, e rendere conto di Henke, che colto l'occasione per chiedere se aveva visto Erik, o se fosse stato all'Organizzazione durante la settimana, ma non l'aveva fatto. Henke cominciò a pensare che tutto ciò che circondava Erik fosse particolarmente pesce, dal momento che aveva perso il suo amico che era stato picchiato a morte, ma anche questo non aveva fatto desiderata a Erik di parlarne. Ha salutato, a loro all'Organizzazione e ha lasciato i locali.

Henke e Bob rimasero soli all'Organizzazione e furono in grado di parlare privatamente. Bob voleva anche sapere come tutto era collegato. Har fu frustrato dalle informazioni che non furono comunicate da Henke. Erik non vuole dirmelo. Henke ha detto. Cosa dovrei fare? Non posso, non prendere l'acqua da una roccia. Ci fu uno scambio di parole tra Henke e Bob.

Bob pensava che Henke avrebbe dovuto pompare informazioni dall'agente McGill, ma Henke non la pensava così. Gli agenti sono un gran bel popolo, e che McGill può infastidire una mosca se vuole, con i suoi contatti, quindi Henke non credeva a quel pensiero.

No, questo è un caso per Bob. Henke ha detto, guardandolo. Forse. Rispose Bob, sorridendo alla situazione che prevaleva.

Vattene, Bob, fai qualche ricerca in cuisei bravo. Henke ha detto.

Bob si reseconto abbastanza , rapidamente che questa missione sarebbe stata difficile da

realizzare, con un buon risultato. Bob se n'e'
andato subito.

Henke aveva dei pensieri su quello che Erik stava
facendo.

In un'altra parte del paese, Erik si sedette e si
preparò per la sua vendetta, che era un piano
diabolico, e che danneggerà molte persone e
aziende, ma a Erik non importava se
fossedeterminato ad attuare il piano e poi
qualcuno viene catturato a cui non frega un
cazzo f oErik, era solo per essere in grado
dicompletare la vendetta acui stava pensando.

So che vuole approfittare dell'opportunità e che
spera venga presto.

Erik è alla ricerca di un sistema operativo che
molte persone e aziende usano nella loro vita
quotidiana. Il fatto è che ogni licenza per un
sistema operativo ha una serie, e ogni serie di
questi sistemi operativi ha una chiave d'oro.
Questa chiave d'oro non lo dice al produttore,
ma Erik sa che è così.

È così brutto che puoi facilmente scaricare
queste chiavi d'oro via Internet. Così sicuro, non
puoi mai essere quando usi un computer nella
tua vita di tutti i giorni. Come mi ha detto,

l'uomo non può gestire o combinare tutti questi milioni di password e nomi utente diversi. Pertanto, il suo obiettivo era quello di creare diversi tipi di piccoli programmi, o virus come una persona comune lo aveva percepito come. Entrare nel computer di un'altra persona era un prerequisito per poterlo svuotare delle loro informazioni più importanti.

Capitolo 6

In, affinché Erik fosse in grado di raccogliere informazioni, doveva entrare inosservato via Internet, che all'inizio non era una partita facile, dal momento che Internet consisteva in connessione internet tramite il telefono normale. Come la maggior parte delle persone sa, ciò significava che dovevi chiamare un numero di telefono, un cosiddetto numero di pool di modem, e molti non avevano il sistema AXE collegato al loro telefono, il che significava che potevi essere solo uno sulla linea. Nelle case di molte persone dovevi disconnetterti per essere in grado di effettuare chiamate regolari, il che si è scoperto che non rendeva così facile entrare.

Erik ha effettuato molti attacchi di notte quando la maggior parte dormiva, ma poi è stato il problema successivo da risolvere. Le persone spesso spendono i computer di notte, e conoscevano Erik. Oggi, con la banda larga, i computer di solito si alzano 24 ore su 24, quando molti mente home film e musica di notte. Nella buona vecchia era degli hacker, è stato l'hacking che valeva la pena e poi hai davvero dovuto lavorare per essere in grado di entrare in un sistema. Non come oggi, quando ci sono molti strumenti illegali online da scaricare. Strumenti che Erik stesso doveva sviluppare se poteva entrare in sistemi diversi.

Con la conoscenza che ha oggi, e con i programmi moderni e sofisticati che esistono per ammettere, Erik sarebbe un pericolo estremo per la società, in quanto era una persona vengeful che ha fatto grandi danni in vari sistemi.

Erik è passato inosservato nei sistemi. Ha semplicemente dovuto ottenere un file nel computer dell'utente, in, al fine di scoprire alcune informazioni che avrebbero reso possibile questa intrusione. Creando un virus, che è una forma di cavallo di, che è una cosa davvero brutta da entrare nel suo computer, Erik sperava che questo tipo di file sarebbe stato attivato. Ha creato il file che ha programmato in questo file, e che è attivato da vari comandi dell'utente stesso. Allo stesso tempo, non voleva che questo utente sospettasse alcun male in questo file, (il virus) quindi ha creato semplici comandi di attivazione. Un classico era che hai inviato un'e-mail.

Quando l'utente ha visto l'e-mail e premuto per aprirlo, è venuto fuori un segno con il testo, si desidera aprire questa e-mail in *quanto potrebbe contenere file dannosi che potrebbero danneggiare il computer. Naturalmente, l'utente non voleva* farlo, che è stato calcolato freddamente, e questa era esattamente la cosa, che l'utente avrebbe premuto il pulsante NO. Il pulsante no è stato programmato per significare SÌ. Questo è apparso solo nel codice sorgente stesso. Sul segno che l'utenteha visto, era come al solito, Erik voleva che l'utente credesse di aver interrotto l'apertura di quella particolare e-mail ed è così che sembrava che non fosse stata aperta alcuna e-mail, ma ora il virus stesso è stato attivato in background. Quello che il virus avrebbe fatto è stato fino alla persona che ha creato il virus.

Molto spesso è stato come ho detto per scoprire password importanti, o altro di valore per l'hacker. Molte ore si sedette per far funzionare un piccolo programma, e a quel punto c'era molto sui calci. Era così nella comunità e ha fatto quasi tutto.

Voleva sentirsi vivo, ma i calci si esauriranno, ed Erikdeve fare sempre cose peggiori per mantenere quel kick-feeling. Quando sei all'inizio della tua carriera di hacker, entri strisciando anche lì fino a quando non riesci acamminare, il che significa che all'inizio non faresti virus aggressivi. I virus possono essere suddivisi in due categorie, virus aggressivo e junk. In, per capire qual è la differenza tra questi due virus, è possibile dire che i virus aggressivi possono cancellare l'intero disco rigido, mentre un virus Spazzatura può presentare solo segni che dicono che il disco rigido è cancellato.

Un virus spazzatura è innocuo, ma possono essere estremamente fastidiosi in quanto possono anche vomitare 100 di pop-up su cui è possibile ottenere una piccola pausa, mapossono , non fare danni diretti al computer. Sarebbe se il virus Junk è programmatoper essere in grado di avviare una, enorme quantità, di programmi e il computer è in cattive condizioni, forse allora, ma per il resto completamente innocuo.

Erik, come tutti gli altri, stava cercando come produrre virus il più aggressivi possibile. Quando una volta ha iniziato, c'erano al massimo da 50 a 70 virus che venivano rilasciati via Internet al mese, anche se ora ce ne sono molti di più. Si stima che venga rilasciato da 400 a 800 virus al mese. Sebbene sia aumentato in modo così drammatico, solo pochi all'anno ne vengono a sentire parlare, e ciò ha causato gravi danni.

Cosa vuole dire Erik con questo? Bene, è estremamente difficile creare un virus che penetri in tutti i sistemi di sicurezza e che a sua volta crei gravi danni.

Anche se sapeva che era estremamente difficile con questi virus, non si arrese mai. Erik non sa se è stato solo il calcio a guidarlo?! Ci sono stati lunghi periodi tra mia madre e la mia separazione e i miei progressi nei dati. Ma chiaramente, è stato l'odio a essere la forza trainante di Erik.

Ha iniziato a fare cose all'interno di un circuito Nerd chiuso, che ha creato molte voci. Le persone intorno a lui, che erano anche nella stessa industria distruttiva, videro che Erik stava facendo cose interessanti. Essere in grado di entrare nel computer di un altro era a quel tempo roba pesante, e più Internet si sviluppava, più reti erano nel menu. Era quasi come la vigilia di Natale ogni giorno.

Man mano che Erik diventava più abile sul campo, gli ordini diventavano sempre più. Non c'era mercato per i virus, non in questo paese, ma essendo in grado di aprire, su vari titoli che erano online, c'era una domanda ancora maggiore. Erik voleva farsi un nome in quel mercato, e c'era solo un modo per ottenerlo. Un buon lavoro potrebbe essere quello di scoprire dove stavano le cose, ad esempio in quale porto, in quale contenitore si trovavano queste merci, e poi si correggivano le note di spedizione facendo quelle false. Quindi, prima che si potesse fare un lavoro, c'era molta preparazione a tutti i livelli. Solo correre il rischio non era un'opzione quando hai la dogana o la polizia nel ass.

Durante il cosiddetto anno di allenamento di Erik, quando ha appena imparato come funzionavano i sistemi, c'erano molte mancate che ha fatto, ha perso un grande uso quando avrei lavorato in modalità nitida. Una volta che Erik era in posizione acuta, non c'era spazio per tali errori. Ha lavorato per essere invisibile, in modo che possa lavorare in pace e tranquillità. Pochi minuti potrebbero essere una vacanza. Di solito era molto sudato, ed Erik doveva sempre avere un secondo piano, se ne avesse bisogno, o per caso mettere le sue impronte nel loro sistema. Certo, hai sempre lasciato un'impressione quando sei nel mondo digitale e ti muovi, ma la domanda era esattamente quali stampe mettere lì.

Quando Erik si intromette nei dati di un altro, o su una rete che include più computer, lascia un'impronta nel loro sistema. La traccia che lascia sempre è il numero IP del suo computer che puoi tracciare, e per evitare che il numero IP lasci tracce che portano direttamente a te, molti

usano un falso, il che significa che il numero IP
che diventa l'impronta stessa, porta quindi a un
computer completamente diverso, in un paese
diverso da dove ti trova. Come farlo, non è
esattamente un segreto.

Erik utilizza semplicemente un piccolo
programma, che manipola il numero IP del
computer del cliente. Utilizzando questo
programma, il computer del cliente passa a
Internet tramite un altro computer. In un
linguaggio specialistico, un tale server è
chiamato server proxy, che in pratica è
abbastanza semplice. Basta sfogliare l'identità di
un altro computer. Una volta che hai violato i
sistemi di altre persone in questo modo, è molto
importante utilizzare un tale server proxy che si
trova in un paese che non collabora con quel
paese, perché se le autorità dovevano avere la
possibilità di tenere traccia di questo server
proxy, possono richiedere da quale paese e
quale numero IP si trova nel server. Cioè, qual è
il vero numero IP. Il numero di previdenza
sociale del tuo computer. È quindi
estremamente importante scegliere
attentamente quale server proxy si sta
utilizzando, in quanto questo può
essereassolutamente , cruciale alla fine. Se scegli

un paese che non rilasciale tue attività, puoi fare alcune cose divertenti. Che in questo modo non è il più definitivo, Erik capisce.

Tuttavia, quando il cliente ha questo come lavoro, è necessario fare intrusioni migliori di quelle mostrate negli esempi precedenti, quando si lavora con il controllo e non con sicurezza. Ci sono, come ho detto, alcune regole di base con cui tutti gli hacker lavorano. Essere scoperti è quasi sempre, pensò Erik, ma dove conduce, è una questione completamente diversa. Si tratta del router a banda larga che il cliente ha, che ora ha la banda larga invece di un modem telefonico tradizionale. Il mercato vende questi router avanzati. Uno migliore dell'altro, e con molte caratteristiche che la gente comune non ha la minima idea di cosa sarà, il che crea un grande pericolo generale per queste persone, e non da ultimo per le informazioni che i loro computer memorizzano. Non c'è dubbio che questi router stanno migliorando sempre di più, e con le nuove tecnologie anche la gente comune dovrebbe essere avvertita più chiaramente. I produttori dicono che è solo per collegare il loro router, quindi è chiaro. Erik sa che la maggior parte dei router è predefinita, il che significa che l'utente, il nomee la password sono gli stessi su tutti i router di tale produttore. Molti utilizzano anche reti wireless, che attualmente supportano la maggior parte dei nuovi router, e questo rappresenta una minaccia ancora maggiore quando il router è in modalità di fabbrica, i produttori di some hanno disabilitato la particolare funzione wireless quando il router è in quella modalità e, poiché molti, navigano in modalità wireless oggi, abilitano quella funzione. Erik sa che la situazione è tranquilla e che tutte le porte sono aperte. Molti hanno una rete wireless non protetta e molte persone non la prendono più sul serio. No, potrebbero non avere informazioni importanti nel computer, che mancherebbero se scomparisse, ma se sapessero che potrebbero essere sospettati di un'intrusione illegale in una banca, ed è esattamente quello che Erik sapeva, e vedevano l'incidente come una risorsa di vendetta. Perché proprio in questo momento, Erik sta in piedi e batte le mani, crimini di cui non sei a conoscenza, e la parte peggiore è che non te ne accorgi. Se sei fortunato, l'hacker è abile e forse proteggerà anche te. Ma probabilmente no. Erik conosce questa conoscenza e si rende conto che la loro debolezza è la sua forza.

Erik ovviamente ha preso un altro computer quando è uscito. Ma lui èseduto con un portatile. Poi trova una rete wireless. È importante sottolineare che il laptop che si sta utilizzando deve essere un cosiddetto computer pulito. Ciò significa che il sistema operativo Windows non deve essere registrato a nessuno o a qualsiasi cosa che possa derivarti e, cosa più importante, non hai un file o qualsiasi altra cosa che possa dedurti personalmente.

Una volta soddisfatti questi elementi di base, è necessario trovare un server proxy sicuro per navigare in sicurezza. Utilizzando una rete wireless, di cui un'altra persona è proprietaria, si prendono di mira i sospetti direttamente a quella persona. Così, Erik hackera la rete di un'altra persona e una volta all'interno della rete, inizia a navigare, e ora ha un server proxy che ha manipolato il numero IP del proprio computer (numero di previdenza sociale del computer). Ora, quando navighinel computer dell'altra persona, significa che lostai usandocome HOST. Anche adesso, hai una protezione decente. Ma come ho detto! Non si lavora sulla fiducia che si lavora con il controllo. Il computer host hackera almeno 3 computer aggiuntivi. Una volta fatto questo, è tempo di effettuare l'attacco al bersaglio. Solo per renderlo un po 'eccitante e più interessante, di seguito ti racconterà di un attacco completo a un'azienda più grande. L'azienda aveva un grande muscolo finanziario e la cosa più banale di questa azienda era che stavano facendo affari

IT, che divenne una sfida ancora più grande per entrare. Non è stato un grande lavoro, e allo stesso tempo non voglio dire che sia stato facile. Ma tutto è semplice quando puoi, indipendentemente dall'industria.

Erik aveva fatto ricerche presso l'azienda per molto tempo, e facendo varie richieste sui vari prodotti dell'azienda, ha testato entrambi per compilare i loro moduli web e che ha inviato e-mail ordinarie all'azienda. Erik scoprì rapidamente che i loro moduli web erano tutt'altro che sicuri, poiché molti avevano seri difetti di sicurezza. Queste carenze di sicurezza hanno permesso di controllare dove sarebbe atterrata la richiesta, ma di reindirizzare l'intero questionario sarebbe stato facilmente notato. Quindi Erik ha semplicemente creato una copia di tutte le loro e-mail da questi questionari. Questi non potevano essere notati se non entravano nelle statistiche del server di posta. Solo allora sarebbero in grado di vedere che ci sono state molte e-mail in base al loro server di posta. Ma dal momento che non sembravano farlo, Erik poteva continuare indisturbato nell'ottenere le e-mail. Che cosa potrebbe ragionevolmente ottenere da queste informazioni? Come ci ha detto Erik prima, le parole chiave per il successo sono accuratezza e controllo. Nel momento in cui pensi alla parola

fiducia a questo punto, sei semplicemente
fumato, e puoi quindi renderti conto di essere
nel business sbagliato. Fiducia è una parola con
cui non c'è successo in questo settore.

Un altro errore comune di cui molti fanno o
soffrono è l'avidità. Facendo troppe interferenze
nella loro attività, maggiore è il rischio di essere
scoperti. Ci si concentrerebbe invece sul
prendere un po', e da molte aziende diverse, ma
sedersi con i dollari di un'azienda
reindirizzandoli tramite la propria tastiera alla
destinazione desiderata, sembra quasi irreale.
C'è molto più lavoro di base necessario prima
che ciò possa essere fatto. Ma ci arrivaremo più
tardi.

Attraverso vari dialoghi con l'azienda, Erik è
stato in grado di ottenere le persone chiave che
potevano sedersi su password e nomi utente
importanti che potrebbero essere buoni da
acquisire, ma discutere con un'azienda che si
sarebbe svuotato di dollari e altri oggetti di
valore, richiede un certo talento di recitazione.
Erik non voleva destare sospetti tra l'azienda,
quindi giocando utile contro l'azienda è stato in
grado di trovare le persone che gestivano pagine
web e server. Il modo più semplice è aprire,
aprire un dialogo. Erik passa attraverso il sito
Web dell'azienda per trovare di tutto, dagli

errori di battitura sul loro sito o altri malfunzionamenti. Questi possibili errori sono molto, grati alle aziende per scoprirlo, in quanto i siti web sono il volto pubblico delle aziende per i clienti. Un'azienda seria non vuole avere malfunzionamenti sul sito Web e anche molti errori di battitura su una pagina del genere danno un'impressione meno seria su un cliente. Potrebbe essere percepito come se il personale o l'azienda non fosse in grado di scrivere, e il fatto è che un'azienda non è più forte dell'anello più debole. Inviando e-mail alla società su questi errori, Erik è venuto alla persona giusta all'interno dell'azienda, Erik ha deliberatamente inviato posta alla persona sbagliata presso l'azienda, su questo particolare errore oproblema, la ragione diciò è che il personale che, ad esempio, ha lavorato con il servizio clienti non poteva vedere cosa fosse applicabile al sitoWeb, ma ha ringraziato così tanto per Erik che è stato utile attirando loro l'attenzione sull'errore e che ci hanno indirizzato alla persona giusta. Erik ha semplicemente ottenuto il nome della persona giusta, ma spesso è stato anche inviato con l'indirizzo e-mail della persona nell'e-mail di informazioni.

Capitolo 7

Per il servizio clienti è stato solo un caso normale, rispondere al cliente che ha inviato l'e-mail, ma non per Erik. Con il fatto che le risposte provenivano dalle diverse persone, egli è stato così in grado di dividerle nelle diverse reti, nonché in quale gruppo di lavoro appartenevano, e in questo modo Erik poteva facilmente isolare le persone che erano importanti. Molte grandi aziende hanno un reparto di supporto, ma ciò non significa che si trovano nella stessa stanza, o anche nello stesso posto. Pertanto, questo isolamento era importante in modo che Erik potesse facilmente attaccare il computer della persona giusta. Dopo tutto, questo settore non è noto per aver dato una seconda possibilità se ha fallito. No! C'eranoregole abbastanza semplici in vigore in questo settore. Erik sarebbe semplicemente JUST IN & OUT, Quindi, in questo modo era bello, semplice. Quando ha progettato le diverse reti e l'IP connesso – no, con il computer di ogni persona, ha iniziato con il passo successivo. Erik ha dovuto iniziare controllando se tutti questi numeri IP erano attivi inviando una chiamata sul loro IP no. Nel linguaggio specialistico, si dice che si esegue il ping di un computer, o meglio un IP no. È vero che tutti i computer che si trovano sulle reti sono protetti da molti router e firewall.

Quando Erik invia chiamate a questi firewall, diventa cross-top, che è incluso fin dall'inizio, ma attraverso diversi programmi si ottiene il tipo di firewall contro cui si combatte e quindi si può iniziare il lavoro di cracking del firewall.
Rompere un firewall è come giocare alla lotteria. Non sai mai quanto tempo ci sarà prima di ottenere un payoff. È un processo di applicazione che dovrebbe eseguire il ciclo di tutte queste combinazioni come può essere. Mentre i loop sono in corso, ti assicuri di lavorare per preparare come e dove inviare questi contanti o beni strumentali. Una regola di base su cui non devi mai scendere a compromessi è quella di figurare nel modo meno, indipendentemente dal fatto che sia quasi innocua. Il controllo prevale.

Quando si prendono dimira le cose - ha aggiunto - devono essere inviate o depositate su un conto bancario in Paesi che non forniscono in alcun modo informazioni alla Svezia. Quando sei attivo in questo settore, hai già molte aziende straniere. Le imprese che non sono stati svedesi hanno la minima opportunità di raggiungere il braccio della legge. Depositarlo in Svezia sarebbe come un lavoro disfatto, anche se non lo metti in alcun conto che ti porterebbe personalmente, quindi deve ovviamente portare a qualcuno che a sua volta dovrebbe prelevare il denaro. Poi c'è, che si chiama un anello debole. Quindi, non è un buon modo, quindi andrai costantemente a preoccuparti di quando quella persona perderebbe (pettegolezzo)informazioni. Potrebbe anche esserci pressione da parte di quella persona se volesse ottenere un pezzo più grande della torta. Se non hanno avuto una quota maggiore della torta, una tale persona potrebbe perdere, solo per inchiodarti. L'avidità è una malattia pericolosa con cui Erik non ha mai negoziato.

Evocare grandi somme è associato a grandi problemi e molto lavoro, quindi l'organizzazione ha usato Big Mama, che si chiamava anche Goblin kid, che aveva il controllo di queste figure quando governava su tutte le donne di lusso, era un modo molto intelligente per ottenere ilcontrollo di tali somme di denaro. Bob Cole pensa che sia stato riciclato un sacco di dollari, cosa che dice a Henke, ma non la vede ancora come strana. Molti hanno usato un cosiddetto portiere per ottenere i soldi. Un portiere è una persona che crea un conto in banca e prende il colpo quando arrivano i poliziotti, ma l'organizzazione aveva goblin bambino. Personalmente, Erik era così sfregiato da ciò che era accaduto all'inizio della sua vita, il che significava che non si fidava di nessuno, nemmeno sulla sua riflessione, in quanto poteva essere intercettato.

Erik e Jim OneBone hanno fatto piccole applicazioni (piccoli programmi) che avrebberoaperto, su varie carte di credito fittizie. La creazione di una carta di credito richiede da 10 a 15 secondi ed è quindi completamente utilizzabile. Puoi quindi scambiarlo su Internet senza il minimo problema. Fare carte di credito era tanto meno disturbo, che sapere dove inviare il dollaro. Abbastanza patetico quando molte persone non sanno come ricostituire i loro conti, ma come Erik ha sempre detto durante il suo periodo attivo come criminale, che il problema non era come accedere al denaro. No! Piuttosto, era come inviarli e come tenerli in sicurezza senza ottenere l'invasione con le autorità nella siepe. Entrambi hanno creato da 20 a 30 diverse carte di credito per poter effettuare molti acquisti di medie dimensioni, hannousato diversi numeri di carta di credito e hanno ancheutilizzato diversi fornitori di carte, hanno fatto alcune carte confunzionalità Visa e alcune Mastercard. Qualsiasi cosa sarebbe perfettamente normale.

In linea di principio, i numeri di carta sugli importi massimi potrebbero essere utilizzati, ma perché utilizzare i limiti massimi, quindi si pesca solo su un altro controllo dal fornitore della carta. Non si dovrebbe spalanco su un pezzo troppo grande, come viene così saggiamente chiamato.

Una volta che il firewall è stato rotto, era solo per piantare un piccolo file che avrebbe scoperto in quali URL è andato il personale responsabile. Una volta che il file era in atto, si trattava solo di ritirarsi, e pochi giorni dopo andare a scaricare il file che memorizzava le informazioni che Erik voleva ottenere. Chiamano tali virus spyware, ed è esattamente quello che era. Il programma era solo il compito di registrare le sequenze di tasti che la persona ha fatto. Pertanto, èstato, molto, facile sia vedere dove stavano navigando, quali password e nomi utente utilizzato dal personale autorizzato. Una volta ricevute queste informazioni, è iniziato il passo successivo.

Ora passa inosservato a prendere il controllo dei server di posta elettronica, in, al fine di poter esezioni da eventuali avvisi da parte delle società di carte di credito. Creando nuovi indirizzi e-mail e inoltrando e-mail importanti, ciò potrebbe rendere l'azienda sospetta.

Quando si accede a questi server di posta elettronica, l'ultima volta che hanno effettuato l'accesso a questi server di posta elettronica è stato utilizzato. Se si sa come funziona un server di posta elettronica, si sa anche che in genere utilizzano porte standard. Porte come 25 e 110 sono le cosiddette porte standard. Una volta su questo server, Erik aveva il controllo al 100% dell'e-mail dell'azienda. Questo passaggio è stato solo un passo preparatorio, ma anche un cosiddetto backup aggiuntivo se qualcosa dovesse andare storto.

Questo controllo della posta elettronica potrebbe far risparmiare minuti, minuti cruciali, così cruciali che questo controllo è sempre stato effettuato. Ora ci si può chiedere se le società di carte di credito non abbiano un telefono normale in modo da poter così chiamare e avvisare di questi acquisti, che erano direttamente illegali. Assolutamente potrebbero, ma il fatto è che la responsabilità di un corretto acquisto è condivisa tra tre parti diverse. Cioè, l'azienda che vende i prodotti ha l'obbligo di essere seria. Ciò significa che l'azienda deve essere pulita dalle irregolarità in, per poter utilizzare questo servizio dell'azienda, che installa questi siti di shopping online. L'azienda che apre - assicurano i web shop - garantisce pagamenti sicuri in rete nei confronti delle società di carte di credito. Pertanto, questo normalmente richiede molti giorni prima che questo sia scoperto. Poiché tutte le aziende vogliono fornire al cliente soluzioni semplici e intelligenti, si apre, fino a queste truffe, e dal fatto che queste soluzioni intelligenti sono gestite da computer, si possono quindi manipolare questi sistemi. Perché una cosa è certa! Il computer è una macchina logica. Se non c'è alcun ostacolo, eseguire la richiesta del computer. Il check-in e l'e-mail in uscita si trovano su una buona arma, e con questo controllo è stato facile cancellare tutti gli account di posta elettronica, il che avrebbe reso ancora più difficile per la polizia e l'azienda indagare sul crimine.

È dimostrato che come persona leggi solo le prime lettere di una parola, e poi il cervello collega la parola stessa. Sfruttando questa manipolazione, è stato facile creare indirizzi di posta elettronica simili sui nomi di dominio della società. Quindi vedono che l'e-mail proviene dal proprio server aziendale, che è il nome di dominio della società. Quindi, niente di strano, ma qualcosa che ha creato un grande successo è stato leggere la posta del manager più alto. Soprattutto, le email in uscita che lo stesso manager ha scritto. Il motivo era quello di imparare il vocabolario di quella persona quando una tale e-mail da questo manager poteva essere rivelata scrivendo i tipi sbagliati di frasi. L'uomo è, come ho detto, una persona abituale e uno usa inconsciamente lo stesso tipo di parole o frasi, ed è stato questo che potrebbe rendere possibile la vendetta di Erik tutto il tempo.

Sviluppi il tuo modo di scrivere. Forse quel capo soffre di un problema di palo. Quindi un'e-mail senza errori di battitura sarebbe assolutamente devastante, soprattutto se il manager ha precedentemente inviato un'e-mail alla persona in questione che ora sfrutterebbe. Il direttore delle vendite è stato colpito quando era più interessante da controllare. Ciò gli consentirebbe di verificare se un dipendente con meno poteri chiederebbe o semplicemente farebbe un campione nel sistema che porterebbe il dipendente a fare richieste con il responsabile delle vendite se pensava che l'acquisto dovesse essere effettuato. Questo approccio è stato utilizzato principalmente quando si trattava di pagare una fattura.

Tutte le forme di frode si basano sulla manipolazione in un modo o nell'altro, e se qualcuno lo sapeva, era Bob Cole, e non potersi fidare di una persona lo rendeva più paranoico con la visione di Erik della teoria. Erik era sicuro che gli esempi sfruttano i difetti umani.

Mentre gli esseri umani leggono il tuo cervello almeno da 3 a 4 parole in 0,25 secondi, il che significa che anche se dovessi leggere più lentamente suonando la parola, il tuo cervello non avrebbe portato maggiori informazioni per questo, la teoria di Erik è stata attentamente pensata. Quindi, una debolezza nell'uomo, e la debolezza è ciò su cui si basa fondamentalmente la frode, fornendo poche e buone informazioni ma non complete. Se le informazioni fossero state complete e corrette, il reato non sarebbe stato possibile.

Erik sapeva che solo scegliendo le gemme di una frode, rischia di essere esposto abbastanza presto, quando alla gente non piace quando tutto è troppo buono. No! È importante come nella vita reale, bilanciare e creare un mix di buone e cattive condizioni. La maggior parte delle persone si aggrappa alla speranza. La frode di solito si basa sul fatto che la vittima fa una qualche forma di guadagno finanziario. Quando si presenta un accordo, è importante presentare carta elegante e accurata. I documenti dovrebbero essere così buoni, quindi sono fondamentalmente migliori di quelli che sarebbero i documenti originali. Erik deve essere in grado di dare alla persona vulnerabile l'opportunità di controllare le informazioni che si presenta. Erik e Jim OneBone avevano una qualche forma di contatto bancario o altri tipi di riferimenti. Jim OneBone è un vecchio eco-professionista e si aspetta freddamente che i loro dati siano controllati alle cuciture.

Naturalmente, questo non è un problema in quanto il pacchetto che presenti è stretto e attentamente pianificato. Quando vivi questa forma di lavoro, è estremamente importante che tu sia competente sul campo, quando una mancanza di conoscenza potrebbe rivelare la tua attività. Molto può essere pianificato, ma certamente non tutto. Alcune cose, come le domande dirette dei più vulnerabili, devono sempre poter essere affrontate in modo calmo e ben letto. Non devi mai perdere la faccia, indipendentemente dal tipo di domanda che viene. Nessuno è così bravo che hai risposte a tutte le domande possibili. Ma anche questo è stato previsto avendo risposte d'azione. Potresti dire che dovresti controllarlo subito. Questo può essere il modo in cui puoi chiamare una banca straniera e, dal momento che hai già società straniere, hai anche un contatto bancario straniero. Ora si tratta di convincere davvero il cliente che stai chiamando la banca straniera come dicono che dovrebbero fare. Chiedi al cliente, ad esempio, se puoi prendere in prestito il loro telefono di casa, se va bene, di effettuare questa chiamata perché sarà costoso chiamare via cellulare, ovviamente puoi chiamare dal loro telefono di casa. Chiami e chiedi una persona in grado di rispondere alle domande che la vittima potrebbe avere. Quando si arriva, in contatto con questo banchiere o donna, dire "Ciao" e pronunciare il nome del banchiere forte e chiaro in modo che la vittima prenda nota del nome.

La ragione di ciò è piantare un seme, così come dare una seria impressione, quando la persona vulnerabile ha la sensazione diretta che questo sia reale. Il motivo per cui chiami davvero, e che usi il telefono della vittima è perché vuoi dare alla persona la possibilità di premere la chiamata quando le hai lasciate, o che potrebbero in un secondo momento controllare la bolletta del telefono su dove hai chiamato. Poi avrebbero avuto informazioni che confermavano che stavano chiamando la banca, e per quanto tempo la chiamata stava andando avanti. Era freddamente previsto che il cliente avrebbe chiamato la banca e avrebbe controllare se l'impiegato di banca esiste, quindi è diventato una cosa ovvia. Il lavoro in corso può essere descritto come la costruzione di una casa. Si inizia con la fondazione perché è un prerequisito

per il successo. Ma, però, abbandoniamo il caso
per un po 'e torniamo in azienda.

Quando devi manipolare una persona in
sicurezza, devi, avere una prima pietra. Questa
prima pietra si basa su alcuni fatti e documenti
che la persona all'inizio ha raccolto quando
l'affare viene presentato e i suoi compiti
avranno un grande significato. Contattiamo
l'azienda IT per fare una presentazione
dettagliata della nostra azienda e di ciò che
rappresentava. Dopo aver lasciato fatti di base
come il numero di registrazione della società e il
nome della società, era giunto il momento di
dare l'impressione che volevamo solo acquistare
alcune apparecchiature informatiche per la
nostra azienda. Abbiamo dichiarato subito che si
trattava solo di un piccolo investimento di circa
30 computer e schermi. Che non sono molte
aziende, solo ordinando così su e giù. La
psicologia inversa era tutto.

Quando un venditore viene a conoscenza di
queste quantità, diventamolto , interessato
come quei venditori spesso vanno sullo
stipendio di una commissione che si basa su
quanto vendono. Una volta ricevuta l'attenzione
del venditore, è necessario assegnargli compiti
che erano di diretto interesse per quel

venditore. Erik pensava che fosse una forma di presentazione mentale, che era breve e concisa. Chiedendo il suo indirizzo e-mail, è possibile inviare rapidamente e facilmente unqualche tipo di, di rendiconti finanziari, graficifinanziari o una presentazione. Aspettando allo stesso tempo che questo venditore ricevesse l'e-mail, si potrebbe discutere di quanto fosse difficile il mercato, quando c'erano molti concorrenti, e attraverso queste discussioni il venditore è stato informato che Erik sapeva di cosa stava parlando, e ha reso questo venditore ancora più interessato a presentare un preventivo il più buono possibile alla nostra azienda.

Sapeva che le persone hanno carenze estreme quando si tratta di gestire molte informazioni allo stesso tempo. Una persona non è in grado di gestire una presentazione in movimento durante la ricezione di informazioni orali. Al fine di bloccare queste informazioni che il venditore ha visto sul suo schermo allo stesso tempo, Erik ha parlato di cose simili al venditore al telefono, ma dimostra che le informazioni scompaiono dalla persona entro 15-20 secondi. Big Mama ha riciclato grandi somme di denaro, e con la cattiva memoria di una persona, potrebbe essere in grado di far funzionare la vendetta. A meno che Erik non lo tormenti più volte. Le informazioni che sono tutte in due modi diversi allo stesso tempo, vengono fuori solo quando, per esempio, le ricordi, perché la memoria a lungo termine del cervello è attivata, e la persona ricorda ciò che è stato detto prima.

Ora ci si potrebbe chiedere perché Erik metta così tanta energia in un lavoro del genere. Lo fa per non "andarci" dopo il colpo di Stato, quando tutto viene in superficie perché allora il colpo di Stato non sarà migliore dell'anello più debole. Erik non voleva esporsi a questi possibili problemi, perché quando si tratta di questo tipo di affari, è come un ECG, cioè può oscillare rapidamente nella direzione sbagliata, ma con un accordo attentamente pianificato è impossibile da dimostrare, allora la legge è chiara su questo punto. E' compito del pubblico ministero dimostrare che è stato commesso un reato, ma con tale pianificazione è estremamente difficile da dimostrare per un pubblico ministero. Un pubblico ministero ha anche il dovere di oggettività di prendere inconsiderazione - il che significa che anche il pubblicoministero deve tenereconto - se qualcosa nel caso parla nell'indagato.

Una volta che Erik ha ricevuto il preventivo, è stato solo per inviare una conferma alla società, che accettano il loro preventivoe , anche confermare dove inviare l'attrezzatura. Per quanto riguarda la conferma stessa, si avvale del suo segretario, che ha impiegato all'interno dell'azienda. Invia un'e-mail al segretario, chiedendogli di stampare la conferma e poi inviarla via fax, che è un modo comune per confermare un ordine. Il segretario di Erik, che non sa cosa sta succedendo, e che è fondamentalmente un segretario assunto per il colpo di Stato, è la firma. Firma scrivendo il nome di Erik con il suo nome. Quindi- ha aggiunto - il nome del direttore esecutivo è sui giornali, ma il Sis è firmato dal segretario. Quindi elimini l'e-mail che hai inviato alla segretaria andando sul server della tua azienda. Pertanto, nessun ordine è arrivato dal CEO responsabile al segretario, e in tal modo ha creato un dubbio in quanto non è stato dimostrato che sia stato il CEO a firmare l'ordine, che è stato inviato via fax alla società IT.

Allora un procuratore deve dimostrare che è stato commesso un reato. O è stata una cattiva condotta o un malinteso? Non c'è modo di provarlo. Pertanto, un tribunale non può pronunciarsi, in quanto non è al di là di ogni dubbio che sarebbe stato commesso un reato.

Una volta che la persona aveva confermato l'ordine come sopra, il lavoro è stato fondamentalmente completato. Quando l'ordine

è poi arrivato all'indirizzo dell'azienda, tutto ciò
che dovevi fare era consegnarlo al cliente. Ora
Erik had per fare il processo al contrario. Si è
tirato indietro dalle reti che ha usato come host,
e dove ha usato le loro identità così, Erik stesso
non è stato rivelato poiché il suo computer non
è mai esistito, allafine Erik ha fatto ciò che era
molto importante he ha toltoil disco rigido dal
computer e lo ha distrutto in mille pezzi.

Molti credono che si potrebbe solo formattare
(vuoto) il disco rigido solo poche volte, e che
tutte le informazioni disponibili nelle varie
intrusioni, sarebbero senza traccia. Lo stato ha
molti programmi costosi e sofisticati per essere
in grado di recuperare le informazioni sui dati
eliminati, ma distruggendo il disco rigido era
completamente privo di rischi. Quando aveva
poi rotto il disco rigido, era solo per diffondere
le parti in luoghi diversi, e se Erik avesse lasciato
un disco rigido rotto, forse piccoli frammenti di
dati potevano essere recuperati. Che si tratti di
un rischio improbabile che ciò accada, Erik ha
lavorato con il controllo.

Per tornare alla preparazione, non potrà mai
essere troppo accurato. Naturalmente, la
necessità di controllo diventa quasi morbosa.
Ma non era nulla su cui Erik stesso riflettesse

perché sembra una sicurezza. Non fidandosi di nessuno, esclude qualsiasi rischio che qualcuno sia in grado di rivelare ciò che Erik sta facendo.

Capitolo 8

Per questo detto: Se *una persona lo sa, nessuno lo sa Ma,se* due persone lo *sanno, allora tutti lo sanno. Dicendoti costantemente che non potevi mai fidarti di nessuno,* la vita si sentò sola, ma Erik si acierò ad essa, quando scelse di vendicarsi della società e di chiunque avesse in qualche modo in mezzo a questa vendetta. Molti criminali hanno cercato di fare ciò che Erik fa da 15 anni, ma solo una manciata di persone ci sono riuscite. Perché se sono riusciti a fare il colpo di Stato, sono entrati dopo. Perché l'uomo è un gregge, che costantemente in un modo o nell'altro vuole ottenere attenzione. Molte volte, è stata questa attenzione che hanno assunto. Mi hanno semplicemente detto cosa avevano fatto alle persone sbagliate, e che a loro volta non riuscivano a tenere la bocca chiusa. Entrare nei sistemi informatici di altre persone, o aggiungere i soldi di un'altra persona, non è esattamente una porta aperta per l'amicizia. No! Solo nemici e nemici, ma a Erik non importava, dato che si sedeva e contava dollari, in quanto sarebbe stata la cosa più cara che avesse.

Erik ha lavorato in due modi contemporaneamente. In primo luogo, ha assunto il controllo totale del mondo digitale esposto, controllando il flusso di informazioni, dove poteva facilmente evitare qualsiasi minaccia come gli avvertimenti di altri fornitori. Erik gestiva completamente la posta del responsabile degli acquisti. Allo stesso tempo, ha ingrassato il venditore dando una buona impressione. È stato un lavoro approfondito sincronizzare costantemente le informazioni tra il venditore e il suo manager. È stato estremamente interessante in quanto ha davvero messo alla prova le proprie abilità più volte, perché non ha mai saputo quando parlarsi. Fare una grande frode è stato davvero laborioso perché la verità era che poteva andare all'inferno, il prima possibile se gli sarebbe mancato solo un piccolo dettaglio. Mentre Erik aveva sempre in mente, era ghiacciato. E potrebbe dire che è davvero, difficilema le truffe sono come qualsiasi droga, ha, prendere dosi più grandi dopo un po', sentire il calcio. Nella vita di Erik divenne sempre più sofisticato essere sempre più in grado di sentire quel tipo di calcio in un certo senso. Erik ha iniziato a farsi un nome in questo primo anno in cui ha fatto bene con il lavoro che ha intrapreso, il che è importante. Puoi fare rane in qualsiasi lavoro, ma non in questo. Man mano che la parola si diffondeva, sempre più persone pesanti emersero dalla palude criminale. Queste persone non erano ragazzi che sono stati trovati direttamente sotto le pagine gialle. Erano ragazzi pesantemente gravati, e il cui saluto era grasso d'arma sulla fronte. Queste persone erano estremamente instabili, e di solito erano colpite dalla droga dalla variante più pesante, ma i ragazzi avevano buoni lavori, e questo significava dollari. Quando qualcuno ha detto dollari, Erik è stato ipotizzato quando avrebbe raccogliere un sacco di milioni. Poi non ha avuto inibizioni, purché le note rosa siano state arrotolate in grandi quantità. Chi è stato schiacciato era completamente irrilevante finché è arrivato ildollaro, in t quic'era una terribile quantità diaspirazione in quel desiderio difare solo un confronto era come se avessi attraversato il deserto del Sahara senza acqua, e quandoarrivi, c'è molta acqua su un tavolo, acqua che non ti è permesso bere.

Allora potresti capire un po 'meglio cosa provasse erik bramando vendetta e dollari, ma questo paragone Erik non cerca di giustificare, quello che ha fatto in alcun modo. Hans mi ha appena detto com'era. Come tutte le persone di pensiero criminale, Erik stava cercando uno status negli inferi elavorava per due cose - avrebbe riconosciuto come abile nel suo campo ma anche che voleva essere una persona temibile - Era molto importante che avesse rispetto.

Ora che i ragazzi pesanti avevano contattato Erik, era ancora più importante. Si chiedeva cosa sarebbesuccesso, nessuno mi ha detto cosa fare, solo che era ben pagato, e non pensavano che sarebbe stato un grosso problema per Erik perché apparentemente lo hanno già controllato. Erik pensava che sembrasse estremamente strano in quanto non l'ha detto a nessuno che conoscesse questa banda.

Quando stavano per entrare in una casa che si trovava in una normale zona residenziale, Erik era più che sorpreso. Questo non era il quartiere ombreggiato a cui riusciva a pensare. Quando Erik entrava in casa, uscivano in cucina e una volta che si siedeva un uomo, con la barba su tutta la testa. Sembrava timido in un modo più distintivo, ed Erik non capiva cosa stava facendo lì, ma a quanto pare quest'uomo barbuto avrebbe avuto una grande influenza. Mi è sembrato strano quando l'uomo ha iniziato a chiedere a Erik quale conoscenza avesse nei dati. Personalmente, non era esattamente interessato a dirci quale fosse la sua conoscenza, dal momento che quest'uomo non aveva nemmeno detto il suo nome. Non si sente bene, perché non sapeva se fosse un poliziotto con cui stava parlando, potrebbe essere chiunque per Erik. Ha risposto un po 'brevemente dicendo il suo nome, Sam. Quando aveva detto il suo nome, Erik si rese conto di essere atterrato nella cucina dell'inferno. Questo Sam era il più grande trafficante di droga dell'epoca.

Erik si sedette nella cucina di quell'uomo e aveva un po' di vomito che chiedeva il suo nome. Beh, midispiace. Potrebbe non essere stata una buona idea essere presuntuoso con quest'uomo, ma non ha dimostrato di avermi percepito sgradevole, il che significava che Erik ha risposto alle sue domande. L'unica cosa che gli girava in testa era che non sarebbe stato coinvolto in alcun affare di droga. Era un mercato di cui non era a conoscenza. Quando Sam gli chiese se Erik avrebbe preso in considerazione l'idea di fare qualche lavoro per loro, era estremamente dubbio che non voleva essere coinvolto nella droga. Sam rispose che avrebbe parlato con i suoi contatti e voleva che fosse sentito di nuovo. Chiese se Erik avrebbe preso in considerazione la possibilità di dargli il suo numero di cellulare, che gli diede, sfortunatamente.

Si sarebbe mettersi in contatto se questo lavoro si avvicinasse, cosa di cui non ci ha parlato. Proprio mentre se ne stavano andando, il figlio di Sam viene a mangiare. Quando tira fuori il pacchetto cornflakes, il ragazzo ha trovato qualcosa di completamente diverso dai cornflakes. Sam aveva messo giù detonatori che sono lì per far esplodere anche vari esplosivi. Erik si è messo una piccola leva nei pantaloni, ora che era finito in,qualcosa che sarebbe arrivato tardi a dimenticare. Erik non ha subito sentito che stavano minacciando in alcun modo, probabilmente era più che cominciava a sembrare come se fosse in un film. Mentre escono dalla casa di Sam, vengono accolti da due grandi. Un tizio sembrava unmutante, e veniva da un bagno acido. Tutta la sua faccia non era di questo mondo. Queste due persone sarebbero poi disegnite dell'esattore di debiti di Sam, il collettore di debiti della droga.

Erik cominciò a capire che ci potevano essere problemi se fossero diventati nemici, o se qualcosa dovesse andare storto, e semplicemente non voleva mettersi in una posizione del genere. Ora se ne sarebbe andato senza sapere se ci sarebbe stato un lavoro o no. Erik non sapeva nemmeno cosa fosse.

Ancora una volta a casa, i pensieri cominciarono a girare. Erik, che era una persona che voleva un controllo completo, non aveva il minimo controllo ora. Una sensazione molto spiacevole. Dopo circa una settimana, Sam lo chiamò sul suo cellulare, e voleva vederlo lo stesso giorno. Più

tardi nel pomeriggio Erik e i suoi amici sono
tornati a casa da Sam. Sono stati accolti da Sam
alla porta. Ha detto che stiamopartendo adesso,
e possiamo parlare in macchina. Non si sentiva
al sicuro a parlare a casa sua. Sam continuava a
parlare di essere guardato, e dato che SAPO
stava guardando la sua casa e toccando il suo
telefono, era nosy. Dopo che hanno iniziato a
guidare, Sam mi ha detto che voleva mostrare
loro dove colpire. La sensazione che Erik aveva,
era che era su un ghiaccio sottile, quando voleva
solo lavorare nel mondo digitale, ma ora
sembrava che sarebbe stato nel fisico. Nel fisico
in cui non è stato possibile modificare la propria
identità quando necessario. Era come se Erik
stesso fosse l'hardware, invece del software. Ma
che scelta aveva adesso? Quando era nella
stessa auto di un grosso spacciatore che non ha
visto esattamente un NO, come risposta. Si
stavano avvicinando a un porto. Sam ha detto
che non stanno lungo la recinzione per parlare di
quello che voleva fare.

Gli amici di Erik guidavano la macchina, e Sam si
sedette accanto a lui. Erik stesso era seduto sul
sedile posteriore dietro Sam.

Sam parlò solo con Erik. In precedenza aveva
detto che non gli piacevano i suoi amici. Ora ha
chiesto a Erik se poteva entrare nel sistema

informatico del terminale? Erik ha risposto che finché, finché il sistema terminale è online, potrebbe essere possibile, cosa che sembrava gli piacesse. Ha iniziato a parlare di due lavori diversi, ed entrambi hanno toccato questo porto, ma più non voleva dire quando gli amici di Erik erano in macchina, Erik e Sam sono finiti fuori dalla macchina per continuarecon l'accordo su questo lavoro. Poi ha chiesto ancora una volta se poteva davvero fidarsi degli amici di Erik? Assolutamente, è stata la sua risposta diretta. Sam non gli piaceva più per questo.

Sam voleva che Erik entrassi nel sistema informatico del terminale porta dove tutti i contenitori erano registrati in un database e vedevano cosa contenevano. A quanto pare aveva due ordini diversi che avrebbe presto informato i suoi acquirentio il lik e sefosse stato possibile eseguire. Sam ha detto che poteva essere utile solo con un camion, e che aveva un contatto che poteva prendere i sigilli per i contenitori in quanto questi erano sempre sigillati. Il resto voleva che Erik aggiustassi in modo che potessero entrare con un'auto portacontainer. I contenitori a cui Sam e i suoi partner erano interessati contenevano jeans e l'altro conteneva carne congelata.

La carne era già stata ordinata e venduta, se
l'hanno tolto dal porto in modo fluido.
Rimuovere il contenitore con i jeans era un po
'più facile in quanto non richiedeva un'auto
rimorchio con refrigeratori. Con una sacco di
carne che è stata congelata, hanno dovuto
trovare un trattore rimorchio, perché altrimenti
sarebbero presto stati lì con una sacco di carne
acida. Ma come ho detto non era un problema
di Erik, quando Sam aveva assunto quella parte
con i camion.

Erik stesso aveva abbastanza mal di testa
quando dovette entrare nel sistema informatico
del terminale. Il problema che Erik aveva era
trovare il loro firewall che manipolava il numero
IP del computer in cui avrebbe dovuto entrare.
O avete un vero firewall che sembra una piccola
scatola, e questo è da qualche parte in
quell'edificio, o usate un software che funziona
proprio come un vero firewall, ma la differenza è
che questo firewall consiste, come ho detto, in
un programma software, e come vi ha detto
all'inizio, c'è sempre un punto debole in un
software. Devi solo, per trovarlo.

Sfortunatamente, questo terminale non aveva
un programma software che fosse il loro
firewall. No, avevano la versione hard.
Attraverso il contatto di Sam alla porta, sono

stati in grado di ottenere qualsiasi informazione che avrebbe aiutato Erik, ma che le informazioni sul loro firewall avrebbero apparentemente dato questo contatto a Sam. Erik era dubbioso se questo avrebbe funzionato, e non poteva vedere come questo contatto avrebbe ottenuto il numero IP sul loro firewall. Sembrava molto incerto. Erik e Sam sono tornati in macchina, e Sam voleva che guidavano verso un altro indirizzo.

Gli amici di Erik stavano guidando per il quartiere, quando Sam non sapeva in quale cancello viveva la persona. Cioè, un indirizzo su cui la polizia spesso aveva gli occhi puntati. Sam voleva che gli amici di Erik rimanessi, così che potesse scendere al cancello chiuso a chiave. Erik è ancora sul sedile posteriore e il suo amico è ancora al volante. Sam cammina dall'altra parte dellastrada e arriva al cancello che era chiuso a chiave. Sam prende il suo cellulare per raggiungere la persona all'indirizzo. Sono solo pochi minuti, poi Sam torna in macchina e salta dentro.

Ora c'erano anche un sacco di polizia. Un'auto attraversa in diagonale davanti alla propria auto, poi una dietro e una sul parallelo laterale.
È la polizia, guida... Urlando Sam.

Sam impazzisce quando gli amici di Erik sono mezzo paralizzati da quello che è successo. Sam urla che correrà lungo il marciapiede sul lato destro. Poi era l'unico lato, potevano superare, ma gli amici di Erik erano come il toro Ferdinand che sembrava piuttosto voler tenere angusto nel volante, con il motore spento. Tutto questo è accaduto in 30 secondi. Prima che te ne rendessi conto, c'era un agente SAPO dalla parte di Erik e puntava un'arma affilata carica contro Sam, gridando che sarebbe uscito dall'auto.

Capitolo 9

Erik si sentiva come se fosse alto circa tre mele. Con un'arma affilata e un alto agente SAPO, si ottiene facilmente corto nel cappotto, e veloce, Erik pensò. Se non hai mai provato ad avere un'arma affilata puntata contro di lui, Erik può dire che tutti i muscoli di tutto il corpo si rilasciano e inizia a piùo meno a tremare. Erik pensava che fosse circa 40 gradi sotto zero e, si congelacosì i denti tremano. Questa è pura paura e l'adrenalina che schizza completamente nel tuo corpo. Maledizione! Pensavo Erik.

Sam apre la porta e la polizia chiede mezze grida se sonoarmati, che cazzo di domanda hanno compilato tre moduli prima e hanno inviato un messaggio che avevamo armi "Domanda più stupida che ho sentito da molto tempo", dice Sam. Ora un altro agente è venuto a portare Erik e i suoi amici fuori dalla macchina. Erik è uscito e ha dovuto stare contro il bagagliaio. Gli amici di Erik si assicurarono che presto sarebbe sembrata una zona di guerra. Quando l'amico di Erik scende dall'auto, si toglie la sua grande portachiavi dall'accensione, poi guida un dito nel portachiavi, quindi il portachiavi sembrava un anello sul dito. Una volta sceso dall'auto, la polizia gli ha detto di mettere le mani sul tetto dell'auto. Così, lui, amico di Erik, era pronto a lasciare la grande catena di chiavi dalla sua mano. Il suono creato da questo fottuto portachiavi era un forte suono metallico, un suono che gli agenti dietro di esso pensavano fosse un movimento del mantello o simile, il che significava che ora, era davvero un sacco di arma che gli agenti stavano agitando. C'è stata una reazione a catena quando l'agente che ha estratto la pistola ha reagito come ha fatto lui. Anche i suoi colleghi non erano in ritardo nel disegnare le armi. È stato un incubo che gli amici di Erik difficilmente pensavano fosse finito. La polizia che è arrivata per la prima volta in macchina, si china e brilla con una torcia elettrica sotto il sedile posteriore dove Erik si è seduto. Erik vede l'agente scendere dall'auto, e in mano, tiene una piccola lattina di alluminio, e lo fa senza guanti. Ora tiene in mano questo barattolo, che ha aperto. Nel barattolo c'era un sacchetto di plastica, e in esso c'era apparentemente qualcosa che Erik non avrebbe mai dimenticato.

Durante il viaggio di Sam ed Erik, avevano visto questo barattolo ma non se ne erano curati, ma si fidano che Erik se ne prendeva cura ora. Erik vede solo la polizia che guarda il contenuto, e poi si rivolta contro il suo collega. Erik poteva leggere quello che ha detto sulle sue labbra. Era come se qualcuno fermasse il mondo per

qualche secondo. Tutto ciò che Erik vide erano
lesue labbra che modellavano la parola D.R.U.G.
Hell! Erik ha detto subito, si è dimesso. Ora lo è
davvero, ed era come se avesse un'esperienza
quasi di morte molto everything, stava
pensando chesarebbe stato con questa
personaoggi per why, Erik si è incazzato così
tanto per se stesso.

Non dovresti mai lavorare con quello chepuoi,
non perché allora sta andando come ha fatto
ora. I pensieri di Erik erano come uscire da
questa merda, non c'era modo che andasse Sam
achiamarlo, e dice che nonavrebberofatto
rumore, e che il suo avvocato li farà uscire, ma il
debole conforto non si sentiva. Mezz'ora dopo,
l'agente McGill ebbe finito, ed era felice quando
questi agenti li presero, e un minuto dopo, si
aprì una porta cellulare, e fu l'agente McGill ad
andare alla porta di Sam. C'erano due persone
fuori dalla cella di Sam e McGill. Sam guardò
l'agente e scelse di non rispondere alle sue
domande, così il polizia chiuse la porta.
Improvvisamente Erik sente una voce che aveva
sentito in precedenza, ma non riusciva a
posizionare questa persona. Era una donna, così
tanto che poteva osservare, ma chi fosse, è
abbastanza difficile da stabilire. L'agente McGill

e la persona, con la voce femminile
sembrava familiare, era evidente nel loro modo
di parlare. Erano quando Erik capiva chi era e
iniziava a prendere acalci la porta dellacella, Big
Mama cosa diavolo stai facendo con ilfottuto
agente Roars Erik, adesso davvero filato i
pensieri di Erik Come diavolo poteva negoziare
con un agente?

Erik voleva chiamare Henke, ma come sarà. Erik
fu rinchiuso, e la sua credibilità era
all'Organizzazione. Probabilmente gli agenti
avevano un informatore, e sembrava Big Mama,
ma Erik non poteva giurarci, ma suonava così.
L'idea di chiamare Henke divenne sempre più
grande, anche se i poteri di Erik erano limitati.

Le due persone hanno parlato a lungo e
probabilmente sono state all'unità di iscrizione,
perché Erik non riusciva a sentire quello che si
dicevano, anche se era seduto sulla cella vicino
ad entrambi, di loro. Quando le due voci
tacevano, solo Erik sentì scarpe con il tacco alto
che si stavano muovendo verso un altro
ingresso. Probabilmente è stato il suono di Big
Mama (goblin kid), che ha informatol'agente
McGill della situazione attuale. Erik impazzì solo
con i malati che pensava di avere, ma senza
prove Erik non poteva dire se avesse fornito

informazioni all'agente McGill. Erik era frustrato, e notò anche Sam nella seconda cella, quando Erik prese a calci e schiaffeggiò la porta della cella, e disse che voleva fare una chiamata, dopo pochi minuti arrivò una polizia e pestò indietro, e si chiese cosa diavolo volesse?

Voglio fare una telefonata al mio avvocato!? Stai zitto adesso! Non puoichiamare il tuo avvocato oggi. Risposto il guardia.

Sì, ho preso e tu puoi, non fermarmi o rifiutarmi quella conversazione, tu ora, bastardodellapolizia.

Sono quasi le 10:30, e perché non chiami he domani? Saiutare la guardia.

No, orachiamerò il mio avvocato. Erik risponde un po' arrabbiato.

Ha fatto uscire Erik o hanno iniziato ad andare all'ascensore per salire al 3 piano, ma devono aspettare fino a quando non c'è un altro agente di polizia, quindi non sono autorizzati a salire con Erik stesso, a causa del livello di sicurezza, ci vogliono solo pochi minuti e un altro agente di polizia com. Poi c'erano tre persone l'ascensore in modo che ora potessero andare. Tutti sono andati al piano 3, e quando erano lì, uno degli

agenti ha lasciato l'area, e l'altra guardia si è
seduta al tavolo e avrebbe monitorato il tutto, in
modo che durante la chiamata non arrivasse
nulla di inappropriato.

Proprio quando Erik stava per chiamare, quindi
la guardia si siede ferma? Erik ha chiesto se non
ci sarebbe andato? No, giovanotto, nonlascio
questo posto.

Erik ha quindi chiesto alla guardia perché non
poteva definirsi, dal momento che non era
nemmeno condannato per il crimine che ha
chiamato, voleva solo fare la sua chiamata di
apparizione.

Allora credo di avere il diritto di parlare io stesso
con il mio avvocato,non sono stato condannato.
Dice Erik. Erik, scordatelo e chiamate il vostro
avvocato. Rispondendo alla guardia.
Proprio alla loro chiamata è arrivato un agente
di polizia che è uscito nell'ascensore e ha aperto
la porta. Le persone che sedevano alla scrivania
hanno chiesto alla polizia se un detenuto poteva
definirsi, ovviamente possono, sono libere e
arrestate solo, quindi la maggior parte dei diritti
a cui hanno diritto. Cioè, possono chiamarsi, ma
solo all'avvocato o al rappresentante
competente.

Erik sapeva che l'avvocato avrebbe risposto con una chiamata di risposta e dovette lasciare una dichiarazione al suo avvocato e a Henke che probabilmente c'è un infiltrato nell'Organizzazione. Voglio che controlli cosa ha Big Mama (goblin kid) con l'agente McGill. Controlla tutte le possibilitàperché, è strano. Ti parlerò di nuovo Erik.

Dopo la chiamata è arrivata la guardia e l'altra polizia e i tre sono tornati in cella. C'erano molti pensieri che Erik aveva, ma era completamente senza risposte, come al solito.

Capitolo 10

Al mattino, era piuttosto logoro. C'erano tre persone che furono arrestate, ma l'amico di Erik fu rilasciato immediatamente la mattina, ma né Erik né Sam erano liberi. Hanno dovuto aspettare i risultati del laboratorio forense di SKL= Laboratorio forense di Staten molte ore insonni sia per Erik che per Sam. Già dopo colazione sono venuti e hanno lasciato uscire Erik, quando ha avuto il risultato di SKL, che ha mostrato che Erik non aveva nulla a che fare con i farmaci.

La polizia che ha fatto uscire Erik, ha chiesto di lasciare il posto, e che prima ha cambiato idea e ha dovuto rimanere dietro la serratura o boom.

La polizia che ha fatto uscire Erik, ha aperto una porta laterale per poter lasciare la custodia. Quella porta si chiama anche "La porta della vergogna" dove siedono tutte le persone, e dove la polizia deve rilasciare qualcuno per mancanza di prove, o un ubriacone che ha bevuto e ha bisogno di sobrietà e quello che esce che è stato arrestato.

Sam è stato lasciato in custodia perché probabilmente avevano trovato qualcosa che potesse legare Sam a un crimine. L'avvocato di Sam è venuto dopo cena e ha chiarito a questa

polizia che tutte le impronte digitali sarebbero
state consegnate all'avvocato che è stato
trovato dalla SKL. L'agente che ha trovato la
lattina sciolta con una torcia elettrica, e poi ha
preso quel barattolo senza guanti che non
avrebbe dovuto fare. All'avvocato era stato
permesso di parlare con Sam e sapeva di queste
informazioni.

Tutti erano felici, e tutti erano di nuovo in
libertà. Gli amici di Erik erano tornati a casa da
sua moglie e si erano promessi di non essere di
nuovo un collante del governo, e aveva anche
detto a sua moglie, per rassicurarla. Anche
l'avvocato era felice del risultato, e tutte le
persone erano separate. Detto e fatto così, Erik
o Sam iniziò a discutere di come sarebbe stata la
vendetta. Non era molto sicuro poiché Erik
sapeva che presto sarebbe stato in discussione.
Si è scoperto che la lattila conteneva circa 12
ettoli grammi di eroina. Ciò è stato meno
positivo, e poiché Erik personalmente non era
noto alla polizia in questa occasione, poteva
sentire che avrebbe potuto farla franca in pochi
anni. È stato un pensierodavvero stupido. La
droga è l'ultima cosa con cui essere coinvolti, e
soprattutto con l'eroina.

Ben presto si svolse che Erik sarebbe stato nuovamente detenuto, gli agenti avevano arrestato Erik e Sam. Lì erano entrambinell'arresto e con alcuni, per non dire altro, brutti bastardi dell'agente che promettevano che avrebbero avuto la vita difficile per loro, se non avrebbero confessato il loro crimine. Erik non disse un suono, sapendo cosa sarebbe successo quando uscì se fosse stato considerato uno squittio. Quindi, la bocca era, ed è rimasto chiuso su questa lamina di eroina.

Ancora una volta, entrambi hanno dovuto togliersi la cintura, i lacci delle scarpe e svuotare le tasche di tutto. Poi è stato solo per iniziare a fare il letto con un cuscino di plastica e una coperta che puzzava di merda. Dal momento che Erik era stato arrestato solo due volte, questa notte è diventato un inferno di grande preoccupazione per il futuro, e se avrebbe visto di nuovo i suoi figli.

Erik non dormiva un minuto la prima notte, quando c'era molto da fare. Non solo perché era una vita infernale, ma anche perché erano stati arrestati per la prima volta, e ora sono stati informati che il pubblico ministero ha deciso di arrestarli, sulla base di una motivazione che esisteva, e potrebbe significare da 3 a 4 giorni in quella cella, un'incertezza che era straziante. Peggio ancora, Erik ora è appena andato a dipingere un sacco di cattivi pensieri, uno peggiore dell'altro. I bambini erano sempre al centro dell'attenzione e di come avrebbe agito la madre dei bambini, quando ha scoperto che Erik era accusato di crimini di droga. Sì, era sudato.

La mattina dopo, due poliziotti vengono a prendere Erik perinterrogare - è stato uninterrogatoriomolto breve - haesordito l'interrogatore spiegando che non pensavano che fosse l'eroina di Erik, ma volevanoche distinguesse Sam come proprietario di quella laca. Erik ha detto che non potevo farlo perché non sapeva di chi fosse la lass d'eroina, il che non era una bugia! Hanno detto di aver messo le impronte digitali di Sam nella lattine, quindi sapevano già che era la sua lattine. La domanda di Erik era perché avrebbe conosciuto una persona quando lo sapevano già? Ma Erik non sapeva nulla e non poteva dirci. Che Erik fosse stato un centinaio di sam, non avrebbe mai fatto notare lui, o chiunque altro. È e rimane una legge non scritta non andare mai a ratto nessuno. Poi la polizia ha detto che Erik potrebbe essere un accomplice ai reati di droga. Si è trattato di una pura tattica intimidatoria da partedella polizia , in modo che avesse paurae raccontava tutto ciò che un'acqua corrente. Ma c'era qualcosa diveramente, sbagliato nel caso, ma Erik non riusciva a capire cosa fosse. Ma Erik non aveva dormito tutta la notte, quindi i suoi pensieri erano come sciroppo nella sua testa, combinato con una grande preoccupazione per il futuro.

Erik ha detto alla polizia che voleva un avvocato se volevano fare altre domande. Poi hanno deciso di terminare l'interrogatorio. Erik pensava che forse fosse perché gli avrebbero dato un avvocato. Unaltro - ha detto la polizia - è entrato nella sala interrogatori, poi questo lo avrebbe portato di nuovo in carcere. Poi è stato rinchiuso di nuovo, ed eccolo qui in questa cella cupa da cui voleva solo uscire. Mentre Erik giaceva lì sulla panchina dura chiamata letto, guardò il pavimento, fino a destra della porta della cella. Si chiedeva dov'era per l'immersione nelpavimento? Ma ben presto lo ha capito quando aveva bisogno di colpire un sette (pipì). Erik si avvicinò alla porta per chiamare la guardia in modo che potesse andare in bagno, ma quella guardia non era esattamente una persona veloce.

Ci volle più di un'ora prima che questa guardia si aprisse, così Erik potevi andare in bagno, così ora aveva capito chiaramente, a cosa era la fessura del pavimento. Era l'ultima risorsa se la guardia non sarebbe stata in tempo. Poi hai dovuto fare bella pipì sul pavimento. Era anche lì in modo che le guardie potessero lavare il pavimento se c'era un ubriaco nel letto che buttava giù tutto. Molte cose nuove che Erik ha imparato in queste ore.

All'improvviso la polizia apre la porta della sua cella e dice che Erik esce con lui. Camminano fino a quella panchina dove la sera prima dovevano rinunciare alle loro cose. Erik si chiedeva cosa stava succedendo, vero? La polizia ha detto che sarebbe stato rilasciato. cosa? Come può essere? La polizia chiese a Erik di stare zitto, e che avrebbe preso le sue cose e sarebbe scomparso dalla sua vista. Una dichiarazioneche la polizia non dovrebbe ripetere, visto che Erik ha lasciato rapidamente e facilmente il posto per trovare un posto, per recuperare il ritardo. Una volta fuori dalla stazione di polizia, tutto era così, dannatamente bello vedere tutto significava molto di più ora che prima che entrasse dietro le sbarre erocome se tutte le persone che erano in città fossero i tuoi miglioriamici. Erik ha salutato tutto e tutti. Sì, era una strana sensazione di libertà e si comportava come se avesse la peggiore fortuna. Un po' come essere ubriaca dasalone quando seipiù felice. Cominciò a pensare al suo desiderio di vendetta sulla società, e si chiese se gli fosse stata data questa possibilità, per correggere il suo comportamento distruttivo. Erik voleva credere che questo fosse il destino che lo ha fatto uno scherzo, che presto si sarebbe scoperto essere un pensiero ingenuo. Pochi giorni dopo, anche Sam era stato rilasciato, ed Erik cominciò a chiedersi come diavolo fosse successo.

L'avvocato di Sam aveva creato una vita infernale con la polizia e i pubblici ministeri e aveva chiesto quali impronte digitali c'erano sulla lattine di eroina. È stato il laboratorio forense della polizia a determinare le impronte digitali. Quando l'avvocato ha richiesto tutte le impronte digitali, anche le impronte digitali del poliziotto avrebbero dovuto essere sulla lattine, e questo è diventato il punto di assoluzione in questo caso. Quando l'agente ha preso la la lata dalla macchina, ha fatto il grosso errore, che l'ha fatto senza guanti. Un errore di cui l'avvocato di Sam ha approfittato, e che ha permesso a tutti coloro che erano in macchina di camminare liberi, grazie a Dio. Dopo di ciò, Erik giurò di non occuparsi mai di droghe, o di rimettersi in una situazione del genere.

Ora che Sam era di nuovo libero, voleva che tornavano al lavoro come al solito. Erik si sentì traballante diversi giorni dopo e non era particolarmente interessato a fare alcun lavoro per Sam, anche se per Sam era pura vita quotidiana entrare e uscire.

Erik era ora in guardia e aveva sviluppato un senso dell'olfatto che poteva percepire i poliziotti. Erik ha visto poliziotti su tutto, era il 99% nella sua testa, anche se non c'erano nemmeno poliziotti vicino a lui. Tre giorni dopo l'uscita di Erik, Sam volle incontrarsi di nuovo. Avrebbero dovuto incontrarsi nel mezzo di Malmoe ad un indirizzo. Erik è venuto, aspettando che Sam uscisse da un cancello. Dopo un po 'viene, e aveva una borsa nera con sé, Erik sentì una sensazione spiacevole nello stomaco. Non si sentiva bene, come ha appena percepito ciò che la borsa conteneva. Quando Sam è entrata in macchina, ci dice che i suoi contatti volevano che continuasse come determinato con il lavoro del terminale. Erik si chiese se non si sarebbero sdraiati per qualche tempo, quando i poliziotti ovviamente avevano gli occhi puntati su di loro, ma Sam non lo voleva.

Sam sembrava estremamente stressato per il lavoro terminale che Erik non poteva sminuirsial momento, nel momento in cui avevasolo piani per illavoro, e nulla è stato deciso. Tuttavia, Erik era così stressato finoa quando ne abbiamo parlato.

Erik si sedette in macchina e disse una preghiera tranquilla che non avrebbe parlato di ciò che c'era nella borsa, quando riusciva quasi a indovinare cosa ci fosse. Sam voleva che andasse a correre fuori Malmoe. Non ha fatto cadere la borsa per un secondo per tutta la durata del viaggio. Lungo la strada, Sam gli dice che Erik dovrebbe sempre chiamare il suo avvocato. O se avete problemi finanziari, dovrete chiamare Big Mama, non è costato nulla, cosa di cui era molto chiaro, ha lasciato un biglietto da visita all'avvocato, e ha detto che Erik poteva ora vedere questo avvocato come il suo contatto legale.

Capitolo 11

Ha anche detto che se gli dovesse succedere qualcosa, o se dovesse tornare in prigione, Erik raccoglierebbe sempre informazioni attraverso questo avvocato. Sam lo ringraziò anche per non aver fatto pettegolezzi quando arrivarono per ultimi, e Sam disse che si fidava di Erik. Ma gli dissi com'era, che non avevo fatto nulla, per il quale aveva bisogno di ringraziarlo, ma lo sentiva. Dopo il loro piccolo giro Erik avrebbe lasciato Sam dove lo aveva precedentemente preso. Prima che si separassero, ha detto che chiamerà Erik domani. Fallo. Rispose, e lasciò il sito con un po 'più di pressione sul gas, quando Erik non voleva stare con questa persona per troppo tempo. Erik pensava che la sua strada fosse abbastanza ok, dato che ora ha coperto le spese legali.

Il giorno dopo Erik si sedette per lo più e attese che Sam chiamasse in modo che decidesse quando avrebbero iniziato il lavoro del terminale. Poco dopo le 13.m, c'è stata una chiamata. Fu l'avvocato di Sam a chiamare Erik per dirgli che Sam era stato arrestato, poche ore dopo che Erik lo aveva lasciato la sera prima. Era stato arrestato, con una borsa con un chilo di eroina. Sam hainviato un messaggio al suo avvocato che avrebbe avvisato Erik di continuare con il lavoro terminale, al quale non ha reagito molto, all'inizio, ma quando la loro conversazione era finita, Erik ha iniziato a chiedersi come avrebbe potuto lasciare un tale messaggio al suo avvocato, quando era stato arrestato con un chilo di eroina. Allora il lavoro terminale dovrebbe essere l'ultima cosa sulla sua strada.

Probabilmente era la stessa borsa che Sam aveva portato con sé nell'auto di Erik, con la quale era stato arrestato. Henke aveva una brava persona per questa questione, dove le difficoltà potevano essere risolte, e quello era Bob Cole. Immagina se Erik fosse entrato nell'appartamento, mentre stava aspettando che lui tornasse in macchina, No, non c'erano mancati pensieri di quel tipo. Divenne un'attività di pensiero estremo nella testa di Erik per molte ore quel giorno. Verso le 17:00.m. Erik guardò fuori attraverso lo sguardo nella porta e vede una femmina e un agente di polizia in uniforme maschile. Non mi sentivo come se volesse saltare giù dal balcone, dato che aveva una soffitta. Era solo per aprire.

Era un venerdì, ed Erik avrebbe avuto i suoi figli più tardi la sera, quando era il suo fine settimana. Quando Erik aprì la porta, volevano che arrivasse alla stazione. La prima domanda di Erik era, se era in arresto? No. Sei solo grifone per un reato di droga. Di che diavolo stai parlando?! Dovremo farlo quando raggiungeremo la stazione.

Erik voleva cambiarsi i pantaloni quando aveva solo un paio di pantaloni della tuta, ma non poteva farlo, ma alla fine erano d'accordo. Quando ebbe finito, l'agente di polizia fece un passo nella sala di Erik, perché lei gli avrebbe messo le manette.

Dovrebbe essere necessario? Erik ha chiesto.

Sì, lo è, ha risposto brevemente.

Allo stesso tempo, Bob Cole è venuto con un passo battuto, e ha visto che Erik è andato in un'auto della polizia - ha detto Bob all'Organizzazione e sembrava preoccupato -.

È stato dannatamente imbarazzante aver camminato per tre scale giù in casa in cui Erik viveva con le manette e due agenti dipolizia sembravano che tutte le scale si fossero riunite proprio a quel punto, perché questacuriosità era che lapolizia aveva messo l'auto della polizia fuori dalla tromba delle scale, e tutte queste nonne sulle scale si chiedevano cosa fosse successo. Una volta all'interno dell'auto della polizia, il viaggio è andato alla stazione per ulteriori interrogatori. Ora arrivò un vecchiopoliziotto esperto che avrebbe interrogato Erik su un crimine di droga. In primo luogo, ha iniziato strategicamente il suo interrogatorio presentando una seriedi raccoglitori che,secondo him, conterrebbero crimini di cui Erik era sospettato, ma che non potevano dimostrare. Era il suo modo di spiegare che lo stavano guardando da molto tempo. Poi il poliziotto ha iniziato chiedendo a Erik se conosceva un Sam? Era difficile negarlo, poiché erano stati arrestati solo pochi giorni fa.

Sì, lo conosco. Erik risponde. Che affari hai tra di te? Questa era la sua seconda domanda, e la mia risposta è stata semplice. Non abbiamo affari insieme.

Poi questo poliziotto spiega che l'ultima cosa che Erik sarebbe stato ora, era essere presuntuoso mentre si trova come sospettato in un grave crimine di droga che potrebbe dargli da 8 a 10 anni. Erik ha avuto una strana sensazione durante l'interrogatorio, ma ha pensato che avrebbe potuto parlare con Jim OneBone, che viene tagliato e tagliato con la sua esperienza su droghe che sarebbero state consegnate, o di quel tipo. Per alcuni secondi Erik rimase completamente in silenzio. Sapeva di non avere niente a che fare con la droga e si chiedeva da dove avessero preso questa disinformazione?!

Abbiamo ricevuto quell'informazione dal tuo amico Sam. Sam aveva detto che Erik era la persona che possedeva il chilo di eroina con cui era statoarrestato. Ora devi fregarmi un accidente sesono un sospettato, voglio subito un avvocato – dice Erik in tono arrabbiato -. L'ufficiale disse che si sarebbe seduto ora, o avrebbe trascorso la notte alla stazione, cosa che Erik aveva poco desiderio di fare, e non voleva fare un altro rumore senza un avvocato. La polizia ha detto che hanno trovato difficile credere alle dichiarazioni di Sam, figuriamoci che Erik sarebbe stato il vero proprietario dell'eroina del chilo, dal momento che Erik era noto per cose completamente diverse. I dati e i crimini finanziari erano la sua principale area di lavoro, e ciò aveva reso il procuratore estremamente premuroso quando gli era stato detto che Erik sarebbe stato coinvolto nella droga. Ora si è trovato di fronte a due questioni importanti. Era questa la verità che questo ufficiale ti aveva detto, o se Sam non avesse detto niente? Forse erano dichiarazioni del poliziotto che volevano mettere le formiche nella testa di Erik ein questo modo volevano che confermasse che eral'eroina di Sam. Ma i fatti erano che Erik non aveva mai visto questo chilo di eroina, quando Erik incontrò Sam.

Forse era il modo di Samdi, deceive la polizia. Erik divenne molto incerto. Quando ho chiesto all'avvocato che Sam gli aveva dato un biglietto da visita, e che voleva, di difenderlo prima dell'udienza, la polizia dice che può andare per la giornata, ma che è ancora un sospettato, e potrebbe essere che lo chiami di nuovo per un interrogatorio. Erik pensava che il suo problema con Sam fosse finito, ma parla di lui che si prende in giro.

Passarono alcuni mesi, e un giorno ci fu una convocazione a unprocesso, il processo di Sam. Oh, merda che non sarebbe mai finita ed Erik doveva comparire al processo Quando è entrato era quasi vuoto, con l'eccezione, del fratello di Sam, che è stato anche convocato a questo processo. Suo fratello aveva incontrato Erik una volta prima, quindi era familiare. Suo fratello disse che era importante che Erik non gli dicesse nulla, ma avrebbe semplicemente detto che non lo sapeva. Sì, è stato un compito estremamente facile, in quanto non sapeva nulla della questione, quindi era solo per dire la verità. C'erano pochissime domande che il procuratore

aveva a Erik, e la maggior parte delle domande
che gli erano state poste, si concentravano
principalmente su Sam e sulla sua relazione. Non
siamopiùsolo amici", risponde Erik. Il pubblico
ministero chiede se avevano affari tra di loro,
ma non l'hanno fatto. Il tribunale distrettuale ha
quindi chiesto solo se Erik avesse chiesto le
spese di risarcimento per la perdita di reddito o
il risarcimento alla guida. Ma lui non lo voleva,
perché si sentiva felice che la sua parte era
finita.

La verità, tuttavia, era diversa. Il fratello di Sam
stava gestendo l'attività ora, e voleva che Erik
continuasse con il lavoro terminale. No, non c'è
possibilità! Erik ha detto direttamente. Poi
questo fratello dice che Sam aveva fatto una
cosa stupida mentre era fuori. Secondo il
fratello, aveva acquistato il chilogrammo di
eroina a credito dai contatti commerciali che
avrebbero ricevuto i contenitori contenenti
jeans e una ton di carne. Ma nonè un mio
problema! Erik ha detto.

Erik aveva parlato solo con Sam di questi
accordi. Suo fratello quindi informò Erik che Sam
aveva parlato con questi ragazzi e gli disse che
aveva un ragazzo che poteva facilmente entrare
nel sistema terminale. Ora ha iniziato a disagioe
a dirsi a dirsi. Come poteva ora Sam fare una

cosa così stupida, prendersi un credito con
questi ragazzi era meno intelligente. Il fatto era
che Sam e l'eroina con leva erano basati
sull'ingresso di Erik in un sistema informatico, e
attraverso questi contenitori, il debito di Sam
verso questi ragazzi sarebbe stato pagato, ma
ora il problema era solo che sia Sam che l'eroina
erano in terre statali e ben rinchiusi.
All'improvvisoè stato come se tutta la pressione
fosse su Erik per risolvere questi problemi. Ora è
stato tutt'altro che divertente. All'improvviso
non si trattava di sapere se fosse possibile
entrare nel sistema o meno. Ora sarebbe solo
fatto.

Il fratello di Sam ha detto che Erikstava
incontrando un rappresentante di questi ragazzi
che era così dannatamente entusiasta di sapere
cheeri più, o meno costretto a fare il lavoro, e
che questi tizi ti avrebbero avuto una faccia.
Che nel mondo digitale ha fatto di tutto per
evitare, la stampaeraquasiinsopportabile
quando Erik ha iniziato a rendersi conto che
stava affrontando un lavoro estremamente
rischioso. Un lavoro che non voleva.

Il giorno dopo il processo, questo
rappresentante sarebbe venuto a lasciare più
istruzioni. La persona che è venuta parlava
finlandese-svedese e indossava una giacca di

pelle nera. Chiese se Erik fosse ancora
interessato al lavoro, e il suo primo pensiero fu
che il fratello di Sam aveva apparentemente
mentito a Erik. Aveva detto a Erik che non c'era
modo di tornare indietro, e non poteva dire di
no a quei ragazzi, era decisamente malsano
farlo... ma l'uomo che è venuto chiede se Erik
vuole, e non aveva il minimo requisito su di lui
per quanto riguarda quel lavoro. Quello che è
mancato a Erik ora, qualcosa sicuramentenon
corrispondeva da quando improvvisamente
aveva due versioni Erik ha detto all'uomo che
voleva tornare con un messaggio, quale pensava
che fosse ok, si è rialzato per andare un dopo
che ha lasciato, Erik eradavvero, arrabbiato con
il fratello di Sam e ha chiesto una dannata buona
spiegazione he sisedette tranquillamente e fissò
Erik come se avesse visto un fantasma.

Alla fine, ha detto che suo fratello aveva ricevuto
una lettera da questi ragazzi attraverso il suo
avvocato. Suo fratello riceve la lettera che a sua
volta aveva ricevuto dall'avvocato di Sam. La
lettera diceva semplicemente che il debito
sarebbe stato saldato, altrimenti si sarebbero
assicurati che fosse scelto in prigione. Non era
più, ma Sam era ovviamente molto spaventato,
poiché faceva del suo meglio per rimanere nella
prigione dove ora sedeva, e aspettava la sua
condanna, evitando così la prigione per il più

lungo tempo. Deve aver davvero fidato di Erik, dato che ora era la sua unica via d'uscita. Suo fratello era improvvisamente molto umile nei suoi confronti, quando anche lui era preoccupato per suo fratello, che prese in prestito una maggiore quantità di denaro per comprare un chilo di eroina. Una preoccupazione che era davvero giustificata.

Dov'è Erik in questa miseria? Aveva il suo odio, e il suo desiderio di vendetta su cui voleva guadagnare i soldi, e se fosse stato un po 'sensibile all'epoca, aveva appena voltato le spalle e se ne andò, ma sfortunatamente il desiderio di dollari, e la sfida era troppo grande per astenersi, il che fece accettare a Erik questi ragazzi. Fu prenotato un nuovo incontro, in cui Erik disse cosa doveva chiedere un risarcimento se ci riuscissero, e quali informazioni aveva bisogno per entrare nel sistema terminale. Il contatto di Sam al terminal ora ha fatto correre suo fratello, e i camion hanno offerto agli altri ragazzi di sistemarsi. C'era molto lavoro da fare. Erik voleva 250 000 SEK al termine del lavoro. Un prezzo che era puramente troppo economico, che non era il minimo problema da superare. Probabilmente pensavano che Erik fosse un po 'stupido quando ha richiesto così poco, ma allora sembrava una buona somma, e Big Mama(goblin kid)potrebbe forse ridistribuire questa capitale in modo che Sam potesse pagare la sua via d'uscita dal suo inferno.

Mentre il fratello di Sam stava organizzando le informazioni di cui Erik aveva bisogno, controllava chi era responsabile del recupero di questi contenitori. Semplicemente facendo alcune semplici chiamate, hai scoperto molte informazioni preziose. Quando Erik raccolse le informazioni che erano rilevanti da sapere, iniziò a cercare dei padroni di casa. Jim OneBone era alla ricerca di host adatti per coprire l'identità del computer di Erik. mentre Erik era alla ricerca di un server proxy adatto. Un server che sarebbe stato lontano da questo paese, ma era anche importante che questo server proxy non bussasse in modo che semplicemente non perdesse il contatto con questo server proxy perché attraverso quel server aveva contatti con i vari host. Quindi sarebbe come se fossero questi host ad attaccare il computer terminale.

Erik aveva anche detto che voleva raccogliere carta, come le note di spedizione e altri documenti che erano direttamente necessari per eseguire questo accordo. A differenza di altri lavori di hacker, Erik non avrebbe preso nulla da questo terminale. Quello che avrebbe fatto era scoprire quali consegne erano di loro interesse,

dal momento che le merci erano speciali. Jeans
e carne, non è stato più difficile.

Erik avrebbe scoperto solo dove si trovavano
queste merci, e in quale contenitore si
trovavano, e poi avrebbe anche organizzato
documenti falsi su note di spedizione e firme. Il
fratello di Sam avrebbeanche sistemato la
sigillatura necessaria per rendere la situazione
completamente normale. La cattura è stata di
entrare in un cosiddetto contenitore vuoto
senza suscitare troppo interesse. Ma
soprattutto. Perché sarebbe entrato nell'area
del terminal portuale, senza molte domande si
chiedeva Jim OneBone, che sembrava
completamente in discussione.?

Capitolo 12

Attraverso tutte le telefonate che Erik ha fatto, è stato in grado di scoprire chi era responsabile del caricamento in quel, giorno particolare then stava solo facendo documenti falsi che sembravano migliori di quellireali. Penso che questo sia ciò che ha richiesto più tempo. Attraverso quel contatto che Sam aveva al terminal, suo fratello uscito da un sigillo, con le pinze necessarie per sigillare il contenitore. Poi un francobollo che conferma che è stato stampato all'interno dall'ufficio del terminal. Ora il lavoro ha iniziato a trovare il loro firewall. Erik ha iniziato a scansionare i loro sistemi attraverso vari programmi, per verificare davvero se ha avuto qualche contatto con la loro protezione definitiva. Quando ha scansionato e trovato questo firewall, era tempo di inviare un segnale (ping), per vedere se questo firewall ha risposto. Cosa che ha fatto. Poi è stato il momento di avviare il processo di looping, che avrebbe rotto questo firewall con molte combinazioni diverse. Come Erik già sa, questo può richiedere del tempo, e per tutto il tempo ha avuto contatti con i clienti, che erano anche interessati a come è andata. Entrare nel firewall del terminale ha iniziato ad assumere le forze, ma non fisicamente ma, tutto, più psicologicamente. Molto era per la pressione che Erik era sotto, per risolvere questo problema, quando il fallimento poteva avere conseguenze devastanti per una persona che conosceva a malapena, ma voleva comunque aiutare. Forse è stata l'aspirazione di Erik a tradire di più, ma oggi può ancora chiedersi se la sua coscienza non fosse completamente scomparsa in questo momento. Perché qualcosa dentro Erik voleva aiutarlo, anche se era criminale quello che stava succedendo. Erik si è sempre protetto, pensando che fosse per la vita di un'altra persona, che lo facesse, e che allo stesso tempo sapesse che in quel momento negò la verità a se stesso.

Ci sono volle più di diciotto ore per rompere il firewall, che non era estremamente lungo, ma considerando ciò che sarebbe stato fatto, è stato molto frustrante doversi aspettare queste diciotto ore. Ora era il momento di entrare nel loro database che era anche protetto da password, ma non era molto, difficile, è andato avanti per meno di un'ora. Quando Erik era ora all'interno del sistema, doveva entrare in un nuovo IP no, quindi il loro firewall avrebbe accettato il loro computer. Jim OneBone era attento a inserire questo numero IP, altrimenti Erik sarebbe stato hackerato ogni volta che entrava, e non c'era tempo per. Erik ha semplicemente messo il numero IP dell'host come eccezione nel firewall, il che significa che il firewall arresta tutte le intrusioni dall'altro IP no. In questo modo, il loro firewall non registrerebbe le loro piccole visite come intrusione diretta, poiché il loro numero IP era ora accettato nel firewall.

Ora Erik cercherebbe rapidamente di ottenere un quadro di quali consegne, che erano più adatte quando l'ordineera molto, specifico. I vestiti non erano un problema da trovare, ma spesso questi contenitori contenevano merci generiche, che venivano riposte all'interno del terminal. Ma chi sta cercando troverà, e chi lo trova, ha cercato. Non è più difficile. Ora era solo per trovare una soluzione intelligente. Poi hanno dovuto farlo sembrare, niente è stato preso dal posto e come si fa? In primo luogo, coloro che hanno ordinato la consegna volevano che lo risolvevano, come hanno organizzato per i camion. Il fratello di Sam ed Erik avrebbero dovuto rompere quel dado. Ben presto si svolse che suo fratello era tutt'altro che nella fase di pianificazione quando fu lapidato e disse che Erik avrebbe evoato la soluzione. Erik era leggermente stanco di questo tipo innocente. Come diavolo avrei risolto,non ero in contenitori e tanta merda volevo solo fare transazioni di vario tipo but ora avrei improvvisamente risolto questo per me casi difficili? Come trovare tali soluzioni quando non sapevo quasi come è stato progettato un contenitore? Erik si chiese.

Erik non aveva altra scelta che raccogliere informazioni via Internet, poiché è un perfezionista che si rifiuta di lasciare le cose al caso, ma risolvere un problema, da risolvere sul posto, lo rende difficile. Allora è quasi impossibile farlo teoricamente.

Jim OneBone costruì rampe che normalmente venivano utilizzate per caricare merci generiche, e si è rivelato davvero, beh, ma poi anche Jim OneBone era davvero esigente. Introducendo questo come contenitore vuoto, significava in termini pratici che questo contenitore sarebbe stato collocato in un luogo diverso da quelli da consegnare. Ci sarebbe stata una distanza tra questi contenitori che divenne estremamente difficile da maneggiare. Pertanto, l'introduzione di un contenitore vuoto non risolverebbe i loro problemi. No, ovviamente avevano bisogno di un piano più intelligente. È strano con le persone quando sei espostoallo stress. È come se il tuo cervello si bloccava, e difficilmente riesci a trovare il piano meno semplice. Erik ha semplicemente dovuto scollegare tutti i must-have in, per poter pensare in modo costruttivo. Come ha potuto manipolare queste persone, che lavoravano al terminale nel porto, zona, èstata chiaramente una verasfida. Molti freddamente si aspettavano che Erik rompesse il problema. Quando arrivò ,alla conclusione che il piano era una semplice manipolazione agli occhi, e non una manipolazione fisica, divenne un po 'più facile ideare un piano.

La prima cosa che Erik fece fu andare nella sua vecchia officina dove iniziò a saldare insieme una griglia che aveva la stessa funzione di una sbarre per cani in un'auto. Se pensi a una tale griglia, che può essere adattata, sia lateralmente che in altezza, allora potresti avere un'immagine di come appariva questa griglia. Attraverso questa griglia, potrebbero creare un'immagine di un contenitore affollato. La griglia aveva una sola funzione, e cioè fornire supporto se qualcuno stava per spingere le scatole che erano nel contenitore. Il grid avrebbe fornito un supporto che ha fatto in modo che le scatole anteriori non potessero essere spinte, quindi l'intero colpo di stato sarebbe stato facilmente rivelato. Ora era il prossimo problema da risolvere. Che cosa scriverebbe in modo appropriato sul documento di accompagnamento che accompagnerebbe quel contenitore, che dovevano entrare nell'area portuale? Hanno anche dovuto trovare un camion di trasporto che potesse far funzionare questo tipo di contenitore. Erik ha trovato una società di trasporti che sembrava molto adatta proprio a questo e ha creato note di spedizione da questa azienda.

Raccogliendo loghi dal proprio sito web, è stato in grado di stampare una polizza di carico che sembrava davvero, genuina con il proprio logo. Ora era solo per trovare una società di destinazione che, secondo la polizziera di carico, avrebbe ricevuto la merce di ritorno dalla Svezia, cosa che potevamo facilmente trovare, dato che c'erano tutta una serie di società di questo tipo.

Ora era il momento di contattare i clienti su quali contenitori erano disponibili e da quali fornitori. Di impresa di autoconservazione, Eriknon può, non dirti quale azienda hanno scelto. Ma contro questo può dirvi che hanno portato ciò che avevano inizialmente deciso.

I clienti hanno inviato due camion dalla capitale fino alla contea di Skane in Svezia. Questi camion potrebbero essere disponibili per una settimana, il che in pratica ha dato loro un vantaggio di 5 giorni. Avevano una pressione del tempo, quando i contenitori che stavano per incontrare, dovevano essere consegnati alla società che ordinava la merce. Quindi, hanno dovuto eseguire questo lavoro prima della data di consegna programmata. Il contenitore che stavano per raccogliere è stato sgomberato e quindi sigillato, quindi nessuno sarebbe stato in grado di metterlo altre cose.

Il loro cliente voleva incontrare Erik prima di fare il lavoro, cosa che hanno fatto. Poi ha chiesto come l'ha risolto in termini pratici. Volevano anche che Erik fornisse dettagli su come intendeva attuarlo.

Erik disse loro che voleva che usassero il vantaggio che ora avevano, in termini di tempo, e per due giorni, controllare la società di sicurezza che proteggeva i container sgomberati che si trovavano nell'area portuale. Erano tutti d'accordo su questo. Poi Erik voleva che mettesse un ragazzo fuori dall'area nelle prossime 24 ore in, per poter ottenere quei momenti in cui è arrivata la società di sicurezza. Un lavoro triste, ma molto, importante, perché non volevano l'attenzione dell'azienda di guardia. Ora erano in un lavoro molto approfondito, ma sotto pressione. Non c'era spazio per errori in alcun modo. Sarebbe sufficiente per la persona che ha controllato i tempi della compagnia di orologi, ha appena perso una guardia o forse si è addormentata per alcuni minuti. Ci avrebbe dato tutti i momenti sbagliati, e sarebbe andato a sprecare.

Erik come persona non piace dipendere dagli altri, ma ora era completamente dipendente, da ciò che queste persone avrebbero fatto o forse non avrebbero fatto, ma ora non si sentiva, come se non ci fosse un ritorno indietro. Non potevano fare tanto durante il periodo in cui aspettavano i tempi della compagnia di sicurezza, ed Erik era un po 'preoccupato che questa società di sicurezza avrebbe fatto controlli casuali. Quando hanno ottenuto i tempi, si è scoperto che avevano orari di guardia piuttosto stretti, e poi non è diventato meno premuroso. Hanno semplicemente dovuto prendere, una decisione quando stavano per colpire. Decisero che lo avrebbero fatto tra le 02:30 e le 03:20, il che diede loro un massimo di 50 minuti per fare il lavoro.

Probabilmente avevano più tempo, ma avrebbero mantenere questi tempi. La società di sicurezza poteva ovviamente essere un po 'prima, e non avevano controllato i loro tempi per molto tempo. È stupido rsi il rischio. Decisero anche che il ritiro avrebbe avuto luogo la mattina successiva, poiché il rischio che questo lavoro fosse scoperto era significativamente inferiore. Hanno deciso di farlo abbastanza tardi nel pomeriggio, quando sei stanco la sera e quindi non così attento come sei nel bel mezzo della giornata, e poi il loro

container non ha dovuto stare nell'area portuale
e attirare gli occhi per un'intera giornata
lavorativain cui il camionista era uno dei ragazzi
del cliente ed è stato minimamente informato
di questo particolare trasporto che era
l'intenzione perchénon volevano chequest'uomo
si comportasse nervosamente o altrimenti
richiamasse inutili attenzioni.

Ha preso le banconote false e poi ha guidato fino
ai cancelli del porto. Erano a distanza da soli in
modo da poter vedere il camion. Quando arriva
la loro auto, l'autista del camion salta fuori per
mostrare i giornali, il che avrebbe richiesto
questo trasporto. Ogni minuto era come un'ora.
Erik pensava che ci fosse voluto un bel po' di
tempo, e improvvisamente squilla nel cellulare
del cliente. È l'autista che chiama, e dice che i
documenti che aveva, non sono stati trovati e
che il codice a barre con cui avevano iniziato non
era sulla poliglia. Erik stesso era entrato nel
trasporto nel database. Ma cos'era quel codice a
barre? Erik si rivolse al fratello di Sam e si chiese
come diavolo avrebbe potuto perderlo?

Egli si è difeso dicendo di aver ricevuto questo
tipo di lettera di vettura solo dal loro contatto
all'interno del terminale. Come diavolo può darci
i documenti sbagliati? È stato pagato? Il cliente
l'ha chiesto al fratello di Sam?

Risponde di averlo pagato per intero pagandogli
1.500 SEK per il lavoro. Avrebbe dovuto ottenere
20.000 SEK per quel lavoro, giusto? Ha detto il
cliente al fratello di Sam. Che ora era abbastanza
disposto a mettere una pallottola in testa, per
pura rabbia! Hanno dovuto chiamare l'autista
per informarlo che doveva tornare indietro.
Proprio mentre stavamo per chiamare l'autista,
lo vediamo rotolare nell'area portuale. Si è
scoperto che questo sistema di codici a barre era
solo in prova e la persona nel portello aveva
detto che c'erano molte spedizioni che questo
sistema non riusciva a trovare! Poi hanno
testato solo il sistema. Confermato per Avidità.
Quindi, la teoria di Erik era vera ancora una
volta.

Qualcuno ha chiamato il telefono di Erik.
Quando Erik guardò il suo telefono, vide che era
Henke a chiamare. Cosa vuole ora, Erik ha
pensato erisposto, Erik non ha avuto modo di
dire un suono ... Henke era così arrabbiato e,
non avrebbesentito quello che voleva, Henke
era ancora arrabbiato, ed Erik ha sentito solo
certe parole, come se fosse così dannatamente
debole, se è stato Erik a farlo.

Che cosa ho fatto? Erik ha chiesto.

Cos'haifatto? Henke ha detto... Lei lo sa, ma ne parleremo su un'altra linea. Henke ha appena lanciato al telefono, così arrabbiato che era.

Erik ha tirato un sospiro più profondo e si è chiesto cosa stava succedendo. Perché Henke era così arrabbiato e, soprattutto, di cosa è arrabbiato? I pensieri giravano con Erik, senza successo. Alla pianificazione era in corso, Erik aveva pensato alle azioni di Henke. Cosa l'ha fatto arrabbiare così tanto? Ci deve essere una spiegazione logica, ma è sciolta con la sua assenza.

Capitolo 13

Erik ha dovuto tornare alla pianificazione, quindi ha dovuto pensarci di più tardi.

Poiché il fratello di Sam ha pagato solo 1.500 SEK per il lavoro, quella persona di contatto non ha fatto un buon lavoro. Se avesse ricevuto i suoi 20.000 SEK, questo non sarebbe mai successo. Questo era del tutto inutile, e ha reso tutti nervosi, e ha creato uno stress che non è adatto ad avere quando sta andando in compiti come questo, ma è stato un problema successivo che hanno dovuto risolvere da soli.

Ora era solo per aspettare che l'autista contattassi e ci diceva dove si trovava il contenitore. Sono stati collocati dopo la data di consegna, che non parlava direttamente a loro favore, poiché il contenitore sarebbe stato spedito il giorno successivo, ma il contenitore che stavano per svuotare era la prima consegna di diversi giorni dopo. Questo potrebbe portare a loro essere in grado di correre tra questi contenitori, e nel peggiore dei casi con una lunga distanza, ma Jim OneBone aveva una buona formafisica, quindi ha funzionato.

L'autista ha chiamato di nuovo per dirci dove si trovava il nostro container. Ora era solo per andare in un posto dove Erik poteva connettersi alla rete, e in seguito controllare il posto in cui era stato impostato. Erik poteva quindi vedere che c'era molta corsa, poiché questi contenitori non erano nella stessa riga.

Ciò significava anche che avevano bisogno di 4 carrelli a sacco per più facilmente, spostare le scatole con i jeans. Bob Cole era anche una persona che poteva tenere d'occhio, quindi la società di sicurezza non li avrebbe sorpresi quando portavano queste scatole. Bob Cole guardò Erik obliquamente, ma pensò che avesse a che fare con la conversazione tra Henke ed Erik, o quella che Henke stava urlando.

Era ora di scendere al porto e poi superare la recinzione. Una recinzione composta da tre file di filo spinato in alto. Hanno vomitato una coperta sul filo spinato in modo che potessero facilmente passare. La persona che avrebbe monitorato la ditta di sicurezza non stava entrando nella zona, quindi ha contribuito a farli superare la recinzione. Avevano una parte che avrebbe oltre la recinzione, non ultimo questi 4 carrelli a sacco che pesavano alcuni. Poi hanno avuto il grid che stava succedendo. Era molto più facile quando era possibile piegare.

Una volta all'interno dell'area con tutte le attrezzature, basta andare al contenitore che era numerato, il che lo ha resomolto, facile da trovare. Prima di iniziare il lavoro, hanno dovuto impostare unqualchetipo di piano su come avrebbero funzionato, poiché ora sapevano quanto era lontana la distanza tra questi contenitori. Il fratello di Sam avrebbe dovuto prendersi cura della sigillatura del contenitore, ma anche dello stivaggio delle scatole. Erik non provava molta fiducia in suo fratello, in quantonon pensò di poter si sarebbesbrogio al suo stesso assera se avesse messo lì un cercatore, ma anche perché sembrava sfocato. Hanno fatto un ultimo controllo con la persona che stava per controllare la compagnia di sicurezza, quindi niente sarebbe andato storto. Ma era tranquillo su quel fronte.

Hanno iniziato aprendo il contenitore che doveva essere svuotato di jeans, ma per Erik è stato anche un controlloextra, quindi non ha avuto le informazioni sbagliate sul contenuto. Una volta entrato nel contenitore, ha dovuto solo controllare il contenuto delle scatole. Oh, sì, sì. Erano i jeans esattamente come previsto. Erano jeans firmati, e ce n'erano, un sacco di loro. In un primo momento stimano che i circa 2.000 coppie di gelati,ma, nonavevano alcun controllo particolare, erasemplicemente irrilevante in questo momento. Quindi, Erik tirò fuori il grid che aveva fatto in, per preparare il set. Gli altri iniziarono a caricare scatole sui carrelli del sacco e poi iniziarono a rotolarle verso il loro contenitore. Ora c'erano tre carri che rotolavano tutto il tempo, e il fratello di Sam riposto il più velocemente possibile. Ha dovuto fare quando finalmente erano 4 uomini che caricavano e rotolavano scatole. Era sempre pieno. Dovevano davvero farlo, dato che avevano solo 50 minuti. Poi ha dovuto anche lasciare che alcune scatole tornasse in questo contenitore, e circa 30 jeans, il che avrebbe coperto la pausa, il che significava che dovevano prendere e svuotare un certo numero di scatole nel loro contenitore in modo da poter allevare un contenitore visibilmente imballato, con le scatole vuote.

Quando l'ultima scatola è stata trasferita nel loro contenitore, hanno gettato tutti i carrelli del sacco nel contenitore vuoto. Non potevano portarli di nuovo in giro. Hanno iniziato
 a assemblare la griglia, e poi due file di scatole quasi vuote. Le scatole imballate piene di plastica, e in alto giaceva un numero, di jeans, che davano una stretta che le scatole erano piene, se qualcuno avrebbe aperto il contenitore, a un assegno. Ma il crimine perfetto non esiste, il che non è stato da quando hanno dimenticato due cose. Non avevano nastro adesivo per le scatole tagliate, e poi non

avevano un nuovo lucchetto per il contenitore, quando tagliavano ciò che prima era seduto lì.

Hanno messo sul sigillo, il che indicherebbe che il contenitore non è stato aperto. Solo per sperare che lo vedrebbero come un errore, e che essi stessi hanno messo in una nuova serratura. Ora stavano finendo il tempo e dovevano ritirarsi. Hanno contattato la persona che ha controllato le guardie e hanno detto che le avrebbe ritirate. Nel frattempo, si sono fatti strada di nuovo oltre la recinzione, il che non è stato così facile per l'ultima persona che considera il filo spinato. Una giacca all'inferno, ma potevano permettersela.

Ora hanno lasciato l'area portuale per poter dormire poche ore prima che il contenitore fosse prelevato dal loro autista la mattina dopo.

Ora è stato ancora una volta che si sarebbe solidificato come una cassaforte, quando questo autista sarebbe entrato nell'area portuale per ritirare il loro contenitore, ma questa volta è andatodavvero, senza intoppi. Ci sono voluti solo pochi minuti, e poi stava arrivando dopo il contenitore. Sembrava assolutamente, meraviglioso. Ma Erik non ha osato fare grandi salti di gioia in quanto non hanno preso la barca in porto, come si suo dire. Anche l'autista stava andando fuori dai cancelli. Hanno seguito il corso degli eventi da lontano. Ora stava mettendo il gancio in posizione, che avrebbe tirato su il contenitore sul camion. Lentamente ma inesorabilmente, il contenitore ha fatto scivolare Patience, Patience! Sì, Erik era iperattivo come un razzo di Capodanno, e voleva solo vedere il camion fuori da questi cancelli una volta per tutte.

È stato estremamente emozionante, e anche se sapeva di aver fatto un buon lavoro preliminare, poteva succedere qualcosa di inaspettato, qualcosa che Erik avrebbe potuto perdere in tutto lo stress. Ha pensato a tutto più e - ancora - nel caso potesse prevedere qualche problema. Parlano di minuti in cui tutti questi pensieri sono arrivati, e questo ha creato uno stress interiore in Erik. Il cliente sembrava essere abbastanza calmo una volta lanciato il camion, allora era come se il cliente avesse spento il fumo di sigaretta in fretta. Sembrava che avesse tenuto il respiro tutto il tempo, e ora che il camion stava rotolando fuori, ha soffiato fuori il fumo! Sì, anche ragazzi stagionati come il cliente potrebbero essere nervosi. Tutti applaudivano e sembrava che cinque ragazzi fossero in piedi vicino a una recinzione elettrica, mentre saltavano per la gioia. Erik ha appena avuto un'intera parola, mentre parlavano in bocca l'uno all'altro per pura felicità. L'autista è stato informato di dove mettere il contenitore. Avevano un posto in città chiamato Ystad,con un vecchio fabbro. Aveva un sacco di rottami nella sua fattoria, quindi questo contenitore non attirerebbe molta attenzione. Quando l'autista ha lasciato il contenitore, è iniziato il processo successivo, per riconfezionare le scatole. Quando quel lavoro è stato fatto, hanno iniziato a tagliare il contenitore con la torcia da taglio. È stato un bel lavoro, ma ha funzionato bene. I piccoli pezzi in cui ora consisteva il contenitore, potevano essere facilmente nascosti nel luogo, e quindi il problema è stato risolto. Il rimorchio ha tirato su la merce nella capitale dove c'erano già molti negozianti che volevano comprare questi jeans di marca economici.

Quando hanno controllato il numero di jeans, c'erano quasi 2.500 paia. Il che ammontava a un valore di circa 1 250.000 SEK, ma il cliente ha dovuto prendere un prezzo inferiore. Un prezzo di 295 paia SEK per questi jeans. Puoi indovinare se c'era una grande domanda per questo stock. Erik ha ottenuto i suoi 200.000 SEK come promesso. Il cliente ha realizzato il profitto maggiore. Quindi 295 SEK per 2.500 coppie, una bella piccola somma di 737.500 SEK. Non è una somma completamente sbagliata. Il cliente, tuttavia, aveva qualche bocca in più da sfamare.

Ilfratello di Sam era felice di non averle messo una pallottola in fronte. Poi, con la sua avidità, stava rovinando l'intero colpo di Stato. Dopo tutto, gli fu permesso di tenere i 18. 500 SEK che aveva annusato e che si trovavano all'interno del terminal. Ma Erik ha imparato ancora una volta. Da nessuno mai fidato, si evitano entrambi un sacco di problemi, e di essere delusi.

Erik poteva ora sbuffare, quando la prima parte del loro ordine fu completata. Ora avrebbero in qualche modo trovato uno strato su cui potevano scegliere una sacco di carne congelata, ma non era così entusiasta, quando aveva un inferno di dolore da allenamento, poi hanno spostato tutte queste scatole di jeans due volte. Quindi, una sacco di carne non era esattamente allettante.

Poco dopo, Henke fece la sua chiamata alle 5, e si sentì obbligato a rispondere, e anche se Henke lo era, Erik non sapeva cosa, almeno non allora, ma Henke lo informò. Dopo così tante conversazioni, Henke dovrebbe essere più calmo, ma non era... al contrario, Henke divenne quasi intimidatorio, ed era un modo completamente diverso di risolvere i problemi.

Erik hapiù facilità ad affrontare le minacce che accarezzarsi, perché è stato addestrato per questo. Erik non voleva pensare a questa soluzione, ma era curioso di sapere cosa ha reso Henke così arrabbiato.

Erik cercava da solo ciò che innescava questa soluzione, e Henke era stato amico di Erik per molti anni. Deve essere qualcosa per cui vale la pena lottare, pensò Erik. Henke non avrebbe mai fatto per una cosa, e questo sembrava infastidirlo correttamente. Erik lo avrebbe chiamato via Skype, per parlargli di sicuro, senza origliare. Detto e fatto, Erik ha chiamato Henke. Sì, cosa vuoi? Henke ha detto.

Che diavolo sta succedendo? Erik ha detto che ti comportassi come un fottuto maniaco.

Un pazzo? Henke ha detto. Chiedendosi chi sia, ed è stato un maniaco, Henke disse infastidito, e aveva una voce, che non sapeva cosa credere. Non è meglio che tu mi dica che parlare in lingue? Erik ha detto.

Non capisci cos'è successo, Erik? Che diavolo stai cercando di dire parlare dalla tua barba e smettila di parlare un sacco di merda che Erik ha detto.
Erik, mi dispiacesapereche qualcuno haucciso Anton, ed è in corso un'indagine? Quell'indagine

è stata carina - ha detto Henke zoppo -. SAPO ha scoperto chi ha ucciso Anton? Erik chiede.

Erik, ti dia ora! L'aiuto di Henke.

Cosa mi dia! Erik ha detto.

Ho parlato con il fratello sopravvissuto agli abusi di Anton, cioè Evert, e mi ha detto delle cose, dopo un po' di persuasione, che tu Erik, hai tagliato Anton dopo che è impazzito. In altre parole, hai picchiato a morte una persona nell'Organizzazione, e questa è una cosa proibita da fare. Anche se la persona è colpevole di aggressione, non puoi in nessun caso picchiare nessuno dell'Organizzazione. Henke dice.

Quando Henke terminò il suo discorso, Erik capì che il gioco sarebbe stato su un campo di gioco completamente diverso da quello su cui giocava. Erik sapeva che era giunto il momento di pensare in fretta, e di trovare soluzioni prima che l'Organizzazione lo facesse, anche se mentalmente difficile pensare in quel modo per Erik. Tutte le persone dell'Organizzazione, divennero in pochi minuti i nemici di Erik. Si rese conto che c'erano grandi problemi, e tutte le riflessioni, i piani, ipensieri e le soluzioni erano spariti con il vento. Erik si alzò in piedi, e anche

se aveva il suo addestramento, era un po
'arrugginito.

Tutte le persone che si fidavano di lui, e che ha
costruito per molti anni, erano sparite. La parte
peggiore era che Erik stava tradendo un amico
che era in prigione, e che a sua volta prese in
prestito denaro per droga dalle persone
sbagliate, e che lo minacciò attraverso l'avvocato
di suo fratello, che avrebbero tagliato Sam sulla
pista a meno che il debito non fosse stato
saldato presto.

Il cliente aveva guadagnato un'enorme fiducia in
Erik, quando è riuscito in questo colpo di stato,e,
voleva anche che pianificasse questa consegna,
ma come ho detto, il mio interesse per la
pianificazione era estremamente basso. Ha
detto che dopo questa consegna potevano fare
colpi di stato grandi, ma più semplici, perché
avevaottimi contatti con imprenditori e
ristoranti.

Non importava cosa si imbattevano, finché
erano grandi quantità, lo vendette senza
problemi, ma anche questo non rendeva Erik più
motivato, perché era stanco e stanco, ad avere
alcune persone intorno a lui, persone che erano

direttamente letali per loro. Erik ha detto al cliente che non voleva lavorare con il fratello di Sam. Anche al cliente non piaceva il fratello, in quanto poteva mettere a repentaglio tutto. Il problema era il debito di Sam per l'eroina, che non era completamente pagato. Il cliente con cui Erik ora aveva contatti non era ai vertici di quel campionato, ma chiaramente aveva contatti importanti Erik cominciòa chiedersi, chi stava effettivamente lavorando per Erik ha posto la domanda al cliente, ma non era esattamente una domanda a cui aveva intenzione di rispondere. In tempo, otterrai maggiori informazioni. Lui risponderò. Erik ha detto che poteva dimenticare questa domanda.

A Erik non piaceva quella sensazione. Quando parli della sensazione, è una cosa molto difficile da spiegare, ma se ad un certo punto della tua vita sei stato esposto a una situazione che si è sentita spiacevole, probabilmente è la cosa più vicina che Erik possa descriverla. Nel mondo criminale, la gente parla spesso di:

ERIK VA AI SUOI VIP.
È esattamentequelloche provava. Ha avuto brutte vibrazioni quando ha ricevuto questa risposta. Sebbene la risposta fosse chiara e

chiara, la domanda era di più, cosa non era chiaro.

Digita per *non chiedere cosa non vuoi sapere!* Erich riusciva facilmente a capire che il Cliente con cui aveva contatti, aveva la testa che lo guidava al cento per cento. Ma chi erano?

Capitolo 14

Ma pensarci, sarebbe solo un nervous e ora Erik avrebbe preso principalmente, una decisione sulla loro offerta al clientegli ha offerto lo stessocompenso per questo lavoro. Essere in grado di guadagnare 400. 000 SEK in poche settimane non è stato mal pagato direttamente, il che significava che la risposta di Erik era abbastanza ovvia, ma anche se la risposta è stata data, non era una soluzione a dove sitrovava una sacco di carne congelata come dato.

Il cervello funzionava molto in questo momento. Sono rimasti molti pensieri, per pensare se questo sarebbe stato un. Logicamente, come essere umano, ti chiedi chi può ricevere 2.500 paia di jeans, e farli vendere rapidamente, e poi ordinare una sacco di carne? Hm. Anche se non hanno ancora venduto tutti i jeans, Erik era stato effettivamente pagato, e poiché i jeans non sono deperibili, possono ovviamente stare lontano da tutte le lunghezze, senza invecchiare, e che questo cliente aveva contatti, non c'era dubbio, dal momento che ora hanno ordinato tutta la carne. Dimostrabilmente, avevano organizzato camion senza problemi. Normalmente nel mondo criminale, è il 90%. Hai incontrato persone che potevano sistemare tutto, quando i fatti erano che non erano completamente in grado di riparare nulla. Avevano alcuni contatti locali nel luogo in cui erano attivi, ma di solito non era altro che parole vuote.

Dal momento che c'era così tanto, non è stato senza Erik dubitare, quando qualcuno ha ordinato una sacco di carne che in pratica doveva essere venduta abbastanza immediatamente. Non era esattamente una vendita che si rivolse a vecchie signore e altri privati. No! stiamo parlando di acquirenti con portafogli di grandi dimensioni e con un ampio spazio di archiviazione, quindi c'era molto che avrebbe sbattuto con una tale consegna. Anche se questo non sembrava preoccupare il cliente.

Erik esitò sul fatto che avrebbe risolto questo problema, e allo stesso tempo pensò che fosse sbagliato non provare nemmeno. Un po 'fastidioso è stato, quando ha ottenuto lavori che non erano lavori informatici diretti, anche se questo lavoropotrebbe essere, ha bisogno di tali competenze. Un lavoro come questo si basava principalmente sullo spostamento di beni fisici. Erik onestamente non aveva idea di dove iniziare a cercare. Era improbabile che un camion da trasporto viaggiava con una tonnellate di carne. Avevano una roulotte con chiller, e finora tutto andava bene. Ora avrebbero solo qualcosa di cui riempirlo. Prendere container e cose simili significa che la polizia inizia a proteggere tali aree che normalmente non sono sorvegliate. Soprattutto se pensano che sia un campionato in movimento. Anche se ti aspetti di avere la polizia sulle calcagna, dovresti prenderla al sicuro prima dell'incerto. Questo è probabilmente il modo in cui il cliente pensava, ed è stato per questo motivo che ora stava cercando di accelerare il processo in un modo leggermente più fine. Quindi era solo per iniziare con le indagini. Erik non sapeva se avrebbe pianto o riso, l'intero set-up era come preso da una brutta sceneggiatura hollywoodiana, che era nascosta perché era così male. Erik conosceva un camionista un po' mezzo criminale, e che aveva fatto alcune piccole cose per un po', ma ora aveva una famiglia e una signora che lo teneva per il collo. Erik potrebbe chiedergli se ha avuto contatti con i conducenti che guidavano un camion refrigerato. Ma fare queste domande probabilmente lo farebbe, a dir poco, chiedendosi, e forse malsano, quando avrebbe iniziato a ricercare oggetti adatti.

Erik non voleva che si facesse male, perché i soldi fanno fare alla gente cose stupide. Il rischio che esisteva, era che questo camionista Erik ora contattato, avrebbe parlato troppo, e questo significherebbe che aveva problemi permanenti per il resto della sua vita. Qualcosa che Erik non vorrebbe sulla sua coscienza. Beh, forse era toccare, per coscienza, non volevo che gli succedesse niente. Non è stata una buona idea contattarlo, dato che aveva una famiglia, ma ora è facile dirlo a posteriori. Questo autista lo chiamiamo in questo libro a Tompa.

Questo Tompa ha iniziato immediatamente le indagini effettuando una chiamata. Dopo la prima chiamata Erik ha dovuto solo spiegare che doveva stringere, come può, non parlare di queste cose al telefono. Erik ha dovuto iniziare a fissare appuntamenti con persone diverse e parlare tra quattro occhi. Tompa sembrava pensare che potesse parlare comunque, ma dopo aver parlato, più in parole povere con lui, si rese conto che era roba grossa, e le persone sbagliate con cui scopare avranno la roba, per chi stai lavorando? Cioè, domande che erano naturali da porre. Domande che erano altrettanto naturali a cui non rispondere. Tompa voleva anche sapere cosa avrebbe guadagnato da questo, e non importa cosa avrebbe chiesto, quel risarcimento avrebbe influito solo sul portafoglio di Erik, perché era - lui che lo ha assunto -. Erik ha detto a Tompa che il risarcimento, abbiamo dovuto prendere, quando sapevamo se tutto è andato in isolamento.

Tompa ha fatto ricerche per più di quattro giorni e, nelfrattempo, Erik avrebbe esinto di trovare una soluzione intelligente in modo da poter risolvere questa consegna. Quando Tompa gli disse quello che aveva, non era esattamente quello che Erik voleva sentire. Trovare così tanto filetto di manzo sembrava totalmente impossibile, il più vicino che potevano ottenere, era una fornitura con carni diverse. C'era molta carne, filetto di maiale e altre carni, che venivano contate come prelibatezze. Erik ha deciso di incontrare il cliente lo stesso giorno, quando Tompa avrebbe anche ricevuto una copia delle note di spedizione che hanno compilato il contenuto di questo camion refrigerato.

Quando Erik più tardi la sera mostrò all'acquirente queste polizze di carico, le guardò permolto, molto tempo, e poi dice che la prendono. Il cliente si appoggia in avanti dal divano in cui è seduto, mi guarda e dice. Ora sappiamo che non volete ingannarci, ed Erik ancora non capiva cosa intendesse con questo? Perché dovrebbe volerli ingannare, ho pensato?! Sarebbe decisamente stupido, e significherebbe una morte rapida, e poiè stato come diceva semprela vecchia nonna di Erik, che *non dovresti mordere* la mano che *ti nutre.*

Il cliente dice poi che per molto tempo, essi stessi hanno cercato di entrare in possesso della quantità, ma nemmeno loro con i loro contatti potevano risolverla, dice il cliente, quando Sam aveva detto che l'aveva riparato, si chiedevano chiaramente come fosse successo, quando sapevano che era praticamente impossibile entrare in possesso di esso, hanno scelto di aspettare e non agire contro di lui, poiché un'azione violenta contro il cliente significherebbe una perdita totale per loro.

Un gioco che fondamentalmente significava che Erik ha aiutato il cliente, e allo stesso tempo salvare il ass di Sam, ma queste regole del gioco non sono state parlate. Non credo che Sam volesse rimanere in prigione e non essere soddisfatto, dato che aveva affari in sospeso con questi ragazzi, e che era minacciato, non c'era dubbio. Altrettanto sicuro che Sam sarebbe morto se Eriksi ritirava ora. Ora la pressione cominciò a sentire su Erik, che voleva solo avere una vita tranquilla.

Erik chiuse gli occhi, e voleva solo pensare a qualcosa di bello... beh, no, no! Come puoi goderti una vita, quando non hai vita, così dannatamente ridicola, pensò lui, Erik capì all'epoca che la sua vita non stava migliorando, e la realtà era che Erik proprio in quel momento stava vivendo, e anche se si sentiva un po 'depresso con molti must-have, Erik voleva sentire la sensazione che aveva, e questo lo rendeva intero, o presente al momento.

Henke durante il giorno aveva convocato un certo numero di membri dell'Organizzazione, per vedere come sarebbe stato risolto il problema di Erik, e se ci fossero stati suggerimenti. Non c'è esattamente una mancanza di suggerimenti che hanno fatto, e c'erano alcune persone che apparentemente odiavano Erik per aver ucciso uno dei suoi. Big Mama stava tenendo il grande controllo per l'Organizzazione, quindi Henke non voleva strangolare la sua autorità.

Tanto per cominciare, ha detto Henke, solo pochi dell'Organizzazione sono a questo incontro. Allora è presente solo la cerchia interna, alcune persone sono come Erik completamente all'oscuro di questo incontro. Le persone che erano con Erik erano Bob e Jim OneBone. C'erano stati due campi, ma nessuno sapeva di questa distribuzione, nemmeno Erik. Henke si rivolse agli altri membri dell'Organizzazione per imparare cosa si dovrebbe fare con Erik, e chi avrebbe eseguito l'azione, ma nessuno volevaalzare lavoce, sono diventato una fottuta vita come se qualcuno nell'Organizzazione avesse rovesciatoo gettato un'intera stoviglie.

Fu il cuoco cianuro che andò dritto verso le persone del gruppo, e fissò con gli occhi in dichiarato, dopo tutto ciò che aveva sentito all'incontro dalla cucina. Come diavolo puoi pensare che Erik lo farebbe senza motivo Ha detto, dovraiandare ascoparlo epuoi persino pensare che Erik l'abbia fatto, accidenti dovresti vergognartidi testesso, lo conosco da molti anni e non ci sono nemmeno state tendenze verso queste cose. Henke chiese chiaramente per curiosità se il cuoco cianuro fosse un po 'innamorato di Erik, perché Henke raramente aveva sentito un discorso di difesa del genere da un'altra persona nell'Organizzazione. Sembra un amore infelice che prevale, e rideva un po', anche se non era il momento di ridere ora.

No! Ha detto il cuoco cianuro, orasei ridicolo, e io nonsono innamorato, e sono tornato di nuovo in cucina.

Poco dopo il suo discorso, c'era una grande persona, una montagna muscolare per l'Organizzazione, che era disposta a mettere una pallottola nella testa di Erik, quando quel bastardo aveva tradito la sua parola, e a sangue freddo uccise Anton. Non merita nemmeno di essere uno di noi. Il ragazzo voleva fare la differenza, quando un uomo che sembrava un'uvetta, e con forze che si erano esaurite molti anni fa, ha informato il ragazzo che era stato così presuntuoso e sembrava duro. Sembrava solo una montagna di muscoli, e il suo cervello era tra le sue braccia. L'uomo che si rivolgeva al motociclista era GammelMan ed era stato nell'Organizzazione per molti anni, e non molti conoscevano il suo nome.

Sono diventati tutti completamente silenziosi perché non era spesso GammelMan aveva qualcosa da dire.

Ora vi diròinformazioni importanti su quel PointMan, quindi tutti questi idioti stanno zitti e tutti sanno con cosa abbiamo a chefare. Beh, vai con me ecalmati! Ha detto la montagna muscolare.

Pezzo di merda,ora stai zitto,ascolta e non fail'idiota. Rispose GammelMan e continuò a dire, non credo che tu sappia cos'è un PointMan?

No, ha detto la montagna muscolare.

Moltepersone sanno che un PointMan ha qualcosa a che fare con l'esercito, ha detto una persona saggia nel gruppo.

Si, quello è carino, ha detto GammelMan, ma ci sono due varietà di un PointMan che esistono, ed Erik non è addestrato dai militari e dalle loro conoscenze. No, questo è un PointMan che è addestrato dall'Organizzazione con molta formazione su molte parti diverse della vita.

Ehi, ehi, ehi. Quanto può essere difficile sparare alla persona in questione, e quindi il problema è finito, quando Erik ha fatto molte cose negative e crimini, ha detto montagna muscolare.

Torneremo su questo più tardi", dice Gammelman, continuando a parlarci di PointMan.

Beh, un Pointman, è più avanzato del semplice lavoro. No, un Pointman a tutti gli effetti dovrebbe essere in grado di fare lavoro per diverse organizzazioni, ma anche essere in grado di mediare tra queste parti, anche se proprio quella parte, per mediare, Erik non era così interessato. Molte, volte c'erano organizzazioni pesanti dietro il prodotto.

L'acquirente potrebbe essere una compagnia normale, che voleva la roba. Quindi l'Organizzazione schiera il suo Pointman, dove ha agito come una forma di strumento di conversione tra queste parti.
Improvvisamente, Erik era stato costretto ad un

ruolo simile nel personaggio di Pointman. Un ruolo che ha fatto sì che Erik si prendesse consapevolmente grandi rischi personali. Se qualcosa è andato storto, era lui stesso sul ghiaccio sottile. La polizia inizialmente trovò estremamente difficile posizionare Erik, o a quale organizzazione appartenne, come Erik ora sa in seguito, e perplesso molto l'Organizzazione. Quando giochi con bande criminali così pesanti, la polizia ha molte risorse a disposizione. Ilcrimineorganizzativo dovevaessere monitorato.

Quando Erik si trasferì in tali circoli, entrò rapidamente sotto sorveglianza. Ora è diventato un criminale ancora più pesante, e la polizia ha presto seguito ogni passo che ha fatto, vale a dire era finito in uno dei loro registri più casalinghi. Si chiama ASP ed è un registro di ricognizione in cui si trova Erik. È qualcosa che Erik ha scoperto molto tempo dopo.

Un PointMan è addestrato per armi, esplosivi, esplosivi mirati, munizioni, pistole, revolver, fucile d'assalto, lanciagranate, acidi, calce ma anche nel linguaggio, Erik ha gestito 3 linguaggi, così come 2 linguaggi di programmazione. Sopra, come se non bastasse, Erik aveva un QI alto. E aveva una debolezza o una forza che era sempre solo. Scelse di essere se stesso, un orso solitario che probabilmente gli lasciò un segno nel corso degli anni. Era raro, o mai si poteva vedere Erik felice o che rideva. No, non era più nella sua vita, e posso dirlo a tutti in questa stanza. Dice GammelMan, e continuaa dire, sentiti libero di ottenere un nemico, ma prima vedi cosa hai di fronte a tecome persona. Sei sedutoquia dirmi cosa dovresti fare con Erik... ma forse è Erik che ti viene dietro, e poi hai un problema chiamato abbastanza buono.

Henke e gli altri membri dell'Organizzazione iniziarono a diventare di colore grigio. Sì, ha detto Henke, ora sappiamo cosa abbiamo di fronte a noi, e sembra appropriato se siete tutti in guardia. Il vecchio si rivolse alla montagna muscolare e gli chiese se ora sapeva cosa fosse un PointMan, e annuì d'accordo con lui.

Henke, che era il leader, capì che Erik sarebbe stato un problema se avesse utilizzato le sue conoscenze presso l'Organizzazione. Stava aspettando che Bob tornava dalla pianificazione su cui era, con Erik. Bob non sapeva nulla dell'incontro.

Bob è venuto dopo un po 'e Henke ha colto l'occasione per chiamare Bob

nell'Organizzazione, sembrava un po
'premuroso quando Henke lo ha chiamato.

Bob. Henke ha detto. Penso che abbiamo molti
problemi davanti a noi.

L'abbiamo fatto? Bob ha detto.

Il nostro amico Erik ha ucciso Anton. Henke dice.

Bob credeva che il primo Henke lo avesse preso
in giro, ma si rese conto abbastanza, presto non
fu così, ma attese ciò che Henke avrebbe detto.
Come diavolo è potuto succedere? Bob si chiese.

Sì. Henke ha detto, me lo chiedo anch'io, ma
inizia con l'unico fratello che mi dice in
confidenza che Erik ha ucciso Anton, ed è così.

Tutti nell'Organizzazione non sanno che
abbiamo avuto una riunione, ma tu, Bob, sei la
mia mano destra, quindi va bene.

Henke si sedette e pensò se avrebbe venduto
Erik quando lo fece ad Anton.
E si chiese se avrebbe prendere in giro l'agente
McGill e quindi avrebbe usato ipoteri della SAPO
in modo positivo per l'Organizzazione. Ma che
diavolo sarebbe? Henke pensò.

Henke pensava. Chiamerò l'agente McGill.
Ha risposto al suo cellulare, e Henke ha salutato.

Ehi, McGill, dobbiamo parlare di qualcosa che è successo. Henke ha detto. Voglio che noi due ci incontriamo in un sito di rifiuti perché potrebbe sembrare strano.

Qual è il punto? McGill ha detto.

Ma non voleva parlarne lì.

Allo stesso tempo, in un altro luogo, Erik si alzò, e pianificò la vendetta che stava succedendo, e non sapeva cosa stesse facendo Henke. Erik voleva solo che potesse dare una soluzione al suo amico, così non fu picchiato a morte in prigione.

Il cliente voleva che Erik organizzasse il trasporto fino alla capitale, e da lì avevano persone stesse, e non appena il camion raggiunse la capitale, il lavoro di Erik sarebbe stato fatto. Voleva tornare alla pianificazione del trasporto stesso e ilcliente nonvoleva saperlo, poiché voleva solo sapere quando il camion poteva arrivare nella capitale. Erik finì per tornare a casa a Tompaper cucire la borsa. Proprio mentre se ne stava andando, il cliente consegna un sacchetto di plastica, una borsa normale che si ottiene nel negozio quando si fa la spesa per il cibo. Lo raggiunge con Erik, e dice che ora è stato pagato per il lavoro.

Capitolo 15

Erik guarda in basso la borsa e si assicura che ci siano molte banconote in diversi tagli. Il cliente dice che sono in piccoli tagli perché è più facile per Erik smaltire, in quanto non brillano tanto quanto le banconote di grandi dimensioni.

No. Erik ha detto. Ti faròpagare quando il lavoro è finito. Le cose possono andaremale e saròresponsabile delrimborso.

Il cliente ha cercato di rassicurare Erik che non gli avrebbero fatto alcuna richiesta se la polizia li avesse arrestati, poi lo ha detto, non voleva sentire. Il cliente dice che faranno molti affari in futuro, con un piccolo sorriso sul viso. Un sorriso che Erik solo una volta aveva visto nell'ultimo golpe. Erik sentiva quanto sarebbe stato cupo il suo futuro, con molti must-have, e un cliente che dava per scontato che fosse interessato a questi lavori.

Quando si tratta di criminalità, si può descrivere questo mondo come una gigantesca ragnatela, dove tutti sono in contatto l'uno con l'altro in un modo o nell'altro. Il che significa che se fai troppo da stupido, o fai brutti lavori, si diffonde velocemente. Più entra nella ragnatela che hai, più potere hai avuto.

Come capirete, Erik era lontano dal limite ed era nel mezzo, come uno Svensson aveva chiamato una carriera, e dove si sarebbe preso un nome come è stato detto prima. Erik iniziò ad acquisire sempre più comprensione di come tutto fosse connesso. Questa ragnatela era una scala di carriera, e si sarebbe lentamente arrampicati più vicino al centro della rete. Era questa cerchia ristretta che tutti i criminali volevano invenire, ma che pochi hanno fatto. Era come nel mondo reale, pieno di molti ostacoli e insidie, ma la differenza era che eravamo delinquenti, volentieri prendevano una scorciatoia.

Erik tornò a casa a Tompa per fare l'ultima pianificazione necessaria per il successo del lavoro. Ora hanno dovuto trovare le debolezze che ci avrebbero dato l'opportunità di avere successo. Tompa aveva trovato un collega stanco del suo datore di lavoro, che sembrava pagare troppo male questo autista. Per qualche altro motivo non poteva vedere, in quanto poteva impostare il loro piano che era il seguente. Erik disse a Tompa che avrebbe organizzato un certo numero dibrutte candelette per il camion che avrebbero dirottato. Le candelette sono l'equivalente delle candele in un'auto normale, ma i motori diesel hanno invece candelette. Chiunque abbia guidato un'auto che non corre su tutti i cilindri sa che è difficile da fare se dovesse verificarsi, e l'intenzione era che questo conducente guidasse in un'area di riposo più ampia. Luoghi dove le persone possono fermarsi per un caffè, ma anche dove i conducenti possono pernottare. In tal modo utilizzerebbe la stessa radiofrequenza utilizzata da questa società di trasporti sulla loro radio.

Guidando in un posto del genere, il conducente è stato in grado di scambiare le candelette di bagliore con candelette di bagliore che funzionavano molto male. Queste candelette di bagliore avevano Tompa entrato in possesso dell'officina dove di solito curavano i camion. Mentre stava cambiando queibagliorip lugs, non si sarebbe in contatto con loro. Invece, hanno aspettato che questo autista richiedesse alsuo datore di lavoro, tramite la radio comse c'era un altro autistache era libero, e che potesse eventualmente prendere la sua guida, quando ha dovuto guidare in officina con il suo camion con il cappelloche inrealtà diced era cheil rimorchio era sulla scena, e che ha iniziato a guidare fino all'officina. Non volevano che il ragazzo si mentesse nei guai. Chiamando solo il camion di trasporto per cui guidava, diede loro il via libera per ritirare il rimorchio con la carne, ma solo per coprire il bottino vero e proprio, allora la storia era che l'autista aveva avuto una pausa durante il tempo corrispondente necessario per cambiare i perni luminosi. Il fatto che si fosse fermato poteva anche essere certificato da persone intorno a lui, che avevano guidato nell'area di riposo, ma la prova più importante di questa pausa è stato il tachigrafo, che tutti i conducenti professionisti hanno installato sul cruscotto. È lì, in modo che la polizia possa verificare che l'autista non abbia guidato troppe ore senza una pausa. Una copertina perfetta. Poi le candelette di bagliore erano cattive, che, anche, poteva essere controllato in seguito.

Tompa raccolse il rimorchio con la carne, con il trattore del rimorchio che il cliente aveva organizzato. Poi lo guidò in un'area boschiva, dove il secondo rimorchio era vuoto. Quando è arrivato, tutto quello che dovevi fare era ricollegare e ricaricare. Skane county è un paesaggio pianeggiante e non volevi andare in giro con un rimorchio. Ora questo dannato trasporto è ricominciato. Avevano solo normali guanti da costruzione da indossare sulle mani, dove passa rapidamente il freddo. Si sono stancati molto, ci vorrebbero 20 uomini, poi è stato molto da portare avanti. Quando abbiamo finito di trasportare, le mani come due bastoncini di pesce congelati sono state leggermente dette. Erik aveva ricevuto un

numero di telefono dal cliente, al quale avrebbe
inviato un messaggio di testo. L'avviso sarebbe
stato completamente vuoto, niente scritto, il che
ci diceva che le merci si stavano dirigendo verso
la capitale, verso il luogo esposto. Ci vorrebbero
10 ore per raggiungere questa destinazione.
Quindi un giro "mantieni la velocità". Non
volevano mettere le dita a scopo di lucro della
polizia in questa consegna. Il round ha richiesto
un po 'più di tempo quando c'erano molti lavori
stradali. Quando è arrivato il camion,

Il lavoro di Erik era pronto, e il pagamento che
aveva già ricevuto, quindi era una festa, quando
Tompa tornò.

C'era un barbecue con un sacco di alcol, ma per
qualche motivo non hanno grigliato carne.
Il cliente è statomolto, soddisfatto del lavoro e
ha sostenuto una grande cooperazione futura.
Erik aveva unabella, buona capitale in tasca.
Tompa e l'altro autista avrebbero ora la loro
parte della torta. Poiché prima non ne avevamo
parlato in modo più dettagliato, ora c'è stato
solo un negoziato. Tompa mi ha chiesto cosa
avevo ottenuto per il lavoro. Una domanda a cui
preferivo evitare di rispondere. Erik ha detto che
potevano dire quello che volevano. Tompa
avrebbe dovuto pagare al suo collega ciò che ha
ricevuto in pagamento. Tompa pensava che un

25 forse 30.000 SEK, per entrambi i posti di lavoro fosse ragionevole. Poi è stato proprio come se avesse avuto un Flashback e avesse pensato a quello che il fratello di Sam aveva fatto al contatto all'interno del terminal. Allora non sarebbe bello, se Erik si fosse innamorato dell'avidità. Erik disse a Tompa di aver ricevuto 65.000 SEK, per entrambi, e che non gli importa cosa dà il suo contatto, ma assicurati che sta zitto, e che basi quell'importo che era ragionevole, per garantire che lo tenga tranquillo. Ora non puoi mai garantire che qualcuno starà zitto, ma dando loro una quantità di cui si sentiva felice, quella cosa ha reso le cose un po 'più sicure. Erik stesso, come probabilmente avete già calcolato 135.000 SEK, ma c'è stato anche molto lavoro per pianificare questo colpo di Stato.

Tompa urlò contro la sua vecchia signora e disse che avrebbe potuto andare a fare shopping tutto il fine settimana se lo avesse voluto. Sdraiato basso, non credo che fosse nel suo vocabolario, che ora è diventato un problema per lui. Ora che ha promesso a sua moglie di fare acquisti tutto il fine settimana. Non puoi, non fare promesse del genere a tua moglie, e poi puoi, nonlasciarla agire. No, ora ha avuto un problema Erik potrebbe fregare un cazzo di come ha fatto con i suoi dollari, ma se dovesse essere notato, che la loro famiglia agiva in grande e in largo, potrebbe portare a molti problemi inutili per Erik. Se questo Tompa dovesse entrare in un interrogatorio di polizia, uno porterebbe all'altro, e questo avrebbe potuto finire con sua moglie in interrogatorio. Poi eravamo stati fregati. E tu nonsei piùforte dell'anello più debole.

Tompa era al livello più, naive, quando non credeva per un secondo che quest'opera potesse derivare dal giudizio. Ci fu qualche alterco tra Tompa ed Erik, e questo gli diede una maggiore comprensione di quanto fosse importante essere basso. Il collegadi Tompa che ha lasciato il rimorchio nella fermata del resto, è stato rapidamente chiamato dalla polizia per chiedere perché ha lasciato la merce alle spalle, ma la sua storia era sostenibile e che la polizia poteva controllare dopo il fatto. Ma dove è andata la carne, non è ancora risolto. Il crimine è ormai sbarrato nel tempo.

Ora che ha delineato questo crimine sopra, i suoi pensieri sono il motivo per cui non gli èfregato , un accidente di fare più crimini per un po '. Dal momento che Erik aveva guadagnato due anni di stipendio su due reati al momento in cui questo crimine è stato commesso. L'importo guadagnato su questi crimini era di 335.000 SEK.

Una somma che all'epoca era un sacco di soldi,
ma non credo che se ne fosse accontentato.
Probabilmente. Erik pensava che fosse bello
avere successo con questi crimini, che anche lui
thought erano davvero,intelligenti così si sente
per te. Dove stava andando Erik? Un'anima
confusa che ha cercato di vendicarsi, pur
tendendo a renderla illegale, legalmente
puramente mentale.

Erik aveva iniziato a dare all'avidità un volto
sempre più chiaro, ma dove lui, come persona,
aveva messo i piedi giù nella valle della
negazione. Il cliente ha chiesto a Erik per
chilavorava, per? Ora c'erano stati problemi
completamente nuovi nella sua testa che
stavano macinando. Chi era Erik? Cosa stava
facendo? Tutte queste questioni incentrate su se
stessi erano diventate sempre più. Mentre
negava ogni illecito e violazione della legge che
lui stesso fece. Erik ha cercato di riavvolgere il
nastro nella sua testa, in, per vedere il suo ruolo
in questa miseria, lo ha fatto sentire male, ma
quel riavvolgimento è stato fuso con grovigli sul
nastro.

Perché non ci ha pensato? È stato il suo corpo a
difendersi saldando la porta agli eventi che
aveva attraversato? Sembrava tutto strano.

Perché ci sono stati tali blocchi? Allora Erik non poteva pensarci, spaventoso che fosse così brutto.

Chiunque sia, o sia stato un criminale, prima o poi sia stato perseguitato da tali questioni. Quando compaiono le domande e il rimorso, ci sono solo due cose da fare. Ciò che si doveva fare era rompere lo stile di vita distruttivo e chiedere rapidamente aiuto. Questo potrebbe essere riportato nella società. È la visione teorica che non funziona nella pratica. In effetti, molti criminali si rendono conto all'inizio che non è una vita sostenibile, mahai, per ottenere un aiuto professionale nel rompere il comportamento. La società di solito reagisce troppo tardi, e molte volte la società non reagisce fino a quando qualcuno non viene condannato a qualche forma di punizione. Prevenire è anche male, e a quanto pare lo sarà sempre. Sebbene le autorità siano migliorate, i loro sforzi sono come un granello di ghiaia nel mare. Le conseguenze che ne derivano, dell'assenza passiva delle autorità, possono essere paragonate al taglio del dito. Dopo un po', la ferita guarisce, poi la crosta cade, ma la crosta è sempre lì. Con quel Erik che dice che se le autorità aspettano con le loro misure preventive, finalmente insengono i cattivi, su varie misure penali come il carcere, ma non importa quanto siano buone le prigioni o le misure di cura, allora ci sarà sempre una persona con una personalità sfregiata.

Erik aveva iniziato a pensare a quale ruolo, come criminale che lui stesso aveva. All'epoca non era uno di loro, ma faceva ancora molto lavoro per varie organizzazioni, che volevano i suoi servizi. Nella società ordinaria Erik era stato visto come una risorsa legata alla clientela sbagliata, ma durante la prima parte della carriera criminale di Erik, la sua missione era come qualsiasi lavoratore freelance, con la grande differenza che Erik doveva costantemente infrangere la legge, per fare il suo lavoro. Ha scoperto di essere stato iscritto nel registro ASP, in un processo, quando il pubblico ministero lo aveva scritto nella sua richiesta di arresto. Che sia detenuto per minacce illecite e che ci sia il grande rischio che Erik debbano compiere queste minacce, ma anche che sia un criminale più pesante e che sia membro dell'Asp. Si potrebbe dire che il tribunale distrettuale ha approvato i desideri del pubblico ministero attraverso alcune parole chiave.

Ha detto le parole ASP, Club, minacce illegali con mazze da baseball then è stato trattenuto con restrizioni complete t luipiccolo procuratore cazzoera solo tre mele alte, ma era così arrabbiato per l'udienza preliminare che si potrebbe pensare, che era alto almeno 2 metri. Andò completamente al soffitto quando sentì la parola "club" o simile. Amava assolutamente mettere Erik dietro le sbarre.

A quale organizzazione Erik apparteneva finalmente, non voleva andare all'autorità, in quanto non gli avrebbe giovato puramente sano. La ragione principale è che il messaggio di questo libro riguarda Erik, e come la società ha agito contro di lui, e come lui come persona ha reagito quando ha fatto cose estremamente stupide a aziende e individui, ma ancora una volta all'evento.

Secondo il procuratore, l'arresto era per una guarigione che Erik avrebbe effettuato, cosa che aveva fatto. A Erik era stato dato un nuovo tipo di incarico in cui avrebbe recuperato un debito e spaventato un ragazzo. Normalmente, ce n'erano sempre due in tali recuperi, ma è stato giudicato unrecupero abbastanza, semplice e che Erik come persona era come un pazzo con una mazza da baseball Erik non ha tirato merda per questo allora è stato unmomento in cui probabilmenteavrei dovuto essere esaminato alla mente. Mentalmente, non aveva inibizioni ad alcun livello.

Erik stava andando via per questo lavoro, ed era quasi 170 km fino al traguardo. Che avesse un lavoro da fare era lo stesso che eri promesso all'oggetto, cioè la persona da cui avrei preso i soldi. Finché il lavoro non è stato fatto, uno è stato impegnato con questa persona. Ora ci si può chiedere perchédici fidanzati?

La parola promessa sposa viene come la maggior parte delle persone sa dalla parola fidanzata, ma nei tempi antichi era chiamata promessa sposa quando hai dato a una ragazza un anello di fidanzamento e le hai promesso, di sposarla entro un anno, ma negli inferi questa parola ha un significato completamente diverso. La parola arriva all'inizio del killer professionista che l'aveva come fonte di reddito. Quando hanno ricevuto unoggetto, stavano per eseguire per una somma di denaro. Molto spesso c'erano diversi assassini sullo stesso oggetto. Pertanto, questi assassini furono inizialmente fidanzati con l'oggetto, fino al completamento del lavoro.

Da parte mia, si trattava delle rotule dell'oggetto o di un osso del naso rotto. Erik era disposto ad andare fino a dove voleva. Èorribile dirlo, ma è così che era diventato una persona.

L'agente McGill è venuto dopo un po 'al punto di incontro Henke e lei aveva precedentemente deciso. McGill si chiese cosa volesse Henke perché non era così a suo agio quando queste due persone si incontrarono.

Di cosa volevi parlare? L'agente McGill ha detto. Perché voglio che sappiate che non voglio risolverlo in questo modo quando, voi due siete in due campi diversi.

Henke ha detto. Ho alcune domande, sono tutto. L'agente McGill alzò le sopracciglia e sembrava leggermente turbato, qui mi trovo con il leader e il giudizio, quindi parla di cattiva condotta. L'agente McGill ha detto.

Bene. Henke ha detto, per dirti il contrario. Mi chiedevo se ti piaceva prendere la persona che ha ucciso, Carl? Chiede Henke

Checosa? L'agente McGill ha detto... e lo saprete? L'ha detto a Henke.

Sì, conosco McGill, ma ti costerà, quindi lo ottieni", dice Henke.

Quanto costerebbe? Sono sicurodi poterti arrestare per qualcosa. Agente rispondente McGill

Allora nonavrai l'assassino di Carl. Quindi, pensateci. Te lofarò sapere. Dice Henke poi entrambi sono andati per la loro strada separata.

Erik aveva iniziato a cadere questi 170 km che aveva davanti a sé e cominciò a pep se stesso dal primo miglio e fino al suo arrivo. In macchina aveva una mazza da baseball trasformata in casa del tipo più ruvido. Erik pensava che le mazze da baseball che erano sul mercato fossero semplicemente troppo deboli, e piegate troppo facilmente, e voleva fare un buon lavoro. Quando Erik arrivò, guarda l'appartamento dove viveva l'oggetto, ed era con i guanti e afferrava la mazza da baseball. Dato che Erik stesso era su quella collezione, aveva anche una pistola con sé una Beretta 92F, un'arma che gli ufficiali militari statunitensi hanno come arma standard. Erik è sceso dalla macchina, e verso la porta. Quando è uscito al piano destro, la porta in cui stavo entrando è già aperta socchiusa. Erik cominciò a percepire problemi quando sembrava di aver ricevuto cattive vibrazioni.

Era acceso sulle scale dove Erik era in piedi e quindi non voleva tirare su la sua arma come aveva nel ponticello dietro la schiena, perché potevano esserci persone che guardavano fuori lo spioncino nelle loro porte. Dopo pochiminuti, la luce si accende sulle scale ed Erik mette il pipistrello contro il muro della tromba delle scale per poter esegnare la sua arma e fare un movimento del mantello. Ora era lì in piedi, con un'arma affilata e un pipistrello sucuiha pompato adrenalinaabbastanza, beh Erik ha preso un ruolo in cui non era davvero se stesso. La persona malata e posseduta che era diventato, ora entra nella salae continua nel soggiorno. Non c'era nessuno. Erik ha controllato tutte le stanze adiacenti per qualsiasi persona che potesse essere la conoscenza della vittima o simile, e ha capito che la persona si era tirata fuori dal suo appartamento, in ogni fretta di salvarsi.

Erik esce di nuovo dall'appartamento e sente che si parla dal lato dell'appartamento. Si è sentito come se qualcuno fosse in piedimolto, vicino alla porta e premuto. Un suono che si verifica quando si ha uno spazio tra il telaio e la porta e quando si preme contro di esso diventa un suono che si verifica. Rapidamente Erik ha aperto la porta che è stata aperta e all'interno della porta si trova un ragazzo con un telefono cellulare e che parla. Ha parlato con il tizio che Erik stava cercando. Il ragazzo che stava cercando aveva visto l'auto di Erik e poi si è imbatteto nel suo vicino, per scendere rapidamente attraverso i balconi sul retro della proprietà. Il ragazzo nel corridoio più o menocade all'indietro e inizia a strisciare nel suo appartamento, mentre ha detto di non spararmi, non sparare! Era leggermente terrorizzato.

Erik si assicurò l'arma e la mise di nuovo dietro la schiena. Il ragazzo ha iniziato a calmarsi un po 'quando non ha più visto l'arma di Erik. Erik vide quanto avesse paura, il labbro inferiore tremava di paura anche se Erik non lo aveva in alcun modo minacciato, ma nel suo mondo questa intrusione era più che sufficiente. All'inizio - ha detto - non sapeva affatto dove fosse andato il ragazzo, ma dopo qualche persuasione gli ha detto che il ragazzo era tornato a casa dai genitori. Erik ha detto al tizio, sestai mentendo, dovrai cercare letue rotule per il resto della tua vita. Capì chiaramente il messaggio di Erik. Ha preso l'indirizzo di casa dei suoi genitori e ha augurato al ragazzo una bella serata. Dal momento che Erik non aveva alcuna conoscenza locale della città in cui si trovava, dovette cercare una stazione di servizio per entrare in possesso di una mappa. Dopo aver individuato l'indirizzo, è entrato nel vialetto dei suoi genitori.

Capitolo 16

C'era inverno e un po 'di neve a terra. Nel cortile sembrava che un'intera squadra di calcio avesse corso lì intorno. La neve è stata calpestata quasi ovunque. La casa era buia, non brillavano luci, solo una poinsettia in alcune finestre. Sembrava la casa che Dio ha dimenticato, completamente abbandonata. Erik andò in giro per casa per vedere attraverso le finestre, ma tutte le persone brillavano con la loro assenza. All'inizio - ha detto - pensava che il ragazzo non avesse guidato affatto qui, ma di recente sono state fatte tutte le impronte che avevano spinto la neve lungo l'ingresso. Come facevano a sapere che Erik sarebbe venuto qui? Aveva il vicino con cui ha parlato, ha avvertito queste persone? Erik era furioso e avrebbe portato di nuovo a casa conmolta determinazione questo vicino, ma questa volta sarebbe stato dannatamentechiaro, quindi, il ragazzo ha preso il messaggio Erik era ora completamente convinto che questo vicino fosse dietro questo fallito tentativo di recupero, il che significava che negli ambienti criminali si poteva perdere la faccia. Tornato sulla strada dove viveva il vicino, ora vide che questa persona era apparentemente emigrata. Tutto era buio pesto. Erik è passato e ha fatto un giro con la macchina, in modo che potesse sedersi in macchina e vedere, se c'era qualche attività negli appartamenti.

Erik non aveva trascorso molti minuti in macchina quando un'auto della polizia scivola verso di lui. E 'stato rapidamente giù con la testa verso il basso prima che lo vedevano. Lì Erik si sedette con un'arma affilata, e in tasca e aveva una manciata di Stesolid 5mg. La polizia che non ha visto ma mi ha tenuto lentamente oltre. Il tasso occupazione è aumentato notevolmente. Mi sentivo come se fosse lui che invece veniva inseguito. Erik è sceso dalla macchina ma ha lasciato la mazza da baseball mentre stava per lasciare la macchina. Erik aveva ricevuto le tavolette dai suoi cosiddetti amici, nel caso avesse avuto difficoltà a fare il recupero, in quanto può diventare molto sanguinoso. Ma come ho detto, si è allontanato dalla macchina per trovare un vicolo più piccolo o simile. Erik ha dovuto far cadere tutte le pillole in un pozzo sulla strada. Era assolutamente il più sicuro, poiché pensava ancora se qualche bambino avrebbe trovato queste compresse, il che avrebbe potuto avere gravi conseguenze che Erik non voleva.

Quando Erik ha buttato via le pillole, ha camminato per il quartiere, ed è venuto in un hotel, pensando che stava prenotando una stanza con un nome falso e pagando in contanti, quindi si prenderà la guarigione domani. Quando è arrivato alla reception, ci sono due donne. Era abbastanza tardi la sera, quindi doveva suonare un campanello in modo che le porte si aprirono, in modo che potesse entrare. Quando Erik viene, in contatto con uno del personale dell'hotel, chiede quanto costa avere una camera singola? Quando si fa avanti per dirle qual è il prezzo, Erik guarda la sua targhetta che aveva sulla giacca. Era lo stesso cognome della persona in cui stava per fare la guarigione. Questo cognome era un nome molto insolito, così reagì immediatamente quando vide il nome. Erik ha dovuto rapidamente trovare delle scuse quando ha detto quale fosse il prezzo.

Oh. Ha detto, dovreicontinuare a cercare. Era semplicemente troppo costoso per una sola notte. Erik lo ringraziò e uscì dall'hotel. Quando uscì dall'hotel, pensò, quanto è piccolo il mondo. Qui corri per una città di cui avevo poca conoscenza. Trova un hotel e c'è un parente dell'oggetto. Che si conoscesse o no, era comunque strano. Erik chiamò i suoi amici sul fronte di casa, e il loro consiglio era di allontanarsi subito. Ora aveva segnato ciò di cui erano capaci, che in molti casi era sufficiente.

Ma no! Erik avrebbe in mano questo tizio, e se fosse entrato in possesso del suo vicino, sarebbe stato un vantaggio. Cominciò a passeggiare per la città mentre aspettava il ritorno dell'oggetto. Ha iniziato a diventare un po 'più tardi la sera ed eracarino, freddo fuori. C'era una Galleria con negozi. Erik è entrato per comprarsi qualcosa da masticare, ma alla fine è finito con un cioccolato. Quando si è scaldato un po', è uscito dal centro commerciale per continuare verso la sua auto. Erik non si è fatto così lontano dal centro commerciale quando improvvisamente ha iniziato a puzzare di poliziotti. Abbastanza perché era una città più grande, ma ora la polizia stava passando, quando sembrava che l'intera forza di polizia fosse venuta in quella città, o stavano cercando Erik?!

Erik temeva che lo stavano cercando. I pubbliciministeri avevano, una tendenza a custodia cautelare per la minima parte. Erano sempre alla ricerca di errori e crimini, ma questa volta si sarebbe scoperto che il vicino dell'oggetto non solo aveva avvertito l'oggetto, ma si era anche preso cura di chiamare la polizia. Si scopre che il tizio che Erik avrebbe afferrato, aveva come ho detto saltato giù dal retro della proprietà, e sarebbe corso sulla strada per prendere il numerodi immatricolazione dell'auto, Erik era arrivato. Quando la polizia ha scoperto chi era Erik, ci è voluto un giro, ma non lo sapeva quando è entrato in piazza.

Erik cercò di allontanarsi dalla piazza, e cominciò a tornare a metà strada nel centro commerciale, uscita così dall'altra parte del centro commerciale. Ora stava cercando di nuovo un vicolo, e ora c'era delitto in cucina. Erik aveva una pistola affilata su di lui, e non voleva essere arrestato con quello, e l'unica cosa che pensava era trovare di nuovo un tombino, allora il mio problema sarebbe sparito. Cominciò a intravedere un tombino con le sbarre, ora Erik pensò, e cominciò a cercare la pistola con la mano sinistra, così sapeva che era lì. Il tubo eradavvero, freddo quando fuori aveva freddo. Erik è entrato in possesso della pistola, ha tirato fuori il caricatore e ha fatto un movimento del mantello in modo che il colpo in gara sarebbe uscito. L'idea era di buttarlo giù tra la griglia, ma si è scoperto che la pistola era semplicemente troppo grande. Non è facile ottenere un buon momento, se una tale griglia in modo da poterla sollevare, quindi ora si trattava di pensare rapidamente. Erik guardò la rivista con la pistola e pensò che il piccolo tallone che si trova in fondo alla rivista potesse essere utile, così alzò la griglia. Ha guidato lungo un pezzo della rivista per aggirare il tallone, quindi si è agganciato alla griglia, cosa che ha fatto. Erik sollevò la griglia così tanto che si avvicinò un po 'sul bordo della strada, in modo che potesse afferrare la griglia del tombino. Ha appena raccolto la sua pistola e il suo caricatore, e poi sapeva se aveva qualcosa che potesse essere direttamente inappropriato in caso di arresto.

In un altro posto in città...

Henke scelse di parlare con Bob mentre Henke pensava che l'agente McGill avesse incasinato la situazione in cui Henke non sapeva come farlo e non voleva essere visto, come un fottuto strimizzo con gli altri nell'Organizzazione but come diavolo avrebbero fatto i membri a percepirlo ora? Henke pensò.

Bob era un vecchio, così Henke gli affidò molto. Bob pensava che avrebbe dovuto controllare perché è successo, e perché l'agente McGill voleva prendere un pezzo di torta?

Senti, davvero non lo so, ma immagino che volesse alzarsi", ha detto Henke.

Sì, forse è così semplice. Bob ha detto.

Bob si chiese in silenzio cosa stava facendo Erik, e che cosa che Big Mama aveva per alcuni piani dubbi con McGill

Sembri preoccupato, Bob. Henke ha detto. Che ti succede? Henke ha chiesto.

No, non ha niente a che fare con me. Bob ha risposto, ma stavo pensando al perché sta succedendo adesso? "Non posso rilasciare Big Mama o l'agente McGill, ma sono quasi certo che andrà a posto", ha continuato Bob, alzando le sopracciglia che solo lui poteva fare.

Henke disse a Bob che per il momento era possibile lasciarlo andare, e sono state solo le teorie a creare mal di testa. Henke ha anche detto che l'agente McGill si era espresso nelle occasioni in cui entrambi si erano incontrati, ma si chiede cosa volesse veramente?

Erik iniziò a scivolare per la città come una persona completamente innocente, ma proprio come i criminali vedono i poliziotti, anche i poliziotti vedono i criminali, sicuramente come Amen nella chiesa. Sembra strano, ma molte volte è così, che si vedono in qualche modo strano, e inquesto caso è stato per qualche settimana indietro brillato dalla polizia (Ricercato). che nemmeno lui sapeva, in questa occasione. Quando il vicino dell'oggetto integrò il suo rapporto con il numero di immatricolazione dell'auto di Erik, fece saltare in aria gli agenti di polizia della città con il grande tamburo. Gli ufficiali che normalmente cacciavano ubriachi e simili ora avevano un caso legato a Mc con una persona ricercata. Era una vigilia di Natale per loro. Erik ha iniziato a sperimentare questacittà, molto piccola e angusta. Andò in giro per poter vedere la sua auto da lontano, ma non era il momento di prenderla, dato che c'erano agenti di polizia ad entrambe le estremità di quella strada. Non che fosse una sorpresa diretta, ma Erik non accettò comunque che lo stavano cercando e decise di andare in giro per la polizia per allontanarsi di qualche isolati dalla sua auto. Quando è arrivato a pochi isolati dalla sua auto, si è alzato su un'altra strada, per trovare la via d'uscita dal centro della città stessa. Quando Erik ha iniziato a camminare su quella strada, ora poteva vedere un autobus della polizia a sinistra, più in alto su una strada adiacente. Solo un minuto dopo aver visto questo autobus della polizia, ci sarà anche una normale auto della polizia lungo la strada dove Erik è piombato. Ha preso il suo cioccolato solo per fare qualcosa in modo che non sarebbe strano che ci sia andato opensava così fottutamente, stupido pensiero stupido così arrossirees solo luilo scrive. L'autodella polizia normale guidava abbastanza vicino a Erik prima che si fermasse. Un poliziottoscende e inizia a chiamare il suo nome, e poi era ora di rendersi conto che lo stava cercando. Era un poliziotto di mezza età che ora lentamente ha iniziato a camminare verso Erik, con un poliziotto dietro di lui, con una mano sulla sua arma di servizio. Questo poliziotto voleva che tutto andassi liscio. Hai una pistola ad adirti, me l'ha chiesto?

Si sono comportati molto tesamente e con cautela. Erik rispose che era armato. Ora è diventato davvero teso. Si poteva sentire e vedere questo agente di polizia assumere una posizione completamente diversa e una posizione vocale diversa.

Metti giù la pistola! Dice, con una voce più assertiva.

Erik ha detto che è armato solo di cioccolato e che non aveva intenzione di mettere giù quando c'era ancora troppo. L'agente poi gli urla di mettere giù di nuovo la pistola.

Non ho armi! Erik risponde.

Non ti crediamo, cioè giù,sdraiati tu, satanico psychopath urlo, il poliziotto.

Erik capì che non apprezzavano il suo "Scherzo al cioccolato ". Quando si trova a terra, ci sono anche agenti di polizia dalla strada adiacente. Erano i poliziotti dell'autobus. L'intera atmosfera

era diventata sgradevole e tesa. Prima gli hanno ammanettato Erik sulla schiena, ma dopo una perquisizione, il poliziotto più a vecchio dice che avrebbero messo le manette sul davanti, se Erik fosse rimasto calmo.

Sembrava una perdita di energia inutile per reagire. Quando hanno messo Erik nell'auto della polizia, hanno iniziato a guidare verso la stazione di polizia. Entrarono nel retro della stazione ed entrarono attraverso un paio di cancelli. Una volta all'interno del garage, non hanno aperto la porta dell'auto fino a quando la porta dietro di loro era completamente chiusa. Prima dell'apertura del poliziotto, disse a Erik di rimanere molto calmo, e si assicurò che non avesse la possibilità di uscire da lì. Erik ha poi chiesto alla polizia cosa aveva fatto? Una domanda che ora ha posto una seriedi volte durante il viaggio. Ha semplicemente risposto che Erik sapeva molto bene. La polizia si chiese allo stesso tempo come Erik potesse essere riuscito a spaventare un'intera famiglia in poche ore. Si è scoperto che tutta la famiglia dell'oggetto era seduta nella stazione di polizia quando erano terrorizzati.

L'ufficiale ha portato Erik in un ufficio. Poco dopo il verdetto arrivò un altro agente di polizia, che si sedeva ad aspettare e controllare Erik mentre un altro agente di polizia contattava il pubblico ministero per sapere quali decisioni sarebbero state prese nel suo caso. Il poliziotto che era in guardia ha pensato che fosse bello aver catturato lo scherzo dalla conteadi Skane. Aveva un modo piuttosto umile e gli chiese cosa stava facendo il male finora nel paese, quando non erano abituati ad avere criminali di questo calibro. Erik non aveva una risposta più lunga, ma gli rispose che si trattava di affari. Si chiese immediatamente chi non aveva fatto i suoi affari? Era una domanda a cui non è stata data risposta. Quando questo poliziotto cominciò a capire che nessuna risposta sarebbe venuta da Erik, cambiò tattica e cominciò a parlare in generale di questa città in cui pensava fosse poco interessante. Erik voleva solo sentire cosa aveva da dire il pubblico ministero e quale decisione aveva preso. Ci è voluta almeno un'ora perché si insoprino di qualsiasi pubblico ministero che volesse prendereuna decisione.

Hanno anche acceso il suo numero di previdenza sociale in modo chel'ufficio della giorno potesse prendere una decisione. Erik sapeva così tanto che era ricercato, quindi il pubblico ministero aveva già un motivo per rinchiuderlo, ma a quanto pare volevano prenderlo su diversi punti. Era soprattutto questo nuovo caso, volevano legare Erik. Dopo una lunga attesa, il poliziotto che ha ammanettato Erik, entra in ufficio per annunciare che il pubblico ministero aveva deciso di arrestarlo per minacce illecite aggravate, possesso illegale di armi che sarebbero state dimostrate dal testimone, dal momento che non aveva armi quando lo hanno arrestato. Poi voleva tenere Erik per furto con scasso in due appartamenti e procedura arbitraria. Oltre a ciò, era già ricercato, quando era sospettato di aver accoltellato duramente un ragazzo nella conteadi Skane, quindi probabilmente questo procuratore aveva tutto in piedi.

Erik chiese immediatamente un avvocato, che avrebbero organizzato fino alla mattina successiva. Ora era per rivolgiamo le loro cose. Cintura, lacci, orecchini e tasche vuote. Poi si portò di nuovo nella gabbia dietro le sbarre. Accidenti a quello che Erik stanco stava per entrare e uscire come la peggiore sindrome yo-yo, ma non aveva molto da dire. Poteva solo sdraiarsi e aspettare che l'avvocato arrivava domattina.

Dopo una lunga notte, finalmente il suo avvocato arrivò verso le nove del mattino. Non era quello che usavano, come sarebbe arrivato primaa, una data successiva. A Erik non piaceva il nuovo avvocato, ma è comunque un avvocato.

Ha iniziato presentandosi e dandomi un biglietto da visita con i suoi numeri di telefono.
Sedan mi ha detto che sembrava difficile. Ci sono stati testimoni secondo la polizia che hanno visto Erik con un'arma, e che hanno anche detto che lo ha minacciato con quell'arma, che era una pura bugia. A quanto pare aveva percepito il suo udito come una minaccia, ma non aveva puntato una pistola contro quel tizio. Erik ha messo via la pistola, ma l'aveva vista, così tanto che sapeva. Ora l'avvocato voleva che si sdraiavano e aspettavano le prossime udienze durante il giorno. Erik non voleva essere interrogato, cosa che ha chiaramente dichiarato a questo avvocato. Dice che guadagnano di più rispondendo alle domande.

Questo avvocato ed Erik chiaramente non avevano la stessa opinione riguardo all'interrogatorio, ma hanno comunque concluso che Erik avrebbe partecipato fisicamente a queste udienze. Secondo la legge, hai diritto a qualsiasi periodo di tempo con il tuo avvocato, ma si tratta, secondo lui, di una modifica della verità. Sono stati rapidamente chiamati alla prima udienza quando il mio avvocato era arrivato.

Ora c'era un nuovo agente di polizia che si presentò come ispettore. Bello lo sarebbe.
Si chiese se Erik volesse alleggerire il suo cuore e ammettere eventuali crimini. Il suo avvocato ha detto che il suo cliente ha negato qualsiasi illecito per tutti i capi d'accusa. Iniziò quindi a parlare del suo "Oggetto", che si era sentito minacciato da Erik. Strano! Pensava. Erik non aveva nemmeno incontrato il ragazzo dal vivo, e l'avvocato rispose che il suo cliente non sapeva nemmeno chi fosse questa persona. È stato strano. L'agente ha detto. La persona che ha fatto il rapporto ha descritto la tua mazza da baseball ingrandedettaglio. Allora qualcosa di ancora più strano era che la tua auto era in piedi sotto l'appartamento dell'oggetto? Ma ciò che il poliziotto pensava fosse assolutamente sensazionale era che nell'auto di Erik c'era esattamente la stessa mazza da baseball. È stato strano?! L'avvocato si rivolse a Erik e si chiese se avesse una risposta sul perché avesse una mazza da baseball nella sua auto.

Erik rispose che aveva iniziato a giocare a baseball e si era allenato molto colpendo la palla. L'avvocato e la polizia risero per un attimo. Non mi sentivo come se credessero in questa versione. Erik ha detto al suo avvocato che una mazza da baseball non era illegale. La polizia ha sentito quello che ha detto. No. La polizia ha detto che non è così, finché colpisci le palle, ma se colpisci le persone, diventa molto illegale. L'avvocato di Erik ha sottolineato che non c'era niente sul fatto che il suo cliente colpisse qualcuno con una mazza da baseball. Poi il suo avvocato gli ha detto che poteva essere una coincidenza, che c'era una mazza da baseball simile nell'auto del suo cliente,come aveva descritto il vicino di casa di Object - dicepoi l'ufficialeche non poteva essere una coincidenza - dal momento che questa particolare mazza da baseball eraa casa girata ed era la mazza da baseball più ruvida che avesse mai visto. La mazza da baseball aveva un diametro superiore a 12 cm nella parte anteriore del legno.

L'avvocato guardò un po' Erik e poi disse al poliziotto che non c'era quasi nulla che violava nessuna legge, come il poliziotto doveva ammettere. L'ufficiale ha detto che non ha visto un giocatore di baseball indossare una mazza da baseball così grande. Voleva avere una spiegazione sul perché aveva una mazza da baseball così grande. Erik doveva solo rispondergli che gli alberi da baseball acquistati si piegano facilmente se colpisci una palla. Sì, Erik rispose. L'ufficiale lo guarda come se si chiedesse se Erik pensasse di essere completamente caduto dietro un carro.

Poi chiede se Erik pensava che fosse erroneamente percepito dall' "Oggetto" sentirsi minacciato da lui, al qualel'avvocato di Erik rispose, che era stato giustamente compreso. L'agente voleva sapere cosa stava facendo Erik così lontano da casa.

Ero libero e volevo solo vedermi in giro per la Svezia. Erik Ispettore rispose. L'ufficiale voleva terminare l'interrogatorio e ha spiegato che poteva rimanere nella gabbia ancora per un po '. L'avvocato di Erik ha detto che potrebbero trattenerlo per qualche giorno. Erik ha detto all'avvocato che conosceva queste regole per poter smettere di dirglielo.

Di nuovo nella gabbia. Era come se tutta la polizia scappava e guardava chi fosse Erik. Si è scoperto che c'era molto interesse per chi fosse.

Se lo faccio, conosciuto di questo interesse, ho preso un centesimo ogni volta che guardavano, nella cella dove ero seduto. Sarebbero stati un sacco di soldi, pensiero Erik. Ha iniziato a prendere e suonò il campanello in modo che la guardia sarebbe venuto.

Capitolo 17

Voglio chiamare subito il mio avvocato! Dice
Erik.

Dovrai aspettare che torneràpiù tardi.
Rispondere alla guardia - ha detto - è stato in
realtà un comportamento scorretto in quanto lei
hail diritto di contattare il suo Avvocato, quando
si desidera che siaquello che dice la legge, ma la
realtà è una storia completamente diversa. Non
hai molto da fare quando sei sedutolì in
prigione, enel brigantino è cupo. Tre ore dopo
l'udienza, era di nuovo il momento di un'altra
udienza. L'ispettore venne da solo e aprì la porta
alla cella di Erik. Si chiede se Erik possa prendere
in considerazione la possibilità di rispondere a
qualsiasi domanda senza un avvocato. No! Non
c'è modo! Erik risponde infastidito. L'ispettore
chiuse la porta della cella e chiuse il portello di
ispezione, quindi c'era del fumo. Era molto
infastidito dal no di Erik all'interrogatorio.

È tornato dopo circa 45 minuti. Puoi alzarti
adesso? L'ispettore si chiedeva. Il tuo avvocato è
sulla scena, ha detto con grande irritazione. Erik
ha dovuto alzarsi per entrare in una stanza degli
interrogatori, il suo avvocato era già nella stanza
degli interrogatori. Vediamo, ha detto
l'ispettore. Secondo i querelanti, lei ha
minacciato di far saltare quelle rotule con la

pistola. Quale pistola? L'avvocato di Erik si chiedeva. Ora l'avvocato voleva sapere di cosa parlava l'accusa di cui parlava l'ispettore? Questi il suo avvocato, dicendo che non potevano sedersi qui e insinuare. Ebbene, ora l'attore aveva fatto questa dichiarazione giurata. Cosa che ora ci ha detto l'ispettore. Questo ispettore aveva molto da fare, ma questo ha detto. I crimini furono negati per tutti i capi d'accusa, e questo non rendeva Erik come persona, più popolare in quella stazione. Dopo molte smentite, era ancora una volta il momento di tornare nella cella cupa. Quando sei rinchiuso ed è tranquillo, inizi a pensare a tutte le cose brutte che haifatto aituoi giorni. Erik ha avuto un senso di vendetta. Voleva solo mandare un gruppo di suoi amici, a queste persone che lo hanno avvisato. A Erik non fu permesso di chiamare nessuno, ma l'avvocato che era l'unico con cui poteva avere contatti, in modo che Erik non potesse complicare l'indagine. Erik si stava infastidindo perché non gli era stato detto cosa sarebbe successo.

Ha iniziato a essere nel tardo pomeriggio e ora c'è una guardia giurata cerchiata, che ha lavorato di più sull'arresto e che informa Erik che stava andando al tribunale distrettuale per l'udienza di detenzione. Come diavolo potrebbe una stupida guardia giurata venire a dirlo?

Dovrebbe essere l'avvocato di Erik a informarlo di un'udienza preliminare? Quando dovrei essere in un'udienza di detenzione, mi chiedevo Erik?

Domani alle 10:00. Risponde alla guardia.

Erik era davvero incazzato e ha iniziato per pura furia a calciare sul cazzo di letto che ora era l'unica cosa che potevaaccendere, Erik era così arrabbiato che la guardia di sicurezza ha aperto il portello di ispezione per chiedermi di calmarmi. Erik gli ha detto di andare all'inferno. Se fosse entrato, Erik promise di correre su per il letto nella stretta navata di lui. La guardia giurata non è entrata, ma ha versato del carburante per l'umore, infilando il volto nel portello di ispezione e dicendo che era una minaccia per l'ufficiale. Dovrebbe essere contento di essere dall'altra parte della porta della cella.

L'avvocato di Erik è arrivato poco prima delle 18.m. Si è scusato così tanto per non aver annunciato all'inizio della giornata che ci sarebbe stata un'udienza di detenzione. Poi dice che Erik sarà probabilmente detenuto. Erik si chiese come diavolo il pubblico ministero potesse andare all'udienza preliminare con queste, deboli prove che erano fondamentalmente basate sul sentito dire dei querelanti. L'avvocato dice che se ti muovi con una clientela del genere, devi aspettarti di essere spesso detenuto con scarse prove, dal momento che lui come persona era agli atti, come nei registri ASP della polizia, allora era apparso frequentemente nei rotoli della polizia e probabilmente sarebbe stato detenuto in incidenti precedenti. Questo sembrava debole e non dava a Erik maggiore fiducia nella società perché era già così odioso nei suoi confronti, ora si potrebbe pensare che fosse colpevole, ma non è rilevante proprio su questo argomento. La società deve dimostrare di essere colpevole di un crimine. Non sipuò giudicare da vecchi incidenti, poi c'è un problema con il sistema giudiziario.

Con il senno di poi, Erik può dire che la società spesso compie gravi abusi giudicando il sentito dire e gli zaini delle persone. È un pericolo comune quando persone innocenti possono essere giudicate. Erik era stato in un tentativo di recupero e non aveva fatto del male a nessuno. Ma potrebbe essere una persona che aveva precedenti penali, e che era ricominciata nella sua vita, ad essere accusata.

Anche questa persona sarebbe detenuta? Il rischio è grande. E' assolutamente inaccettabile che ciò accada.

Questo paese ha un libro di legge che è chiaro, ma che non viene rispettato. Perché l'hai fatto? La Commissione europea afferma chiaramente che si dovrebbe essere considerati innocenti fino a prova contraria. Dice anche che è sorto un grande pericolo per la società, dal momento che i media hanno spesso avuto il tempo di giudicare l'indagato prima che i tribunaliprendono, una decisione. Allo stesso tempo, come dice la legge, abbiamo la libertà di stampa. Che la politica non riesceacapire che queste leggi stanno crollando molto e che è necessaria una modifica della legge, perché non reagisci alle leggi fino a quando tu come persona non sei stato esposto. È convinto che molti ora, pensando che Erik si senta dispiaciuto per se stesso, e che lui come persona sarebbe stato trattato ingiustamente dalla società. In effetti, Erik è stato un maiale infernale contro molte persone ai suoi tempi, e probabilmente la parola maiale è una parola troppo bella perché ha fatto molte cose illegali. È stato chiamato per la maggior parte del tempo durante il suo periodo criminale, ma indipendentemente dal suo cattivo comportamento, non giustifica che la società stessa sta infrangendo la legge e bloccando il male attraverso l'abuso di potere. Tutti hanno diritto a un processo equo e non dovrebbero essere giudicati dalla società fino a quando non

sarà emesso il verdetto, e anche se il nostro
paese deve rispettare la Commissione europea,
persone innocenti vengono condannate ogni
giorno nel nostro paese allungato. Sia nei
tribunali che nei mass media.

Ma torniamo all'azione.

Erik aveva poco interesse per questo avvocato,
poiché ora aveva più o meno già presentato una
perdita, credendo che Erik sarebbe stato
detenuto. Aveva semplicemente avuto un
avvocato che faceva solo il necessario per i suoi
clienti, e che non aveva spirito combattivo,
quindi non era che Erik sentiva che la vita era
piuttosto pesante, per il momento.

La mattina seguente, arrivò la colazione ed Erik
ebbe il tempo di parlare con il suo avvocato
pochi minuti prima che si dirigesse al tribunale
distrettuale per un'udienza preliminare.
Naturalmente, èstato trattenuto per rischio di
fuga e che c'era un rischio di collusione se sono
stato rilasciato in questa fase. Quindi, era
appena tornato in prigione per aspettare il ritiro
in prigione.

Il personale carcerario che stava venendo a
prendere Erik non aveva esattamente fretta di

venire. Non è successo fino alle 5:00 di sera, che qualcosa ha iniziato ad accadere. Erik era stato portato a fare la doccia solo due volte dal suo arresto. Era meglio essere trattenuti, perché era una cella migliore e vestiti puliti in modo che Erik potesse sentirsi un po 'più fresco.

Quando è arrivato il personale del carcere, c'erano un uomo e una donna. Stranamente, era la guardia femminile che si sedeva fianco a fianco di Erik sul sedile posteriore. Prima di andare in prigione, l'agente che lo ha interrogato voleva metterlo in manette. In manette è stato per circa 20 metri. Quando seiin un'autodellaprigione, sembra una piccola gabbia dietro il sedile del conducente in plastica dura, e puoi sederti contro il finestrino. Di fronte a uno c'è qualcosa, come un tubo di ferro piegato che è ancorato alla gabbia stessa. È abituato ad ammanettare persone fastidiose.

La guardia e il coordinatore della sicurezza non volevano che Erik scappasse, da qui la rigorosa sicurezza. Avevano anche un "autistadi guardia" e due guardie in modo da poter mantenere una maggiore sicurezza.

Quando Erik è entrata in prigione, la guardia femminile ha detto che avrebbe tolto le manette di Erik, ma allo stesso tempo ha detto che lo avrebbero cavalcato lo stesso secondo, mentre

scopava in macchina. Ha detto che sapeva cosa
rappresentavano, e che non avrebbero colpito
una donna, anche se questa donna sarebbe
stata una guardia. A quantopare - ha detto - non
è stato loro permesso di usare la violenza contro
donne o bambini. Era una legge non scritta che è
sempre stata seguita. Hanno avuto mezz'ora di
auto in questo furgone di detenzione prima di
arrivare al fermo in una grande città. Ora era di
nuovo in una stazione di polizia, l'ascensore
all'ultimo piano, in quell'edificio. E poi era il
momento di essere registrato alla Guardia
Centrale, Erik lo aveva fatto così tante volte nel
corso degli anni, quindi sapeva cosa sarebbe
successo.

Volevano sapere, un sacco di cose come, per
esempio, se Erik ha assunto alcuni farmaci o
abusato di droghe, ed Erik potrebbe rispondere
no a queste domande, dal momento che in
realtà non ha mai ingerito alcun tipo di droga nel
suo corpo, con cui intende narcotici. Tuttavia,
Erik ha bevuto un sacco di liquore invece. Era
ora di rinunciare a tutti i loro vestiti, e invece di
indossare vestiti che dicevano KVV, (Il servizio
carcerario) e un paio di sandali.

Ora era solo in una nuova "gabbia", da
abbattere, perché era di questo che si trattava
inrealtà, ma nel tribunale distrettuale si chiama

così belle pericolo di collisione. Vorrei che tutti i pubblici ministeri o altri funzionari governativi potessero sedersi per qualche settimana rinchiusi. Poi avrebbero un lato molto piùumile contro coloro che sono rinchiusi nelle carceri. Perché bisogna essere chiari: essere detenuti è ben lungi dall'essere lo stesso di stare seduti fuori da una pena in una prigione. Lì, i detenuti hanno cose in cui essere coinvolti come lavorare e incontrare altri detenuti, cioè una vita più umana. Una vita in custodia con restrizioni significa isolamento entro quattro mura e un'ora di riposo al giorno, il che significa che puoi sederti nella tua cella 23 ore al giorno. Si chiama umano? Forse molte persone pensano che quello che ha fatto Erik, né era umano, e che valesse la pena sedersi in cella 23 ore al giorno. Sì, molte persone che leggono queste righe sono probabilmente in fila, ma ora che Erik è stato in libertà quasi dieci anni, vede le cose in modo un po 'diverso. Se le autorità tratteneno una persona, spetta a queste autorità garantire che il detenuto sia bene, sia fisicamente che psicologicamente.

Molte volte - si sente dire - un detenuto ha cercato di uccidersi, e ci è riuscito. Perché pensi che accada solo in detenzione? Puoi anche vederlo dalla parte della vittima, che pensa che sia bello che il male sia rinchiuso quando di solito si sentono minacciati, ed è qui che l'intero sistema fallisce, pensa Erik.

Quando un pubblico ministero mantiene l'autore, la vittima è cullata in una falsa sicurezza. La vittima può naturalmente sentirsi al sicuro per un po 'durante la detenzione effettiva, ma quando il processo inizia, se c'è un processo, c'è un ottimo motivo per cui la vittima può sentire una minaccia più tangibile. Perché ciò che accade in un rapporto della polizia è che la polizia che riceve il rapporto di solito promette prati d'oro e verdi all'attore, ma la realtà bussa rapidamente e si presenta in una veste completamente diversa. La verità è che il sospetto è rinchiuso in termini completamente disumani, e crea una persona che diventa estremamente vendicativa. Dal momento che il sospetto non incontra nessuno, diventa isolato, e come essere umano inizia a pensare pensieri completamente folli. Il che ti rende un sospettato a corto di pensiero. Non devi tenere una persona rinchiusa a lungo, perché inizi a rompersi, e dove quell'uomo diventa come una bomba a orologeria. È strano che la società moderna tratti i sospetti in questo modo malato. Allora questo paese è un grande sostenitore dei diritti umani. Se sei in custodia, dovresti essere

presunto innocente fino alla pronuncia del
verdetto. Quante persone, secondo lei, non
sono in carcere ogni anno in Svezia, che viene
poi rilasciata,quando è diventato chiaro che non
sonocolpevoli. Ciò non ha nulla a che vedere con
i crimini commessi da Erik, né con il motivo per
cui è statoarrestato. Se sei uncattivo che hai,
contare su queste misure coercitive. Erik vuole
informare la gente comune che possono essere
facilmente detenuti. Si sente spesso dire che alti
funzionari sono stati arrestati con l'accusa di
ecocritto. Questi alti funzionari vivono una vita
nel cosiddetto corridoio sandwich di gamberetti,
il che significa che se una persona del genere
viene detenuta, può avereconseguenze
assolutamente devastanti, poiché una
detenzione dà loro una pessima reputazione.

Ciò che probabilmente è peggio è che la psiche
di una persona del genere non può far fronte a
questo esercizio di libertà. Si sentono molto
rapidamente male per questo e vanno giù in
qualche tipo, di psicosi che porta a tentativi di
suicidio. Anche un cattivo erta prova un cazzo,
non importa quanto siano duri. L'unica
differenza è che i teppisti di solito hanno un
mandato incluso nelle regole del gioco quando
emettono crimini diversi. Quindi, la psiche dei
cattivi è più preparata, e questo di solito è
assolutamente, cruciale.

In un altro posto in città.

L'inferno! Henke pensò. Ora non sonomigliore di Erik quando ha picchiato amorte Anton. È unpensiero frustrante in Henke, che per il momento non sapeva come risolvere la questione.

L'agente McGill ha guidato e incontrato Henke, e ora aveva una persona come testimone. Henke ha chiesto chi diavolo portava?

C'è una persona con cui ho perché non dovremmo lavorare noi stessi, ma la persona in questione può camminare a una certa distanza. McGill risponde.

Ciao! Henke ha detto, e se ne va, di dire che la persona che hai portato con te potrebbe identificarmi.

Beh, questo è un rischio che dovraiprendere Henke, se vuoi incastrare la persona che ha ucciso Carl. Henke sembrava uno squittio economico quando l'agente McGill ha detto quelle parole.

Impostare Erik è stata una buona idea, ma ora la situazione era cambiata radicalmente, perché aveva una persona con lei della SAPO, e non sembrava che Henke volesse sfruttare questa opportunità

Henke ha detto all'agente McGill che voleva soloparlarle, o lì, non ci sarà niente di tutto questo.

Entrambi guardarono infastidito la situazione, e Henke la guardò, che non disse molto. Henke aveva preso una decisione e andò alla sua auto e fece un forte salto. McGill si rese conto che Henke non voleva rispettare il suo impegno e si rese conto che non stava arrivando alcuna soluzione.

Sì, pensò McGill. Immagino che Henke dovrà tornare se vuole parlarci.

Henke andò al Club e si rese conto che la soluzione si ruppe.

Ora Erik non vuole che le autorità siano private di queste misure coercitive, ma pensa che dovrebbero formare personale con competenze speciali, in questo settore il serviziopenitenziario esce spesso dai mezzi di comunicazione di massa con il loro personale appositamente formato in questo particolaresettore, ma come possonoessere formati in modospeciale, quando essi stessi non sono stati sottoposti a questa forma di detenzione?

Se si vuole sviluppare il sistema carcerario, il personale deve sapere cosa significa essere rinchiuso senza sapere quando esce. Perché non farlo come parte della loro istruzione? Lasciali sedere per 2 settimane o un mese, in modo che possano percepire il proprio registro emotivo, che si trova chiaramente in un isolamento. In tal caso non sarebbero più stati così scortesi con i detenuti, perché c'è un'ampia percentuale, che sono detenuti e seduti lì innocentemente, e sono trattati allo stesso modo delle persone pesantemente criminali. Le differenze sono grandi tra la psiche di un autobus e una Svensson. Un cattivo lo ha come lavoro, mentre uno Svensson, che viene accidentalmente arrestato perde completamente il suo posto.

Ma torniamo all'evento...

Erik era ora nella cella della prigione e si chiedeva per quanto tempo gli sarebbe stato permesso di sedersi lì. Sapeva che il pubblico ministero non poteva trattenerlo più a lungo di quanto sarebbe stata la pena detentiva, ma con quello zaino che Erik ha tirato su, qualsiasi crimine potrebbe essere molto tempo dietro le sbarre. Perché è così che sta. Una persona normale avrebbe pochi mesi per, ad esempio, possesso illegale di armi. Se Erik fosse stato punito personalmente per un crimine simile, sarebbero stati almeno 6 mesi indipendentemente da ciò che dice lo statuto. Sembra irreale, ma questa è la verità. Alcuni elementi criminali sono puniti più severamente di altri.

Ora Erik iniziò a pianificare perché poteva sopravvivere a questo periodo di detenzione, psicologicamente, e senza perdere la maschera alle guardie. Era duro come il granito, quando era in contatto con le guardie, ma in fondo era tenero come un orso tenero che si sentiva molto male e molto uno che è stato rinchiuso in questa forma di isolamento ha lacrime di campo inabbondanza, anche se nessuno vorrebbe ammetterlo. Non ti a abituati mai ad essere rinchiuso come essere umano, indipendentemente dal fatto che tusiastato rinchiuso X numero di volte. Ti rompi un po' ogni volta. Diventi più forte di una persona normale, ma mai così forte in modo da non sentirlo.

I giorni erano estremamentelenti, ed Erik voleva parlare con qualcuno sia come un tizio che come persona, quindi non è impazzito. Essere rinchiuso 23 ore al giorno ti rende temporaneamente stravagante, e può - non essere spiegato, ma hai - vivere questo inferno da solo. Un giorno una delle guardie viene e apre la porta della cella di Erik e dice di avere un visitatore. Erik fu un po' sorpreso perché aveva restrizioni complete e non gli fu permesso di visitare più che dal suo avvocato, ma l'ufficiale esecutivo aveva apparentemente ricevuto un fax dal tribunale distrettuale dove le restrizioni di Erik erano state modificate in quanto gli era ora permesso di fare visite. È stato un grosso problema per Erik, perché significa che può leggere il giornale, ascoltare la radio, ecc.

Dopo alcune ore arrivò lavisita di Erik, ma Erik sapeva che non erano ammessi visitatori precedentemente puniti, quindi Erik si chiese chiaramente chi sarebbe venuto.

Improvvisamente una guardia bussò alla stanza di visita in cui Erik si sedette, arriva un uomo che conosceva Big Mama, e quell'amicizia fu costruita in locali completamente diversi.

Erik si chiese perché quella persona fosse venuta a visitare, dato che non sembrava voler parlare così tanto durante la visita.

Chi sei? Erik ha detto, e sembrava molto, sorpreso.

Mi chiamo Benga, e conosco goblin kid un po'
sporadicamente, e penso di avere un messaggio
importante per voi su ciò che probabilmente
accadrà.

Oh,pensi, allora? Erik l'ha detto a Benga.

Ho sentito una conversazione tra goblin kid e
l'agente McGill, e sembrava una fiducia tra
questi due. Sembrava una conversazione tra
madre e figlia, ma è stato quello di cui stavano
discutendo che mi ha fatto reagire.

Che vuoi dire adesso? Erik l'ha detto a Benga.

Beh, non voglio portare pettegolezzi, ma
sembrava che fosse stato pianificato di spezzarti
Erik quando hai sentito che entrambi parlano ...

Entrambi? Erik ha detto.

Sì, sembra che lei e Goblin sianomadre e figlia,
ha detto Benga.

che cosa?! Erik ha detto... No, nonlo sono!

I due spesso hanno feste insieme, ed entrambi
parlano come se fossero madre e figlia, ha detto
Benga.

Che vuoi dire adesso? Ha detto Erik, che non ha
capito cosa stava succedendo. No! Erik ha detto,
ho preso e questo è abbastanza. Oh, sì, sì.

Saiutare Benga, allora mi sento come se hofatto un buon lavoro.

Sì, certo che l'hai fatto. Erik ha detto, e i loro percorsi divisi.

La guardia rinchiò Erik di nuovo, e Benga uscì di prigione.

Said Erik, questo inizia a spiegare perché le informazioni rimangono sull'aereo sbagliato e perché le persone sbagliate le raccolgono così facilmente senza che noi abbiamo uno squittio.

L'ufficio cerebrale di Erik ha iniziato a rendersi conto di ciò che stava per accadere negli inferi, anche se non riusciva a vedere esattamente cosa sarebbe successo! Gridò la guardia quando sbloccheò la sala visite.

Bene, ho finito. Disse Erik, che sapeva che la guardia non voleva incontrarsi di sorpresa, quindi era certamente per questo che piangevano.

Che succede, vecchio? Si chiese la guardia.

La guardia si chiedeva come stesse Erik?!

Questo era la sera, e poi ci sono regolamenti che dicono che le guardie dovrebbero essere due quando aprono la porta della cella così tardi perché il personale è minimo, e soprattutto quando hanno aperto la porta a una persona che sedeva con restrizioni complete. Potrebbero essere molto disperati per fuggire. Quindi, ha fatto una cattiva condotta, e ha dimostrato che ci sono anche buone guardie.

Ha messo una sedia all'ingresso della porta della cella. Aveva notato che Erik ha iniziato a prendere il pavimento dopo più di due settimane rinchiuso e di essere completamente isolato. Ha detto che Erik potrebbe avere un prete carcerario che potrebbe venire a parlargli se vuoi. Ahahah! Vorrei parlare con un prete della chiesa e simili? No! Questo sembrava chiaramente ridicolo, non poteva sedersi e parlare con un prete. Sapevi di cosa avrebbe parlato. Allora vorrebbe diventare anche cristiano! Poi la guardia dice che il prete non è come un normale. Non menziona mai la Chiesa o la sua fede a meno che tu non la denunci tu stesso.

Oh? Erik ha detto stupito dalla guardia. Com'è?

Lui èqui per aiutare i detenuti quando è pesante, e se haibisogno di qualcuno con cuiparlare, ha detto, e ha pensato che Erik potesse provare a parlargli. Sì, certo, pensiero Erik, sarebbe bello se tu fossi lìe masticasse un sacco di merda in modo che la guardia potesse sapere come sono avvenuti i crimini.

Inoltre, disse che il prete aveva un dovere di riservatezza, che pensava si adattasse perfettamente a Erik.

Questa guardia aveva a che fare con molti criminali pesanti che vivevano della criminalità organizzata. Dopo un lungo periodo di conversazione con la guardia, decisero che Erik avrebbe cercato di parlargli.

Nel pomeriggio del giorno dopo, sente come aprono la porta della sua cella. C'era la guardia con cui Erik parlava la sera prima, e con lui aveva un piccolo prete dai capelli rossi, ma Erik non riusciva a vedere sui vestiti quando non aveva nulla da dimostrare che era un prete, ma Erik non aveva altre visite che fossero prenotate direttamente. Ora era come un orgoglioso gallo cedrone, ghiacciato e con uno sguardo che probabilmente diceva che potevo gestire me stesso. Ma la verità era ben diversa. Erik, tuttavia, era un po 'premuroso su questo prete, poiché non era possibile vedere se era quello che pretendeva di essere. Potrebbe essere un poliziotto che ha approfittato della situazione quando Erik era giù per il conto alla rovescia. Erik era molto sospettoso di questa persona e non sapeva se poteva fidarsi di lui. A quanto pare era abituato al fatto che il prete fosse trattato con grande sospetto. Quando il prete entrò in cella, si presentò, poi non disse più, la guardia andò e lì sedeva Erik con un prete che non diceva un suono. L'intera situazione stava diventando imbarazzante ed Erik non voleva dire nulla, perché sarebbe stato figo.

Passavano cinque minuti, poi il prete disse che non avrebbe parlato di religione e chiese se era per questo che Erik taceva. No! Ha risposto freddo come un cubetto dighiaccio, t preteha chiesto sec'era qualcosa che voleva? Che vuoi dire? Erik ha chiesto al prete.

Poi si chiede se Erik avesse degli interessi. Rispose che suonò il pianoforte per molti anni, e pensò che gli avesse dato molto.

Così bene, ha detto il prete. Allora forse posso sistemare, così puoi far entrare un sintetizzatore nella cella.

Bene? Erik ha risposto molto premuroso. Dato che era limitato, e in linea di principio sarebbe richiesto se si volesse cambiare la biancheria intima o andare al bagno.

Se mi ha preso in giro? O ho sbagliato! Poi sono stato piuttosto bollito in testa dopo 2 settimane di isolamento. Pensavo Erik. Inoltre, il prete ha detto che avrebbe potuto tornare domani con un messaggio che inrealtà ha fatto he era cosìesperto nel trattare con criminali pesanti e sapeva che doveva costruire fiduciain cui ha davvero intuiti un sintetizzatore il giorno dopo, Erik pensava che sembrava un tipo di cui probabilmente ti puoi fidare. Erik era molto sospettoso nei suoi confronti,e anche se era molto insicurovoleva sicuramente, lui per avere una possibilità che ovviamente non poteva essere una forma di gioco psicologico che il procuratore o agente SAPO McGill era dietro in qualche modo, e che Erik non ha pensato chiaramente, sipuò davvero cogliere solo ora, quando si pensa chesuonasse come se Erik fosse quasi maniacale e soffrisse di mania di persecuzione. Il sacerdote del carcere ha lasciato il sintetizzatore e sperava che ne avrebbe tratto grande beneficio durante la suadetenzionee - ha anche detto - sarebbe tornato tra pochi giorni.

Suona il campanello in modo che la guardia apra la porta e potesse camminare. Quando arriva la guardia, chiese se Erik voleva uscire per un po 'nel cortile. E' sembrata una buona proposta, una proposta che ha accettato. La guardia dice che tornerà presto e che avrebbe messo in sicurezza il corridoio, il che significava che la guardia avrebbe chiuso il portello di ispezione di Erik e poi si sarebbe assicurato che nessun altro detenuto esistesse, o potesse uscire nel corridoio mentre lui era lì.

Capitolo 18

Erik può capire se è difficile capire come ci si
sente per lui emotivamente, dal momento che è
stato isolato per così tanto tempo, e uscire in un
corridoio senza persone è strano, quando tutto il
suo corpo ha completamente urlato di vedere
qualsiasi uomo. Prima che la guardia si apriva,
fino a Erik, poteva sentire in cella, come la
guardia comunicava con i suoi colleghi. Potrebbe
suonare così, per esempio:

*La Guardia Centrale! Ho un detenuto rosso, è
pronto così posso aprire la porta? Un minuto! Un
verde è in arrivo dal cortile degli esercizi. La
guardia sta aspettando il suo collega. Poi hai
sentito che il detenuto rosso può, uscire.*

*Quando la guardia ha poi aperto laporta, è stato
quello di muovere le gambe Poi, sarebbero
entrata bene lungo il corridoio e poi sarebbero
entrati in una forma di porta di blocco, e più in
alto su una scala. Quando salii*
le scale *c'era un mucchio estremamente di
pantofole di legno verdi, che indosseresti quando
usciva nel cortile. Fuori dai cortili degli esercizi
c'erano teloni verdi che erano per coloro che
avevano restrizioni e che non vedevano persone
diverse dalle guardie.*

Telone per cui hanno tirato dopo che il detenuto
rosso è uscito nel cortile. Sei stato trattato come
se fossi un animale. L'unica differenza tra gli
animali e i detenuti era che gli animali non aveva
pantofole verdi.

È piuttosto malato che tusia, autorizzato a
trattare con le persone in questo modo in
questo paese, e che ti sia legalmente permesso
di abbattere le persone in quel modo, è
assolutamente, incredibile. Le linee guida per il
fermoaffermano che proteggono potenziali
persone innocenti per essere viste in custodia
cautelare. Certo, suona bene quando lo vedi da
una prospettiva più politica. La realtà è diversa.

Erik è stato solitamente gentilmente trattato
dalle guardie,quando sapevano di non aver mai
combattuto quando erano stati rinchiusi. Il gioco
era un po 'finito e non c'era bisogno di insarli,
dato che hanno appena fatto il loro lavoro
proprio come tutti gli altri. A volte accadeva che
correva, quando non si sentiva bene di sedersi lì
rinchiuso.

Erik ricorda soprattutto una volta, quando era il
momento della cena e il carrello del cibo
arrivava rotolando nel corridoio. Sapeva

esattamente dove si trovava il carrello del cibo, anche se era nella sua cella. Lo sentì sulle articolazioni del pavimento mentre i carri rotolavano. All'inizio della giornata Erik chiese alla guardia di lasciare aperto il portello di ispezione mentre rimaneva molto intrappolato, e l'aria nella cella si asciugò. La ventilazione non era un grosso problema, e hai le labbra molto secche. Era aria così brutta che la guardia disegnò l'unguento della pelle della difesa. Ora era l'ora di cena, e significava anche che il turno di notte andava avanti per la notte.

Quando il carrello arriva alla cella prima di quello di Erik, la guardia chiude il portello di ispezione, ed è stata la goccia che ha causato l'overflow della tazza. L'aggressività di Erik è stata massimizzata e ha gettato la sedia di plastica che era all'interno della cella contro il muro. Questo capriccio era più che sentito nel corridoio. Poi la guardia apre il portello e dice che Erik dovrebbe tenere la bocca chiusa. È stato il suo più grande errore quel giorno, ed Erik ha dato diversi pugni alla guardia, che aveva la faccia nel mezzodel portello di ispezione. La guardia è stata leggermente tagliata fuori quando ora si è reso conto che Erik era davvero, arrabbiato. Gli ci è voluto del tempo per scendere in giri. Erik era così arrabbiato che tremava, e anche se era solo un pareggio, dimostra solo che le persone non dovrebbero essere così isolate quando a dirsi a di meno eccitabili.

Erik aveva colpito il bordo stesso del portello di ispezione e premeva la nocca posteriore sul mignolo attraverso ripetuti colpi. Il dito e il resto della mano aveva già cominciato a gonfiarsi, e la guardia che è tornata un po 'più tardi con un vassoio di cibo, voleva guardare la mano di Erik, quando ora ha visto che non era giusto. Normalmente, Erik non riceveva questo servizio di cibo personale, che le guardie entravano con un vassoio, ma questo faceva questa guardia a causa di quello che era successo, e che non lo consideravano appropriato aprire la porta della cella di Erik quando aveva il suo capriccio. Probabilmente è stata una decisione saggia quando non sai come sarebbe potuto finire. La guardia ha detto abbastanza immediatamente che pensava che l'infermiera avrebbe dovuto controllare il dito e consegnare la mattina successiva.

Voleva dare a Erik alcuni antidolorifici in modo da poter dormire durante la notte, ma non lo voleva. Al mattino, l'infermiera, che è appena entrata nella mia cella fino a quando non ha detto che doveva essere guardato da un medico. Guardò e presegnò un po 'delicatamente sul mio mignolo che era doloroso, ma quando l'infermiera chiese se faceva molto male, Erik dovette rispondere che non sembrava affatto. Probabilmente qualcosa in cui non credeva. Il medico è arrivato nel pomeriggio per esaminare la mano e ha detto subito che quella mano sarebbe stata immediatamente radiografia in ospedale. Ora può sembrare facile, ma non è mai popolare tra le guardie far fuori un detenuto, nel civile quando il rischio di fuga è reale. La sera, quando Erik stava andando a fare le radiografie, pensò al vecchio che veniva a trovare.

Se potesse davvero essere vero che il vecchio ha detto che l'agente McGill e il figlio Goblin kid erano madre e figlia, allora questo è un grosso problema.

Può davvero sia Big Mama che l'agente McGill comprare lo stesso colpo di stato o hanno avuto i due lo stesso colpo di stato.

Anche Henke sapeva della loro trasparenza nell'Organizzazione? O era un gioco per il centro commerciale?

Erik reagì anche a se Bob fosse coinvolto o semplicemente non avesse reagito. È difficile chiudere gli occhi con tutti i pensieri che Erik aveva.

Ha dovuto aspettare un altro giorno quando era nel tardo pomeriggio. Le guardie avrebbero dovuto cambiare turno, e non si è trattato di una ferita mortale. Così, Erik dovette andarci per due giorni, prima di poter venire in ospedale per l'esame. Non era buono, e il dottore non era contento di questo cambiamento in quanto non sapeva se Erik avesse qualcosa rotto in mano. Dopo tutto, era responsabile del suo paziente se ci fossero danni duraturi come, a causa del ritardo. Era solo per aspettare fino alla mattina successiva.

La mattina dopo arrivò una guardia come al solito, per dire buongiorno e per controllare, quindi Erik stava bene, tranne che per la mano. Erik fu informato che stava andando in ospedale dopo la colazione, e che si sarebbe lavato i vestiti da allenamento appena lavati prima che se ne andavano. Quindi, è stato quello di gettare la colazione in fretta, e poi cambiare. La guardia è venuta ad aprire la porta della mia cella, e quando ha aperto la porta, Erik ha visto che c'erano due guardie. Ora la loro empatia è venuta fuori quando avrebbero dovuto mettere Erik in manette. Pensavano che fosse sbagliato, considerando che la sua mano destra era molto gonfia, ma non gli era permesso portarmi fuori senza manette, era così semplice, hanno fatto del loro meglio per non spingere così tanto.

Quando sei ammanettato! Se qualcuno che li indossa, assicurati di bloccare le catene in modo che possano, non tirarsi insieme, più di quanto non siano al reale è messo su. Lo fanno spingendo in un piccolo bastone simile, a quasi uno sprint, ma che è montato nelle manette stesse. Questa è una sicurezza in modo che le manette non dovrebbero essere in grado di fermare il flusso sanguigno effettivo, quindi una manette può essere compressa il più possibile. Inizia a scendere dal corridoio per prendere l'ascensore fino al garage della polizia, dove Erik ha dovuto saltare nella volvo station wagon del servizio carcerario, che hanno usato per questo particolare tipo di trasporto, ci sonovoluti solo 10 minuti prima che arrivavano in ospedale. Ora sarebbe parcheggiato il più vicino possibile all'ingresso. Questo per motivi di sicurezza. Se Erik avesse avuto l'idea di cercare di fuggire da queste guardie. Erik non aveva un pensiero di fuggire, dato che ora doveva essere fuori nella comunità, anche se solo per un breve periodo, quindi si divertiva per i colpi completi.

Una volta all'interno dell'ospedale, una delle guardie andò avanti per pagare la tassa del paziente. Ci sono state chiare routine in tali visite ospedaliere, quando la guardia informa l'infermiera nel portello che erano del servizio penitenziario, che dovrebbe dare loro la priorità.

L'altra guardia è stata così gentile da mettere Erik fuori dalla parte, quindi non sarebbe stato così visibile. Ha anche tirato giù le braccia sulla camicia sopra le manette in modo che sembra meno sorprendente.

In piedi e fissando un dipinto appeso a un muro, puoi farlo per un po', ma dopo 15 minuti inizia a sembrare estremamente stupido, non importa quanto fosse buono il pensiero della guardia fin dall'inizio. Erik stava solo aspettando che andavano al dipartimento di Radiologia, così si sarebbe allontanato da quest'arte brutta e astratta che pendeva sul muro. Ora cominciavano ad andare verso le radiografie per sedersi fuori e aspettare che fosse il turno di Erik. La guardia si sedette su entrambi i lati del corridoio, ognuno prese un giornale che li avrebbe aiutati a passare il tempo. Si è scoperto che erano entrambimolto, interessati alla caccia. Non hanno mostrato la minima forma di tensione o stress. Che Erik pensava si sentisse bene, poiché spesso puoi ottenere principianti che mostreranno quanto sono bravi a tenere traccia del male. Queste guardie erano calme come un essere umano potrebbe essere. quando ci siamo seduti lì e abbiamo aspettato, arriva un vecchio, con escursionisti più in basso nel corridoio. Probabilmente ha fatto 2 miglia all'ora, e poi è stato veloce. Quando cominciò ad avvicinarsi alle panchine fuori dai raggi X dove si sedettero e aspettarono, il vecchio guarda verso Erik. Erik ha salutato, cosa che ha fatto. Quando poi vede le manette di Erik, era come se il deambulatore fosse improvvisamente guidato dal protossido di azoto, perché il vecchio è passato da 3 km ad almeno 85 km. Probabilmente era un po' preoccupato quando vide le manette, o i freni a disco si erano completamente allentati sul deambulatore. Abbastanza bene perché sembrava un po ' divertente. Una delle guardie disse al vecchio che poteva prendersi la cosa comoda, e che non c'era pericolo, ma l'uomo continuò ad un ritmo veloce in avanti.

Ora è stato il turno di Erik di entrare inn per le radiografie. Una delle guardie attraversa l'intera stanza dei raggi X, e poi si siede nella stessa stanza del personale, mentre la foto è stata scattata. L'altro sarebbe fuori dalla porta d'ingresso della sala radiografie. Ora è arrivato il primo problema. La manette sinistra non vuole aprirsi, ma la guardia ha fatto del suo meglio per farlo rilasciare. La guardia ha quindi chiesto all'infermiera se non poteva rimanere sulla sua mano, dato che era la sua mano destra che sarebbe stata raggi X? Assolutamente no. Quindi, ha deciso l'infermiera. Questa guardia ha quindi dovuto chiamare il suo collega per vedere se potevano risolvere il problema insieme. Non potevano andarsene comunque. Ci sono voluti almeno 5 minuti per togliersi quella manette. Alla fine, un'infermiera potrebbe venire avanti, per mettere la mano a destra in modo che potessero scattare le foto. L'infermiera, d'altra parte, sembrava un po 'tesa. Era certamentemolto, simpatica ma in modo più teso e nervoso. Per forza. Un'infermiera sola con un delinquente crudo. Certo, era un po ' preoccupata, anche se non aveva nulla da aspettarsi da lui.

Le radiografie erano pronte, ed era ora di uscire e sedersi di nuovo in panchina per aspettare. Ci sono volle diverse ore perché lo sapersi. Nulla era rotto ma il dito sarebbe stato tirato a destra da un medico, quindi dovevano andare a rci al Pronto Soccorso, dove pazientemente dovevano aspettare di nuovo.

Quando il dottore entra, dice dopo aver controllato le radiografie, che avrebbe cercato di tirare il dito destro di Erik che era stato scaglionato dai ripetuti colpi. Il medico ha detto che puoi stordire ma non fa molto bene, quindi una siringa anestetica si sente carina, buona con un dito. Erik decise di non prendere l'anestetico. Il dottore si siede su uno sgabello girevole di fronte a lui e afferra per un po'intorno al braccio destro e poi per un po'intorno al dito.

Ora si sentirà. Ha detto il dottore.

Va tutto bene. Erik ha detto.

Che in qualche modo patetico sarebbe molto "uomo" in, al momento. Il dottore tirò il dito con un film. Può essere così tanto che le parole che poi uscirono dalla bocca di Erik, non furono prese direttamente da un inno. Faceva terribilmente male, e se aveva della vernice sul viso, probabilmente era pallido.

Il dottore chiede come ci si sente quando Erik ha toccato il dito, e lui ha risposto che sembrava giusto. Anche se era un po 'preso dal dolore che sorse quando il dottore tirò il dito a destra.

Erik si chiese se nell'Organizzazione volessero incastrarlo ora che Henke aveva parlato con suo fratello, e voleva sbarazzarsi di Erik, quando era una minaccia per molti. Forse è così semplice se la pensi così, ha riflettuto Erik. Sì, ora è di nuovo in prigione, per essere ancora una volta rinchiuso nella sua cella.

Erik now iniziò la sua terza settimana di
isolamento, e affondò più in basso ogni giorno
che entrava nella psiche. Era come se il tuo
cervello smettesse di essere attivo e non
potesse nemmeno prendere le poche
impressioni che può essere trattenuto con
restrizioni complete. Non è stato nemmeno
divertente suonare musica. Niente era più
interessante. Le guardie cominciarono a capire
che Erik soffriva di privazione del sonno e
convocarono un medico che era disposto a
dargli qualcosa su cui dormire. Il medico ha
prescritto qualsiasi compressa che avrebbe
aiutato, ma quando la guardia la sera è venuta a
dare la compressa, non lo voleva. Quindi
convocò una guardia vecchia ed esperta che
aveva molta esperienza di privazione del sonno,
e quali problemi potrebbero sorgere allora.
Questa guardia era buona, e non iniziò dicendo
che Erik avrebbe preso il tablet, ma invece mi
disse cosa poteva succedere se non avesse
dormito a lungo.

Non è carino. Quando ha raccontato come il
cervello passo dopo passo si è spento, e alla fine
è andato solo sulle riserve. Questa guardia
potrebbe rompere uno psicologo in 15 minuti.
Era davvero bravonel suo lavoro, così bravo che
mi ha fatto prendere il tablet.

Quando Erik ha preso il tablet, la guardia ha detto che pensava che fosse carino parlare con lo scherzo della contea di Skane, quando aveva per lo più sentito e visto il tipodi malizia attraverso i mass media. Hanno parlato quasi un'ora dopo aver preso il tablet, ma ora Erik ha iniziato a stancarsi, davvero, stanco.

Erik ha dovuto dire alla guardia che doveva uscire dalla sua cella quando doveva sdraiarsi e che le guardie non volevano svegliarlo perché sapevano che stava dormendo male da un po'di tempo. È quasi così che Erik cominciò a pensare che a queste guardie fosse stata data una vena umana. Erik non voleva prendere compresse perché non gli piaceva essere influenzato da molte sostanze chimiche, ma quella compressa era probabilmente un investimento sano per la propria salute perché si sentiva molto meglio il giorno successivo. È assolutamente incredibilecome la privazione del sonno possa influenzare una persona. Non pensi all'importanza del sonno, quindi puoi capire l'importanza di un buon sonno. Ma senza di esso, seisolo un vegetale bollito.

Era anche così buono che Erik poteva sedersi e suonare un po 'di musica sul sintetizzatore, che il prete aveva portato lì. Mi è stato pesante. L'orologio non si muoveva direttamente, ed Erik sapeva di cosa si trattava, con l'arresto vero e proprio. Che il pubblico ministero avrebbe avuto una confessione da lui ad un processo. Potrebbe cercarlo in blu. Se mi avessespinto così lontano nella palude psichica, non avrebbe comunque avuto alcun riconoscimento da parte mia. Pensavo che Erik, che doveva occuparsi di qualcosa, così ha avuto il tempo di andare. Potresti lavorare con la produzione di clip per vestiti all'interno della cella. Era quello di mettere insieme piccole spille per appendiabiti che avrebbero tenere i vestiti dei bambini sul gancio. Il lavoro consisteva nell'aggiungere un pezzo di plastica, poi una molla d'acciaio, e poi si frenava la molla con un cacciavite simile, si metteva su un altro pezzo di plastica e infine si rilasciava la molla. Che quello che hai fatto fareun perno divestiti.

Per ognispilla di vestiti che Erik ha messo insieme, ha pagato 3 centesimi. Non era una grande quantità, ma ha fatto troppo poco tempo per andare, ma anche per non rompersi completamente.

C'erano anche altri lavori, come fare buchi nei segnali stradali con un grande foro, dove si doveva avere un tubo di ferro lungo un metro, quando si premeva il foro insieme. Erik gli chiese se poteva farlo, ma la guardia centrale e le guardie non osarono dargli un tubo di ferro lungo un metro. Lo consideravano troppo violento per questo lavoro. Peccato, pensò Erik, dato che era molto meglio pagato per segno, ma ora capisce la loro decisione a posteriori più che bene.

Erik iniziò a rendersi conto, dopo 3 settimane in isolamento, che gli sarebbe stato permesso di rimanere per un po'e cominciò a dire a se stesso che aveva molto tempo per aspettarsi dietro le sbarre. Erik era alla sua quarta settimana e il suo cervello aveva iniziato ad abituarsi a questa vita. Aveva preso una TV nella sua cella. Ora il pubblico ministero sembrava più umano, si è persino assicurato di spostarlo nella suite. La suite è una cella con proprio bagno e doccia ed è utilizzata principalmente per le donne detenute con bambini piccoli. Ma ora ha capito un po' meglio.

Erik aveva puro lusso con la sua TV, servizi igienici e doccia. Era una festa! Potresti giocare a Bingo e vedere Wanted.

Per la persona media, sembra certamente non così lussuoso, ma nel mondo chiuso a chiave questo è lusso in senso doppio. Era anche così Erik pensava che il letto fosse più bello, anche se eraesattamente, lo stesso modello. Pensava che fosse davvero bellofare la doccia e guardare un po' di TV, cosa che ha fatto.

Tutto era molto meglio di prima. Una sera, mentre si siede lì a guardare la TV, Erik sente un bel botto di qualcosa che è caduto, giù all'interno del lato cellulare del suo. All'inizio non ci ha pensato molto, ma poi ha pensato che fosse sentito come se qualcuno, fosse un aiuto ruggente, aiutami! All'inizio Erik pensava di diventare cattivo a causa dell'isolamento, ma quando ha rifiutato il suono in TV, poteva mettendo l'orecchio contro il muro cellulare contro la cella del vicino, sentire un uomo che sembrava essere in forte dolore. Il primo pensiero era che cercasse di impiccarsi o cose del genere, ma in una cella di detenzione non c'è molto in cui impiccarsi quando sono progettati in modo così, proprio in modo che non dovrebbe essere possibile uccidersi, anche se lo sapevi, non eri sicuro. Erik attese qualche minuto per vedere se continuava a urlare, o se la persona si calmava, non riusciva a capire perché la persona non chiamasse la guardia centrale se stava soffrendo o si era fatto male. Dopo una decina di minuti Erik decise di chiamare la guardia centrale, poiché questa persona aveva urlato a intervalli e non sembrava che potesse chiamare lui stesso la guardia. Quando Erik spiegò che la persona a destra di lui, apparentemente ha grossi problemi eurla di aiuto piùo meno tutto il tempo. La guardia centrale ha chiesto se Erik ha avuto di nuovo una brutta notte?

No! È nei guai, ma ora te l'hodetto. Dice Erik.

Ok. Rispondendo allaguardia. Mando una persona a dare un'occhiata, e dopo qualche minuto posso sentire una guardia essere sulla strada, con le sue due ruote che si prende il via con un piede.

Erik sentì che la quardia non supera la sua cella. Diavolo, pensò. Ora è andata male. Il suo lato destro era la sinistra di Erik quando si trovava nel corridoio. Ha solo sentito che la guardia ha aperto la porta della cella alla sua destra. Non c'era molto benvenuto. Chiude quella cella per aprire il portello di ispezione di Erik per sapere perché ha chiamato e detto così, che qualcuno aveva bisogno di aiuto? Ha detto al piccolo che era la cella successiva. Probabilmente si sono sentiti altrettanto stupidi, come è sorto questo malinteso. Chiude il portello di ispezione di Erik per aprire la seconda porta della cella. La guardia trova un uomo sdraiato a letto che urla solo di dolore. Si è scoperto che ha ricevuto un grave colpo alla schiena e non è potuto scendere dal letto per chiamare la guardia. Era così felice che la guardia è venuto. La guardia ha detto che è stato il suo vicino ad allertare la guardia centrale e ha chiesto loro di venire nella sua cella. Ora è stata una buona mossa nel corridoio e i paramedici sono venuti a prenderlo. Il medico ha ritenuto necessario portare la persona in ospedale.

Il giorno dopo, il ragazzo era tornato e ha lasciato un grande grazie a Erik, tramite la guardia per aver chiamato, così ha ricevuto aiuto. Strano che tu abbia aiutato una persona che non hai nemmeno visto, ma che hai appena sentito, ma è stato divertente che abbia apprezzato il mio piccolo sforzo.

Al mattino Erik si rese conto che l'organizzazione giocava il doppio gioco. Tutto ciò che il vecchio ha detto durante la visita, sembrava essere vero.

Henke, con cui Erik era stato amico per tanti anni, lo aveva completamente venduto, e a quale costo?

L'agente McGill l'aveva venduto manipolando Henke e cullandolo nella falsa sicurezza?

Il fatto che l'agente McGill e Big Mama fosseromadre e figlia divenne un dato di fatto quando tutti i pezzi del puzzle entrarono in vigore, e Bob era attualmente un Wildcard.

Ma una cosa era certa al 100%, e questa era la vendetta che tutti i coinvolti ora affrontavano. Ora non c'erano più dubbi. Erik voleva che fosse una dolorosa vendetta. Erik divenne questa persona malvagia e diabolica. Perché non avevo interrotto questo sviluppo? Pensava.

Erik non riusciva nemmeno a pensare. Dovevano solo morire! Erik pensò, per non sentire questi sentimenti dolorosi in cui ora si è completamente immerso.

Erik sa che in diverse occasioni, davvero meditato prima di scrivere, che il suo messaggio all'Organizzazione era chiaro, e che avrebbero fatto sapere che presto Erik ci sarà e senza pietà.

Era come se il cervello scriveva sempre le stesse cose, ma con frasi diverse molto strane.

Sì! Erano lì la vigilia di Natale. Cosa potrei fare? Niente. Pensavo Erik.

Le guardie portarono cibo a Christmas, un po' più tardi nel pomeriggio. È stata una cena di Natale che pochi svedesi possono permettersi, quattro carri interi pieni di cibo, ed Erik non ha mai visto così tanto cibo natalizio contemporaneamente.

Poteva garantire che non c'era nessun tipo di cibo natalizio che non fosse su questi carri.

Quando le Guardie aprirono la porta della cella di Erik, e vide questi carri, rimase davvero stupito. Erik prese due grandi piatti, e pieno di cibo, poi dovette prendere solo una volta. Sarebbe sciocco non togliersi tutto questo buon cibo.

Erik potrebbe facilmente dire che il pasto stesso è stato il momento clou di questa sera della vigilia di Natale.

La perdita di Erik fu straziante, la sensazione di sedersi lì la vigilia di Natale, non voleva nemmeno esporre il suo peggior nemico. Nessuno vale la pena avere una tale sensazione. Molte persone pensano che Erik si sia messo in questa situazione da solo, cosa che può capire, ma non importa come giri la siepe, si siede dietro, e ti dispiace di più per te stesso.

Erik sapeva che tutte le vacanze di Natale stanno finendo, e i giorni di mezzo stanno arrivando, ma sembrava che non importasse, che si trattasse di Natale, giorni dimezzo o qualsiasi altro giorno festivo. Era altrettanto cupo nella cella per questo, Erik aveva avuto una psiche che era quasi neutrale per tutto e per tutti. Sopravviverebbe da solo e vendirebbe tutte le persone coinvolte.

Ora questo Natale, e tutti i fine settimana erano passati, ed era finalmente il momento della trattativa principale.

Dopo cinque settimane di isolamento, era giunto il momento del processo. Erik ha iniziato a taggarsi di nuovo quando sentiva che sarebbe venuto fuori da queste mura. Anche se stava andando a un processo, si sentiva bene, forse perché vedeva che ci sarebbe statoqualche, tipo di giudizio e decisioni sul suo immediato futuro. C'erano tre agenti di prigione a prendere Erik. Sì, non si fidavano di lui, e lo dimostrarono chiaramente con il numero di accompagnamento delle guardie al processo. Quindi, stava solo salendo le manette e andando al processo. I querelanti non si vedevano da nessuna parte. Si sedettero in una stanza adiacente e non escono fino all'inizio del processo. Erik aveva apparentemente messo un tale terrore in questepersone, quindi non volevano affrontarlo più del necessario.

La corte chiese se Erik fosse l'imputato, che era stato certificato dal suo avvocato.

Poi il pubblico ministero cominciò a spiegare quali crimini pensava che Erik avesse fatto. Il tribunale gli chiede quindi come ha affrontato queste affermazioni che il procuratore ha recentemente delineato?

L'avvocato di Erik rispose che il suo cliente negava qualsiasi illecito per tutti i capi d'accusa.

Il tribunale si rivolge al procuratore, per chiedergli di dimostrarlo con prove tecniche, nonché con le dichiarazioni dei querelanti.

Il pubblico ministero fa poi emergere la mazza da baseball di Erik, come parte delle prove tecniche, e dice che il sospetto ha minacciato le persone con questa mazza da baseball, nonché rompendo le rotule dell'attore, che la Procura conferma con una delle storie dei querelanti.

L'avvocato di Erik dice che non ci sono testimoni, o altre prove per dimostrare la storia del querelante,quindi fa un commentoche l'attore avevagià descritto la mazza da baseball del sospetto in dettaglio durante la prima denuncia, Il tribunale chiede poi a Erik come intendeva spiegare la descrizione dettagliata del querelante del suo baseball bat.

Erik rispose alla corte che avrebbe potuto vedere la mazza da baseball mentre passava davanti alla sua auto, che era dimostrabilmente sotto il suo appartamento. Poi. Erik ha detto che puoi, non rinchiudere la gente perché hai in manouna mazza da baseball. Allora lo Stato dovrà rinchiudere ogni squadra di baseball in questo paese.

Queste osservazioni hanno leggermente suscitato grande irritazione alla Corte.

Il tribunale ora chiede al procuratore se avesse una base più fattuale per questa accusa. Il pubblico ministero ha poi detto di aver ricevuto di recente il caso da un altro procuratore, e quindi non erano emerse più prove durante le indagini preliminari. Ora il tribunale è stato, per rla dire un po', infastidito dalla Procura che ha citato in giudizio per motivi così vaghi e, soprattutto, ha fatto arrestare a lungo il sospetto.

Capitolo 19

La corte ha ragionato un po', ed è venuto a respingere l'intero atto d'accusa, dal momento che non c'era nessuno come prova del tutto tecnica, ma anche che guardandolo per motivi oggettivi non poteva condannare Erik, e quindi abbandonare l'accusa su tutti i punti. Il tribunale ha informato Erik che ha diritto a un risarcimento per il momento in cui è stato detenuto.

Erik ha detto che non voleva alcun risarcimento. Il che probabilmente ha sorpreso un po' la corte, ma non si dovrebbe spalanco su un pezzo troppo grande pensato Erik. Ora l'aula era vuota in pochi minuti, ed Erik dovette tornare in prigione per ritirare i suoi vestiti e altri effetti personali a cui doveva rinunciare al centro di detenzione.

Quando sono tornati in prigione, ha dovuto ripulire un po' la cella, e ha anche colto l'occasione per fare una doccia prima di lasciare la prigione, ma quando sono tornato in cella, la guardia ha detto che dovevano rinchiudermi, allora le regole erano così. Probabilmente era l'unica volta che Erik potevadire che andava bene che chiudevano, quando sapeva che sarebbe presto uscito da questo inferno. Alla fine, erano di nuovo in libertà.

ora... Erik era libero, e l'idea di vendetta si rafforzò solo di minuto in minuto.

Tutti nell'Organizzazione ne avevano uno tra il pubblico durante l'intero processo, e probabilmente la persona aveva informato Henke e altri che Erik era di nuovo in libertà.

La sensazione che Erik aveva era meravigliosa, e dove la maggior parte delle persone si sentiva certamente sul campo di gioco sbagliato, quando Erik voleva davvero rendere il processo breve, perché ora sarebbe saltare in aria. Henke sapeva che Erik non sarebbe stato divertente da includere, quindi cercò di rendere le cose il più miti possibile.

Henke pensava di avere un asso nella manica in cui l'agente McGill, e i suoi contatti all'interno di SAPO, potevano essere utili in questa situazione, anche se lei non aveva avuto un incontro decisivo con entrambi, quindi Henke sentiva che poteva essere utile che Erik fosse libero sentito assolutamente meraviglioso ora forse Erik poteva immaginare che ne avesse avuto abbastanza di questa paludecriminale, No, quella sensazione non è arrivata.

Erik ha portato il treno a casa, perché non voleva la sua autoa, nel momento in cui pensava che fosse difficile sedersi in esso. Era determinato a

tornarea casa nel suo appartamento, e una volta
lì si gettò sul divano e iniziò a pensare a come
poteva fare cose più intelligenti, e questo diede
loro dollari davvero grandi, e dopo chegli era
stato datoun nome, non c'era il minimo dubbio,
ma che reputazione e nome che gli era stato
dato allora. Farebbe temere a chiunque il buio,
ma Erik non ha avuto problemi con le voci in
questa occasione, era il tuo marchio all'epoca e
un prerequisito per poter sopravvivere.

Erik voleva fare tutte le cose
contemporaneamente per vendicarsi. Sapeva
che questa vendetta era una vendetta, che
ucciderà molte persone. Fece un respiro molto
profondo e chiuse gli occhi per alcuni secondi.
Quando Erik alzò lo stesso aspetto, si rese conto
che il gioco poteva iniziare, perché ora erano
solo pensieri crudeli che aveva.

Per cominciare, avrebbe fatto fuori tutti i server.
Erik aveva molte riflessioni sulla criminalità
economica, che correttamente pianificata
poteva dare un ritorno gigantesco come viene
così ben chiamato. Aveva un'enorme quantità di
conoscenza, nell'amministrazione aziendale. Una
conoscenza che difficilmente potrebbe portare a
un successo migliore nei corridoi delle grandi
imprese. Erik ha deciso di collegare cose
importanti come i rapporti finanziari,

mensilmente, trimestre, 6mesi e oltre, he
èdiventato completamente ossessionato da
questa conoscenza economica, lo interessava
davvero profondamente enon aveva libri su
questo particolare argomento, quindi ha
ordinato libri, ma ha anche letto molto via
Internet, in quanto questo potrebbe dare un
quadro più ampio di come questomondo
finanziario ha funzionato a fondo.

Ora Big Mama era stata al suo posto, ma non
sapeva al 100% dove si trovava e aspettava la
sua conoscenza, figuriamoci se fossero madre e
figlia McGill? Quindi, non era appropriato dare
un'occhiata ora. Quindi - ha proseguito Erik -
finché non l'ha saputo.

Erik iniziò la sua vendetta buttando fuori i server
dello spettacolo che erano importanti per
l'Organizzazione e che li paralizzavano. Non ci è
messo molto perché l'Organizzazione reagisse a
qualcuno che si trova all'interno delsistema,
quindi avevano chiaramente chiamato Jim
OneBone, che aveva molta esperienza.

Henke voleva pulire l'intero sistema, e sarebbe
stato debug se qualcuno fosse dentro ora. Jim
OneBone lofece, risolvendo i problemi secondo
tutte le regole dell'arte, e disse a Henke che non
c'era nessuno.

Henke sapeva che Erik era in testa, ma come avrebbe dimostrato? Sì, ha detto Henke, sarà difficile, se non impossibile inquadrare un fantasma che non esiste. No, hai ragione. Jim OneBone ha detto. Henke parlò in profondità con Bob di come Erik potesse essere fermato, ma Henke sapevaallo stesso tempo che sarebbe stato difficile. Bob è una persona tranquilla che non dice molto se non ha nulla da dire, fase che ha avuto questa volta.

Oh, hai qualcosa da dire, Bob? Henke sichiese.

Improvvisamente cominciò a dire più di due parole, altrimenti non lo fece in una settimana.

Cosa vuoi dire, Bob? Henke dice.

Ora l'intera Organizzazione raccoglierà forza, quindi ora probabilmente la maggior parte delle cose fumerà, e se siete tutti così stupidi che andate deliberatamente dietro a una persona che l'Organizzazione stessa ha addestrato per molti anni, dovrete incolpare voi stessi. Dice Bob con un tono deciso.

Che vuoi dire, Bob? Henke ha detto.

Henke, sei acapo dell'Organizzazione, quindi dovresti sapere che ti farà un inferno quando questa persona verrà asoffiare. Che non vedi, hai addestrato la persona su cui sei saltato, e che ti

aspetti di conquistare questa persona, sei alto
o?! Bob ha detto.

No, non siamoalti! Henke l'ha detto a Bob. Ora
voglio che mi ascolti. Mi sonoallontanato dai
miei principi che non dovrebbero essere una
soluzione, ma ho parlato conl'agente McGill e
spero che possa aiutare a inserire
intelligentemente Erik.

Sei inalto! Bob l'ha detto a Henke.

Il fatto è che, ha detto Henke, hogià parlato con
l'agente McGill, e ho detto che sapevo chi ha
ucciso il fratello, ma non il nome.

L'idea è che l'agente McGill abbia infinite
connessioni nel sistema giudiziario.

Ora ledaro' solo una piccola spinta sul fatto che
è stato Erik ad uccidere suo fratello Carl, e poi
l'agente arresterà Erik.

Henke, è un topo! Ha detto montagna
Muscolare, che non sembrava esattamente così
intelligente... ma così intelligente che una
persona stava diventando uno squittio.

Certo, me ne andavo, una soffiata anonima
all'agente McGill. Henke ha detto.

Bob ha detto. Il rischio è che ciò non accada. Erik
è una persona intelligente, e che sarebbe

entrato in una trappola, sembra estremamente strano. Erik è stato davvero così scrupoloso, quindi perché dovrebbe, tra tutte le persone, comprare questa trappola?

Jim OneBone era sempre alla ricerca di un lavoro continuo, e Henke sembrava un po' grigio, ma il gioco era iniziato. Erik voleva solo sottolineare un po' Henke, ma per il momento ha scelto di non mettere ko il server. Henke disse a tutte le persone nella stanza che sarebbero state osservanti.

Henke parlò con Bob che Erik era ora in libertà.

Nel frattempo, Erik ha letto in diverse occasioni, al fine di trovare tutte le possibili scappatoie nella legge, ed era ora in una parte del crimine in cui lo avrebbe reso illegale, abbastanza legale, e con le leggi esistenti eseguire i crimini senza che le autorità possano intervenire con alcuna misura coercitiva. Come ci ha detto in precedenza, non c'è crimine perfetto, e non lo farà mai. Ci sono certamente molti di coloro che sono stati esposti a Erik che sicuramente a claimeranno che il crimine perfetto esiste. Ma la domanda è: Come si definisce il crimine perfetto?

Molti lo descriverebbero certamente dicendo che hanno fatto, ad esempio, un furto con scasso, venduto gli oggetti, tenuto il denaro dal furto, senza andare a qualcuno Particolare. Dal punto di vista economico, si potrebbe dire che si è trattato di un crimine perfetto, ma Erik non condivide tale ragionamento, poiché ritiene che se qualcosa è perfetto, non dovrebbe colpire nessuno. Né finanziariamente, psicologicamente né fisicamente. Un crimine del genere non esiste.

Fare un crimine con un guadagno finanziario non è un problema di sorta, ma che la legge può catturarti. Un'autorità che conosce questa possibilità è la Procura, ma anche la Questura. Entrambele autorità devonostare frustratee guardare i crimini piùo menoaccadere, senza poter intervenire, perché i cattivi conoscono e conoscono lo statuto. Usando questa conoscenza, si crea uno strato intermedio, con la società da un lato e i cattivi dall'altro.

Perché Erik non oltrepassa la linea che dimostra che è stato commesso un crimine, ma si bilancia sulla linea della legge che fa la differenza tra un crimine, o qualcosa di legale.

Poi arriva la parola crimine sotto una luce completamente nuova. Il pubblico ministero deve dimostrare ancora una volta che è stato commesso un reato. Ma come farà questo procuratore? La procura non puòprovarlo. Molti di coloro che leggono queste righe possono pensare che questa sia una descrizione casuale di quanto sia facile eluire la nostra società giuridica, ma non si tratta di questo.

Erik ora vuole che la società introduca una maggiore flessibilità nelle sue forze dell'ordine. Ci vuolesempre un cattivo per catturare un altro cattivo. Perché se guardate le statistiche di autorizzazione statale su vari crimini, e le guardate davvero da vicino, la maggior parte della gente comune avrà uno shock. Sono i reati minori che vengono chiariti, e che lo Stato non affronta la criminalità organizzata è un dato di fatto, e quando leggi i loro statistici dimostrano che la legge funziona, e che la maggior parte dei teppisti va dietro le sbarre che la società dovessecatturare il male davverogrande, ragazzi dovrebbero iniziare a lavorare con ex teppisti invece di mettere una chiave di volta nei lavori. I vecchi delinquenti non sono ammessi nella società a causa dei loro zaini, e questo non è dovuto alla carenza di competenze, ma al contrario, direbbe Erik. Perché se un vecchio cattivo entra in un'azienda, il rischio è estremamente alto che le abilità di questo autobus passino al solito dipendente. Ci sono richieste di più pubblici ministeri, e il primo ministro sta aggiungendo più soldi, a un sistema già disfunzionale, mentre la Procura sta ampliando la sua cooperazionea livello più internazionale e la comunità giuridica non sa che in realtà sono con queste misure che gettano i soldi nellago? Cosa c'è di così difficile da capire? Pensavo Erik.

Procura, apra le finestre del suo ufficio, pieghi il collo e guardi a terra. A terra c'è l'ex malore, che ha la soluzione alle forze dell'ordine. Erik è convinto che molti crimini potrebbero essere risolti, se ai vecchi criminali fosse stata data la possibilità di dimostrare la loro attività, in modo legale e attraverso tale cooperazione, sarebbe stata presto raggiunta una società di meno criminalità e di un'efficace applicazione della legge.

Con un nido protetto, una comunicazione non può verificarsi quando la soluzione è per strada e i decisori sono seduti nel corridoio sandwich di gamberetti. Sarebbe molto meglio se i politici con potere decisionale trovavano una sorta di piattaforma neutrale, dove, sotto la guida delle autorità, potessero riunire una squadra, costruita su agenti di polizia esperti ed ex delinquenti che sanno come aggirare la legge.

Ho vistotroppo di questa società corrotta. Erik ha detto, per tenere la bocca chiusa più a lungo.

Molte volte la gente dice di avere, per dire loro che ottiene qualcuno, di un evento in cui è successo qualcosa di terribile. Il problema è solo che solo QUALCUNO, sono quelli più corrotti nella società, con molto potere e grande influenza. Allora chi dici? Quasi un evento del genere?

Se giochiamo un po' con l'idea, e che lo Stato avrebbe un'applicazione della legge più efficace. Erik pensa. Ciò condurrebbe a un livello estremamente elevato di disoccupazione, ad esempio nel servizio penitenziario. Perché come è strutturato oggi, può essere paragonato a una discarica, dove si sfrutta tutto ciò che può essere riciclato. È esattamente così che funziona oggi il sistema correzionale. Erik ha iniziato a capire l'importanza di tutte queste relazioni finanziarie che sarebbero state una parte importante di un possibile crimine ecologico e poter leggere le relazioni intermedie di una grande azienda può essere descritto come la lettura di una bolletta dell'elettricità. Si può fare, ma non è facile, direbbe, ma come nel mondo reale del lavoro, ci si fa strada, proprio così anche nel mondo criminale.

Erik si siede e ripensa a come tutto è iniziato, con semplici crimini, e poi avanza verso l'alto. Continua a pensare a quando era più all'interno del suo mondo finanziario e criminale, quando cominciò ad emergere persone legate a Mc. Aveva avuto contatti legati a Mc In passato, ma non di questo calibro, che attraverso la sua rete di contatti aveva attirato l'attenzione sul lavoro criminale di Erik, che aveva dato buoni risultati. Erik inizialmente incontrò un grande uomo termini muscolari, di nome Lasse. Erik pensò a quelli per cui aveva precedentemente lavorato, quando il negozio di carne fu fatto, ma questa era apparentemente una clientela diversa, con Harley Davidson come stella guida.

Cosa, o a chi mi unirei? La prima idea era che il dollaro doveva governare, ma era un naiho pensato, in quanto questa non era un'opzione. Hm!? A cosa devo rispondere? Poi chiese a Lasse se poteva fare il freelance, un po' come faceva prima, ma non poteva rispondere. Aveva solo il compito di sapere se una riunione era possibile e se c'era un interesse in esso. Erik ricorda che il suo primo pensiero spontaneo non era quello di tenere una riunione, ma era sufficiente che lampeggiasse una volta, e vide questo grande simbolo del dollaro quando le palpebre erano giù per un millisecondo.

Naturalmente, voleva incontrare questo membro che apparteneva all'élite degli inferi e che aveva una rete di contatti che attraversava gran parte del mondo. Erik pensa a quando si siedono nella cucina di Lasse e incontrano Jonte per la prima volta. Quando sono entrati nel suoappartamento, hanno preso un caffè e hanno parlato un po 'di merda in attesa che Jonte arrivasse a malapena a credere che Erik avesse il tempo di sollevare la tazza di caffè prima di sentire la porta d'ingresso di Lasse aperta Erik era tesa come una piuma, leggermente detto.

Erik sentì qualcuno gridare, Hey, fuori dalla sala, e Lasse rispose Hallo! C'era pressione nel cervello di Erik. Era come se tutte le cellule cerebrali nella sua testa non avessero un vertice, e questo è avvenuto tra il cervello grande e quello piccolo. Sembrava una forma più lieve di mancanza di ossigeno nel cervello. Ora si affollava in cucina.

Questo Jonte era ora in piedi nella stanza dove io e Lasse stavamo bevendo un caffè. Indossava solo una giacca normale e non un giubbotto!? Cosa e' questo? Pensavo Erik. Poi questa giacca distrusse tutta la sua immagine di questo membro, poi Erik si aspettava che avrebbe avuto un giubbotto. Erik ovviamente non riusciva a tenere la bocca chiusa, ma doveva chiedersi perché non avesse il giubbotto ad alta?

Jonte ride e dice di avere il giubbotto sotto la giacca, che ora decolla per mostrare da dove viene. Sembrava che qualcuno avesse eseguito una pompa per vuoto nei polmoni di Erik e risucchiato tutta l'aria, e non riusciva a fare un suono. A solo un metro da me c'è un membro a pieno? Pensavo Erik. La sensazione che sentiva potrebbe forse essere descritta come quando un commerciante d'arte trova l'opera d'arte nascosta di un famoso artista e ora si trova di fronte a questo oggetto.

Il motivo per cui non aveva il giubbotto visibile era perché non voleva attirare l'attenzione, ma anche perché veniva in auto invece che con la sua bici.

C'era una regola, che diceva che potevano avere i giubbotti solo, se guidavano una bicicletta, e se dovevano essere catturati da un altro membro che guidava con un'auto e il giubbotto, o andavano in città con il giubbotto, dovevano al fondo del club 5000 SEK in multe. Questo era un modo per il club di rendere i membri meno visibili, poiché nessuno voleva pagare queste multe.

Jonte dice che hanno seguito l'ultimo lavoro di Erik e che sono rimasti molto, impressionati da quanto siano stati fatti questi crimini intelligenti, senza essere catturati.

A Erik era stato dato un marchio che ora ha scoperto. Tutti hanno parlato di aver sentito parlare del crimine di Erik, hanno detto che lui come persona aveva la capacità di colpire, scomparire e non essere mai più visto.

Sì! Forse ècosì che sono. Ho risposto a Jonte.

Sei impressionante. Jonte ha detto. Il club vuole chiederti di discutere di alcuni affari, dove puoi fare soldi seri da cose semplici.

Erik probabilmente rispose di sì grazie a quell'invito prima ancora che Jonte preparava la domanda. Poi c'era per lo più un sacco di tutto e tutto il resto. Prima che Jonte se ne andasse, disse che non vedeva l'ora di vederlo al club tra un paio di giorni.

Puoi contare su questo. Erik rispose. Jonte va e poi se ne va con la macchina. Lasse ha già iniziato a sottolineare che Erik non sarebbe andato all'Organizzazione se non fosse sicuro che avrebbe affrontato la pressione quando non c'era modo di tornare indietro. Una volta in, mai fuori.

Erik sapeva che non poteva fare un passo indietro una volta arrivato alla loro Organizzazione, eppure non esitò per un secondo, anche se sapeva che una defezione sarebbe stata accompagnata da una sepoltura sicura. Erik era stato all'altezza della cosiddetta élite, ed era qualcosa per cui aveva lottato per tutto il suo tempo criminale. Ora che ha messo piede in questa Organizzazione, voleva davvero mostrare i suoi piedi a tutti i livelli. Si è scoperto che ne avrebbero testato uno su diversi livelli, quali abilità avevano. Erik era un fanatico del computer, quindi pensava che sarebbe stato difficile. L'unica cosa che era fuori dal suo mondo informatico erano le arti marziali che allenò per molti anni, ma sembrerebbe rapidamente un po 'sottile.

Erik era ora al cancello del cortile del club, che era bloccato con una spessa catena di ferro e un lucchetto, e di fronte al cancello c'era un cavo elettrico simileauno spesso. Non si trattava di una cablelettrica ed era un cavo che davaun segnale nella club house che qualcuno voleva passare, smilara un cavo utilizzato dalla Road Administrationper contare il numero di autoche attraversavano un particolare tratto di strada. Quando Erik sta lì in attesa che qualcuno venga ad aprire, un autobus della polizia scivola dietro la sua auto, sulla strada più indietro. Fermano l'autobus, ed Erik pensava che ora sia di nuovo finita. Proprio mentre inizia a chiedersi se sarebbe entrato ancora una volta dietro le sbarre, Jonte viene e apre il cancello.

Sta salutando Erik, può guidare nel. Quando scende dall'auto, Jonte si avvicina e saluta prendendo in mano. Poi tutti coloro che erano all'interno dell'Organizzazione escono per salutare lo stesso. Erik si è sentito davvero il benvenuto perché tutti eranodavvero, gentili con lui. Dopo aver salutato, i membri si separarono. Jonte ora voleva che entravano nella club house in modo che Erik potesse vedere l'interno del club. Era così pulito e privo di polvere in modo da poter leccare il pavimento con la lingua. Tutto era pulito.

Era come guardare direttamente nell'azienda di sistema, con tutti i tipi di liquori disponibili. Una collezione incredibile. Il bar era in rovere, e con un piano in marmo che eradavvero, bello. Le barre non erano prodotti IKEA ma erano fatte di acciaio inossidabile.

Jonte chiede cosa Erik pensava della loro club house, e poteva solo dire così com'era.

Poi Erik avrebbe incontrato altri membri che sono entrati gradualmente, mentre lui e Jonte parlavano. Tutto eradisciplinatoe tutti avevano un ruolo da svolgere. Se le autorità svedesi avessero avuto metà di questa disciplina, avrebbero avuto una società completamente diversa. Una società dell'ordine.

C'erano molte nuove impressioni che Erik avrebbe preso, e in realtà era molto impressionato da quanto attentamente tuttofosse strutturato e chiese a Jonte chi fosse il presidente che midisseche non poteva dirmi quando c'era tempo di guerra con un'altra banda. Il loro Presidente era molto riservato su di loro, in quanto queste informazioni potevano causare gravi danni alla loro organizzazione locale. Quindi - credendo che si saprebbe chi era il loro presidente, anchedopo la prima visita - sièpensato un po' a Erik.

Jonte voleva che tornasse il prima possibile, ed Erik capì che avevano avuto il suo nome sulla carta da parati molto prima di visitare questa Organizzazione, ma quale fosse il loro scopo di base, non lo sapeva. Si applicherebbe almeno agli affari, così tanto che sapeva dopo l'incontro a Lars. Ma per quali affari, non ero chiaro.

Il giorno dopo Erik chiamò Jonte per vedere se sarebbe venuto all'Organizzazione. Pensava che fosse un buon suggerimento e ha guidatoabbastanza, rapidamente dopo che hanno finito la conversazione. Una volta all'Organizzazione, Jonte voleva che parlavano di quello che stava succedendo efare qualchetipo di accordo su come lavorare. Non lasciarono nulla al caso, il che si adattava perfettamente a Erik in quanto lui stesso era una persona che odiava se qualcosa andava storto o era mal pianificato.

Erik aveva un cellulare e un mirino, che avrebbe sempre avuto con sé, Questi sarebbero stati sia di giorno che di notte, il che ha creato uno stress interiore, pensò Erik, quando era abituato a controllare la sua giornata da solo, ma ora era monitorato, da cellulare e mirino 24 ore su 24.

Perché allora vuoi appartenere a una tale organizzazione, ci si potrebbe chiedere? Perché comporta solo molta violenza e altre illegalità. Per Erik personalmente, la parola chiave erano dollari, di cui era completamente pazzo, ma anche il grande sostegno che poi aveva alle spalle. Erano solo 6 mesi di inferno, dove eseguiva cose che Erikpuò, senza menzionare in questo libro. Poiché il rischio sarebbe direttamente imminente, la Procura ha ricevuto due serate di Natale nello stesso anno, ed Erik non vuole darle, dal momento che ora ha iniziato una nuova vita.

Uno sarebbe stato strappato, addestrato e ri testato quanto fosse grande la lealtà verso i membri e verso l'Organizzazione. È stato un lavaggio del cervello, ma l'hai preso, a causa di quello che sarebbe successo. (Si pensava). È stato possibile affittare una caserma nella club house. Una piccola scatola, direbbe, di soli 7-8 mq. Era disponibile per l'uso e il costo era di 700 SEK che è stato pagato direttamente all'Organizzazione.

Molte nuove regole sarebbero state apprese, e solo i membri a pienotitolo erano , autorizzati a partecipare alle riunioni del club, i membri del test non erano i benvenuti. Erik voleva sapere di cosa si discuteva lì dentro, ma era tranquillo come il muro, su ciò che è stato detto durante le riunioni. Erik ha lottato e fatto la sua parte, durante questo duro allenamento, sia fisicamente che mentalmente. Si trattava di sapere se si poteva gestire la pressione o rompersi completamente. Dato che c'era molto che voleva appartenere all'Organizzazione, il club doveva essere molto duro nell'attuale "bullonatura" su chi aveva il potenziale per far fronte aquesto allenamento malato.

Questo bullonatura era estremo in questo club e lo paragonò al club con cui l'Organizzazione a quel tempo era in guerra, c'erano grandi differenze. I loro rivali avevano una strategia diversa per quanto riguarda l'arruolamento di nuovi membri, dove era abbastanza veloce entrare in quell'organizzazione se conoscevi le persone giuste, ma lì hanno anche una mentalità sui loro membri che può essere descritta come direttamente instabile leggermente detto. Non è stata certo una coincidenza che uno dei loro membri, in una ripresa, abbia messo una bocca di pistola nella testa di un bambino piccolo. La loro organizzazione ha ripulito lui stesso questo membro, ma dimostra solo che hanno portato qualsiasi cosa per le persone nell'altra organizzazione con i contatti giusti. Ciò che ha richiesto cinque anni nell'organizzazione in cui Erik era, a volte ha impiegato solo un anno con l'altro, il che crea una persona sotto pressione con ansia da prestazione quando all'inizio della loro carriera hanno dovuto mostrare i loro piedi riuscendo nel loro lavoro di CANI (esattori di debiti, stronzi) ma anche come cosiddetto asino da branco (trafficanti di droga) dove nessuno voleva fallire. Tornare al club come asino da branco, dove hai perso il pacco, potrebbe creare conseguenze devastanti per quella persona, che in una situazione del genere diventa disperata. Così disperato che hanno persino messo una bocca di pistola nella mente di un bambino. Assolutamente follemente mite.

Non che l'Organizzazione di Erik fosse un agnello pio, ma esporre bambini o donne a qualcosa del genere non sarebbe mai accaduto. Era una legge non scritta che in nessun caso si è avuto modo di sottometterli a qualcosa del genere, o addirittura schiaffeggiarli. Ti sarestimente mente mente mente a che fare con riverenza con la tua famiglia. A quei tempi c'erano problemi in una famiglia, il club coinvolto nella famiglia. Mentire in formazione mentre si aveva una famiglia, era direttamente collegato con problemi familiari.

Il club non ha accettato alcun abuso o simili in una famiglia. Questo è stato risolto non appena è arrivato al club. Durante il periodo di prova,hannoricevuto addestramento con armi, addestramento su vari esplosivi. Si imparerebbe quali armi usare in momenti diversi, o che tipo di munizioni era più adatto per un raid. Quando si è appreso degli esplosivi, gran parte di essi riguardava come colpire l'esplosivo in modo da ottenere l'effetto che stavi cercando. Ti sei allenato in combattimento ravvicinato con diverse armi come coltelli, nocche con lame di coltellini saldate e come e dove avvolgere queste piccole lame di coltello in luoghi diversi sul corpo dell'avversario senza morire su di loro.

C'era un membro dell'Organizzazione che aveva tre anni nell'esercito, dove gli era stato permesso di partecipare all'estenuante addestramento dei soldati durante quei cinque anni. Questo membro, GammelMan, era ora incaricato di educarli, in quella che si potrebbe chiamare arte marziale. Dove avrebbero imparato di più su armi, esplosivie corpo a corpo. Ha anche presentato un ragazzo straniero in alcune occasioni durante l'allenamento vero e proprio. Questo sorprese Erik molto rapidamente, ma la sua presenza spiegò abbastanza rapidamente quando questo ragazzo, già all'età di 24 anni, fu ritirato a causa di una malattia mentale che era sorta durante il periodo in cui era stato coinvolto nella guerra, tra Iran e Iraq. Questo tizio doveva trasportare i cadaveri dei suoi compatrioti, e a volte solo parti oltre il confine, in modo che tornavano a casa. Che era mentalmente instabile, c'era poco di cui esitare. Aveva i suoi. La maggior parte delle persone aveva grande rispetto per lui, quando una vita per questo ragazzo, non valeva nulla, e guardare la morte in faccia era all'ordine del giorno per lui.

È statodavvero, spaventoso essere così vicino a una persona del genere. Questa persona aveva un nome strano, che oggi non ricorda, ma non importa. Almeno è stata questa persona a addestrarli nella guerra psicologica, e come imparare a spegnere dopo che il lavoro è stato fatto. Si imparerebbe semplicemente a cancellare i sentimenti spiacevoli che si potrebbero ottenere in determinati lavori.

Erik ora può dirci che non ha funzionato assolutamente. Gli fu insegnato a reprimere le cose, o addirittura a spostare le sue emozioni. Niente che Erik raccomandava a qualsiasi anima viva, come torna, sicuramente come Amen nella Chiesa. Una volta tornato, ètutt'altro che divertente. Per tornare all'argomento precedente.

GammelMan ha iniziato a rendere conto delle diverse bombe a mano e in che momento sono state utilizzate è stato molto interessante che l'allenamento, GammelMan poi tiri fuori una bomba a mano chiamata Distraction Hand Grenade, che può essere utilizzata nel raid se volevi scioccare quelli che sorprendere. Quando una tale granata si spegne, diventa un bagliore estremo con un botto estremamente forte. Stiamo parlando di un livello sonoro di oltre 150 decibel e di una luce che congela completamente il mondo esterno per alcuni secondi. Poiché questa luce è così luminosa, vengonoattivatetutte le fotocellule di una persona negli occhi, che a loro volta creano un'immagine congelata del mondo esterno. È possibile confrontarlo con sedersi e guardare la

TV, quindi premere il pulsante di pausa. È durante quei secondi congelati che la polizia colpisce.

GammelMan ci insegnerebbe come ottimizzare l'azione esplosiva attraverso vari metodi comprovati. Lo ha fatto mostrando come funzionava una carica di foro, e attraverso questa carica del buco ha creato quello che era un esplosivo mirato. È stato molto decisivo sui risultati, a seconda di come è stata fatta la direzione. Hanno dovuto saperne di più su un sacco di esplosivi. Pentyl, è stato uno dei soggetti che hanno imparato a conoscere. È una polvere bianca, usata nelle bombe a mano e in molti altri esplosivi. C'era così tanta discussione su questo Pentyl, che alla fine divenne uno scherzo permanente tra quelli dell'Organizzazione.

Una persona potrebbe chiedere se c'era Albyl? (Antidolorifico) No, ma Pentyl esiste. Erik pensava che fosse uno scherzo malato.

La dottrina della struttura della bomba a mano è stata accuratamente delineata. Tutto, dai vari grilletti meccanici, fusibili chimici, al tipo di schegge in cui consisteva la granata. Dovevi imparare che effetto esplosivo aveva il soggetto.

Erik contava il volume, le energie che venivano rilasciate al botto, e si trattava di esplosivi come C4, dove l'esplosione, o quanto velocemente la pressione dell'aria si muoveva al secondo e metro. Molti dicono che è esploso, ma pochi sanno cos'è davvero un'esplosione. Quando si verifica un'esplosione, viene rilasciata un'enorme quantità di energie. Se una carica del c4 esplodesse, significherebbe che la massa d'aria e la pressione delle energie rilasciate si muoverebbero ad una velocità di 8.400 M/s (Metro al secondo), allora forse la persona che legge queste linee capisce quanto sia potente l'esplosione di cui Parla Erik. Molte volte, è difficile descrivere a parole quanto sia diventato potente.

Un confronto che si può fare, è se si pensa a una normale gru che solleva, su diversi materiali da costruzione guidando fuori il braccio della gru stessa. Quando un tale braccio della gru viene espulso, viene fatto con una pressione dell'equivalente da 60 a 70 kg. Confronta quella pressione con un fucile a pompa che spara un fucile normale, dove la pressione sulla grandine che emana è di circa 600 kg. Quindi forse capiraimeglio.

GammelMan ha concluso la giornata dicendo che domani vedranno una delle armi più pericolose del mondo, che non poteva essere rivelata. Erik pensava come un pazzo su quale arma potesse essere. C'erano così tante armi pericolose sul mercato, ma un'arma che non poteva essere rivelata rendevano molto più difficile indovinare.

C'era molto da imparare, allo stesso tempo Erik ha cercato su di loro di avere momenti liberi per studiare l'amministrazione aziendale in modo da poter fare i sofisticati crimini ecoin seguito, in poi.

Henke sembrava davvero grigio, e il cosiddetto fibromio non era più così duro. Henke si è reso conto che GammelMan ha addestrato Erik... Ma la domanda è cosa. Perché sembra più una macchina che un essere umano. Henke ha detto. Sì, ha detto la montagna muscolare. Sembra che sarebbero in, per parlare con GammelMan, perché il danno può essere esteso. Henke ha scelto di leggere di più sull'allenamento, che GammelMan ha addestrato questi psicopatici per meno di 5 anni.

Capitolo 20

GammelMan ha iniziato ad allenarsi verso mezzogiorno del giorno successivo. Erik era eccitato dall'aspettativa di quest'arma pericolosa. Egli produceun normale quotidiano, e moltosi chiedeva se fosse uno scherzo. Ora prende il giornale per confermare che il giornale che teneva in mano era una delle armi più pericolose del mondo. La prima cosa a cui Erik pensò fu se questo vecchio avesse fumato erba cattiva, erbamolto, cattiva? Non era nemmenoil 1° aprile. Che vuol dire? Erik pensò. Qualcuno gridò e chiese se era quello che aveva imparato nella Legione Straniera, per leggere il giornale? Un commento che ha fatto ridere tutti. GammelMan cominciò a spiegare cosa intendeva con questa affermazione, dopo che le risate si erano placate, spiegando che se arrotolare un giornale duro, così duro, così diventa come un bastone sottile, potresti trasformare un normale giornale in un'arma mortale. Il che in realtà funziona by colpendo la punta finale del giornale laminato duramente si può facilmente uccidere una persona con lalana che sigira l'estremità diagonalmente verso l'alto verso l'osso nasale di una persona, l'osso del naso della persona viene spinto verso l'alto nel cervello e la persona muore all'istante.

Si potrebbe anche usare questo giornale per danneggiare una persona molto seriamente, colpendo il giornale proprio nell'occhio di una persona o nell'orecchio della persona. Qualsiasi cosa per neutralizzare il nemico. Questo èesattamente ciò che GammelMan intendeva con l'arma più pericolosa del mondo. Un'arma su cui nessun uomo avrebbe rifletto. Un giornale che, con semplici mezzi, e che in pochi secondi è diventato un'arma letale diretta.

Tutto questo allenamento cominciò ad influenzare Erik negativamente psicologicamente, dal momento che nessun uomo è stato creato per comportarsi come una macchina. Erik ha iniziato a bere grandi quantità di alcol, quando questa intossicazione è diventata una forma di rilassamento, e il suo corpo era spesso completamente esausto da tutto l'allenamento, e del lavaggio del cervello psicologico come in realtà era uns hodetto, c'erano molte regole da seguire all'interno dell'Organizzazione, e una era che non ti era permesso avere alcun tipo di problema di droga. Sì, l'hai letto bene.

Quelle regole erano il club. Chiunque volesse assumere droghe, ma sarebbe in condizioni controllate, qualcosa che chiunque può capire che non ha funzionato direttamente. Un membro, lo chiamiamo Mirko in questo libro. Mirko ha avuto un bel po 'di problemi con la cocaina e per di più ha pompato testosterone, che è ormoni maschili. Cocaina e testosterone combinati sono tutt'altro che di successo.

Soffriva di uno stato d'animo fruttato, con molti risultati aggressivi. Ciò significava che Mirko stava spesso infrangendo un'altra regola. La regola che diceva che non avresti mai potuto alzare un dito contro tuo fratello, o altrimenti mettere un altro fratello in pericolo o nei guai. Mirko era spesso vicino a farlo, e alla fine, ha infranto l'ultima regola menzionata.

All'interno della club house c'era una stanza chiamata sala di sorveglianza. In quella stanza c'erano molti piccoli monitor (televisori) dove ogni monitor mostrava un'immagine delle telecamere di sicurezza montate sulla tavola che circondava il cortile del club. Tutti avevano un certo tempo libero per sedersi e monitorare queste telecamere. Mirko avrebbe fatto il suo turno intorno alle 3 del.m, per poi entrare nella stanza dove un altro membro stava monitorando l'area. Quando Mirko entra nella stanza, vede quel membro dormire. Questa è stata una delle cose più serie che si potesse fare, durante l'attuale periodo di guerra con i nostri rivali. Prende una bottiglia,che gli tira in testa, e poi prende uno schiaffo grasso. Ora il resto del club si è svegliato, che ha dovuto iniziare dividendo questi due membri both aveva ora commesso un reato molto grave secondo il regolamento, che ha dimostrato di avere conseguenze lostesso giorno, coloro che erano membri a pieno titolo hanno tenuto una riunione su questo incidente, e dove è uscita rapidamente la voce chepotrebbero essere esclusi dall'Organizzazione. Dove sarebbero stati messi in CATTIVA PIEDI. La peggiore punizione di tutte, e questo significava che a questi membri sarebbe stato permesso di lasciare l'Organizzazione, senza alcun supporto, e dove qualsiasi altro club Mc doveva sparargli senza conseguenze. Pochi giorni dopo, si è scoperto che questi membri avevano ricevuto un serio avvertimento e una multa di 10.000 SEK. Una frasemolto, leggera.

Molte persone pensavano di avere feste selvagge in cui combattevano ed erano persino mortali. Il pubblico aveva una visione completamente sbagliata dell'Organizzazione, il che significava che si era deciso di avere una casa aperta, dove i vicini del cortile del club potevano entrare, e dove l'organizzazione offriva barbecue e alcolici. Avevano anche comprato molti dolci e altre cose, per tutti i bambini in visita. Il giorno in cui era open house,

molti si chiedevano se avrebbe osato venire
qualche visitatore. I media ne avevano dipinto
un quadro, dove sembravano essere i peggiori
psicopatici. Mirko non aveva in alcun modo
cercato di dare una foto migliore di loro, dal
momento che una settimana prima aveva visto
un minibus in piedi un po 'fuori dai cancelli del
club, e dove quel giornalista aveva scattato foto
del cortile del club. Quando Mirko se ne accorge,
va a prendere una scopa, apre il cancello e poi
sale fino al finestrino dell'auto del minibus con il
giornalista e si schianta contro il finestrino. Il
giornalista va nel panico e avvia l'auto, si getta
sulla collina e se la va a tutto gas. Piùo meno
vola su una piccola distanza di strada e poi
continua in campo poche centinaia di metri
prima di fermarsi. Questo giornalista in preda al
panico non ha scritto alcuna linea positiva
direttamente sul giornale sull'Organizzazione.

A causa di questo incidente, molti erano
dubbiosi sulla possibilità di presentare un
cittadino comune. Non c'eraesattamente fretta il
primo giorno. Verso le undici del mattino, il
primo visitatore è apparso. Aveva un piede
dentro il cancello e l'altro fuori. Sembrava
carino, comico. Jonte cominciò ad andare contro
questo visitatore che inizia a fare un passo
indietro con cautela a causa della sua insicurezza
e paura che ha guadagnato attraverso i mass

media. Erano personalità folli e mortali. Quando Jonte raggiunse il visitatore, il visitatore disse che era il vicino più vicino al cortile del club e cominciò a puntare la mano verso casa sua. Jonte gli disse che pensavano fosse fantastico che volesse venire a trovarlo. Il visitatore rispose. Sì. È stato divertente, ma ora ho, per tornare a casa.

Gli altri erano così vicini che potevano sentire il commento di questo visitatore sul tornare a casa. Tutti risero quando si resero conto che era molto spaventato e nervoso. C'erano circa sei persone che ora hanno iniziato a camminare verso il visitatore, che è diventato come irrigidito, ma quando lo hanno salutato benvenuto e si sono presentati, è diventato un po 'più calmo. Stanno gettandodelle salsicce sulla griglia.

Quindi, puoi mangiare con noi. Jonte dice.

Bene. Il visitatore ha detto e ha continuato a dire che la moglie avrebbe preparato il cibo presto, quindi probabilmentedovrà essere per un'altra volta.

No, andiamo. Jonte ha detto e ha iniziato a camminare nella club house. Il visitatore guardò da vicino gli altri con gli occhi ansiosi. Ma poi ha iniziato ad entrare da solo. Quando era arrivato a circa 20-30 metri, improvvisamente si fermò bruscamente. Qui sarà bello grigliare. Dice il visitatore all'improvviso. Probabilmente era a circa altri dieci metri dalla griglia, ma hanno spostato la griglia in avanti. Che fosse rimasto lì probabilmente perché voleva essere in grado di vedere il cancello, in modo da poter esaurirsi se dovesse succedere qualcosa.

Il visitatore non era esattamente una forza trainante da vedere all'interno della club house. Era ancora troppo teso per osare. Tutti hanno davvero cercato di farlo rilassare un po 'e prendere il loro invito nel modo giusto. Probabilmente pensava che lo avrebbero ucciso, ma improvvisamente era come se il suo nervosismo scomparisse in qualche modo strano. Il visitatore voleva entrare nei loro locali. Quando è entrato, era come se tutte le sue inibizioni lasciasse andare. Chiese a Jonte se poteva andare a prendere la sua famiglia in modo che potessero anche vedere i locali. Avevano un bambino che leggeva tutto sull'Organizzazione e che eramolto , interessato alle biciclette, e nel vedere come vivevano. Il visitatore ha detto che il ragazzo ha visto tutto in tv sui mc club.

Naturalmente, anche la sua famiglia è stata benvenuta, poiché questo era l'obiettivo, per dare ai cittadini un'idea migliore di ciò che rappresentavano e che non mescolavano i comuni cittadini con i loro affari. Volevano dare al pubblico un quadro diverso, e spiegare a coloro che volevano ascoltare, che non erano pazzi come i mass media dipingevano. Convincere queste persone in visita non è stato facile. Hanno letto di loro per diversi anni sulle guerre che i club hanno avuto, quindi ora era per loro essere il più umili possibile.

Quando il visitatore, che era il vicino più vicino dell'Organizzazione, è tornato con il resto della sua famiglia, sembrava di avere una giornata a casa aperta fosse un tentativo riuscito di raggiungere i comuni cittadini. Il figlio del visitatore era piuttosto lirico che alla fine ha avuto modo di vedere un'organizzazione nella vita reale e sedersi sulle biciclette. Il visitatore cominciò a fare richieste caute se poteva falciare la sua erba adiacente al cortile del club. Qualcosa che non aveva fatto per alcuni anni a causa della pura paura. Tutti si chiedevano perché non avesse falciato l'erba. Poi si scopre che il giornalista che di recente aveva rotto il finestrino dell'auto aveva visitato questo vicino per diversi anni prima e aveva costruito una paura di giudizio.

L'intera organizzazioneha iniziato a ridere ,
quando nessuno aveva sentito nulla di
cosìdivertente per molto tempo e anche questo
vicino ha iniziato a ridere quando si è reso conto
che il giornalista parlava di merda e anche sua
moglie ridevaad alta voce quando si rese conto
anche che tutto era una tattica dipaura
mediatica. Dopotutto, hanno dovuto solo
migliorare la relazione del loro vicino, cosa che
aveva fatto aiutando questo vicino con la sua
recinzione pochi giorni dopo.

Il tutto sull'avere una Open House ha avuto
abbastanza successo, e in questi giorni c'erano
da 15 a 20 comuni cittadini, ma non intere
famiglie con bambini, ma ce n'erano almeno
alcune, di cui la maggior parte erano felici, ma
dopo la festa arriva la formazione e la
rieaddestramento.

Ora sarebbero stati informati di come appariva
nel cortile del club ed era da qualche parte che si
poteva parlare nel cortile senza essere
intercettati dalla polizia. L'organizzazione era
una delle due fattorie che furono più
intercettate in tutta la Svezia. Gli agenti hanno
indirizzato l'attrezzatura di intercettazione
all'Organizzazione, che sapevamo dal
dipartimento di polizia svedese che perdeva
informazioni come setaccio. C'erano anche

regole per questo, e, anche per quali informazioni si potevano dire nei telefoni cellulari. L'organizzazione aveva introdotto attrezzature per telefoni Ericsson, dove poteva essere montato su un piccolo dispositivo di crittografia montato nella parte inferiore del telefono. Sembrava un caricabatterie ma più largo. Montando su questo dispositivo di crittografia, potresti quindi parlare al telefono con un'altra persona senza che la polizia sia in grado di sentire quello che stavamo dicendo. Questa attrezzatura era proveniente da Israele, dove i materiali bellico erano facili da ottenere. Questa attrezzatura era direttamente illegale e, se si utilizzava questa attrezzatura, che in Svezia è classificata come materiale militare, doveva essere richiesta.

Alimentando l'addestramento in modo psicologico, alla fine divenne così tutte queste informazioni distruttive su come maneggiare armi, munizioni, intercettazioni e guerre psicologiche divennero come il proprio DNA. Uno era completamente imballato in testa da tutte le informazioni e la formazione.

Questo lavaggio del cervello è diventato piùo meno come uno stress post-traumatico non appena hai iniziato a pensare in modo diverso da quello che gli era stato insegnato a pensare e agire. Dopo 6 mesi in questo inferno, eri cambiata mentalmente come persona. Con uno stress integrato, e che eri sempre in guardia dove non sapevi mai quando ti sarebbero stati fucilati. Hai pensato penalmente 24 ore su 24, 7 giorni su 7 e come potresti vivere al di fuori della legge. Il senso di libertà cercava dove la moto e il dollaro giocavano un ruolo importante e ora avevano iniziato a mostrarsi nella loro forma corretta. Erik era bloccato all'inferno.

Come se l'addestramento e il lavaggio del cervello non fossero sufficienti, la polizia era anche come gli avvoltoi che proteggevano un animale morto a terra. La polizia spesso ha fatto irruzione ma raramente ci è riuscita. Al dipartimento dipolizia dellacontea di Skane, l'Organizzazione aveva due agenti di polizia che li informavano prima che ci sarebbe stato un raid.

Gli agenti di polizia sono probabilmente manager oggi e hanno diffuso informazioni per una somma di denaro. Ha permesso loro di sbarazzarsi di tutto prima del raid. Credo che l'ufficio del pubblico ministero lo farebbe. Quando il dipartimento di polizia e il loro dipartimento contro la criminalità organizzata hanno colpito duramente la club house.

Avevano organizzato una pale gommata per guidare proprio attraverso i cancelli. Poi ci sono poliziotti che arrivano sopra la tavola da ogni angolo. Una volta entrati, li hanno chiusi tutti nel cortile dei garage dove si trovavano le moto quando li hanno incasinato, e poi hanno perquisito l'intera Organizzazione alla ricerca di armi e droga, ma non hanno trovato nulla quando i loro stessi colleghi avevano avvertito l'Organizzazione prima. Hanno finito per tornare alla stazione senza che nulla il pubblico ministero potesse sporgere denuncia La procura ha dovuto pagare i cancelli con 80.000 SEK perché completamente distrutta quando la paletta li ha attraversatiin un mondo in cui il fallimento è stato accompagnatodalla morte o il carcere crea una macchina senza emozioni. Molti che lo leggono probabilmente hanno difficoltà ad entrare in che diavolo fosse davvero. Dovevi provare a usare gli strumenti a cui ti era stato insegnato a spegnere e accendere, ma essere in grado di spegnerti ti ha richiesto di rinunciare alla visione umana che una volta eri cresciuto per avere.

Un uomo che viene costantemente scagliato tra lealtà instillato, fraternità e caos diventa un po 'strano prima o poi. Erik spesso sentiva di non avere il controllo dei suoi sentimenti, sentimenti che consistevano nell'odio, nel vandalismo, nelle armi e, peggio ancora, nella dottrina della rapida liquidazione del nemico, se necessario.

Che gli fosse stato insegnato come rimuovere un corpo umano senza lasciare tracce visibili o principali faceva parte dell'esercizio stesso. Tuttavia, era l'unico pezzo che è stato fatto sugli animali. Gli scheletri degli animali macellati sono stati utilizzati dove le ossa e la pelle di questi animali corrispondevano al corpo di una persona. Dove è stato poi sviluppato i metodi più efficaci, su come far scomparire i residui ossei e cutanei nel modo più rapido ed efficace.

Normalmente, si potrebbe immaginare che l'acido sarebbe ciò che fa il lavoro in modo più efficiente, ma non è il più facile entrare in possesso di una così grande quantità di acido, quindi un corpo umano scomparirebbe. È stata una guerra, e nel peggiore dei casi, potrebbe volerci un intero camion cisterna con l'acido. Qualcosa che non potrebbe scomparire senza l'allerta delle autorità. Un altro problema sarebbe stato come immagazzinare una tale quantità di acido.

Capitolo 21

Furono addestrati dall'Organizzazione a non farsi notare, o ad usare armi visibili su cui qualcuno avrebbe rifletto, in quanto ciò poteva invitare poliziotti in numero maggiore. Questo valeva anche ora quando si doveva sviluppare un agente utile che potesse far scomparire i residui ossei e cutanei. Alla fine, è diventato calce non inquenched, che è un agente estremamente corrosivo, e con un po'd'acqua, efficace come qualsiasi acido.

Questa calce potrebbe essere facilmente acquistata sugli uomini di campagna senza che nessuno reagisca. Il livello di tolleranza di Erik era disumano alto. Un livello che si può raggiungere solo attraverso molti anni di vita distruttiva ed empatica.

Molti di noi sono stati colpiti da spiacevoli incubi. Mirko aveva spesso lo stesso sogno, un sogno in cui si svegliava in una stanza con corpi umani marci, e poi si svegliava con il panico e poteva sentire l'odore dei cadaveri. Erik stesso aveva molti sogni diversi, ma spesso sogna dove si trovasse nella lotta del mondo con diversi nemici dove il loro obiettivo era quello di rimuoverne uno dalla superficie terrestre. Spesso mi sveglio freddo sudato dopo aver combattuto la peggiore guerra con me stesso.

Probabilmente è stato l'istinto difensivo costruito che era un must in, per sopravvivere a tutti. Erik una volta ricorda di aver mentre guardava il suo bambino Alexander giocare a calcio. Dopo la partita, i genitori sarebberoentrare, ai ragazzi in campo. Dietro Erik arriva un altro padre che lo ha riconosciuto. Quello che ha fatto è stato venire dietro di lui e mettere una mano sulla spalla di Erik e dice il suo nome allo stesso tempo. Erik governò spazzandolo via direttamente a pochi metri sul prato. Un puro riflesso da parte di Erik. Alexander guarda suo padre e si chiede cosa stia per fare, tutti i genitori che guardano e lasciano il posto. Erik si avvicinò a suo padre e cercò di spiegare che si trattava di una pura reazione. Si chiedeva perché l'ho fatto. Sì, che ne dici? Era imbarazzante per Alessandro, che si vergognava di suo padre. Il bambino di Erik era e pensava che suo padre fosse stupido a farlo. Erik non riusciva a spiegare a suo figlio, perché suo padre si comportava come il peggior gangster, ma per fortuna i bambini perdonano i loro genitori dopo un po 'e deve esserne grato.

Come ci aveva detto in precedenza Erik, il tempo libero era qualcosa che brillava quasi con la sua assenza. Ma naturalmente eri libero, ma dovevi sempre essere in grado di raggiungere, anche se in una delle occasioni disponibili Erik era a casa nel suo appartamento, quando suona il campanello. Non guardò negli occhi della porta, si apre e basta. All'esterno c'è il cliente del filetto di manzo e sembra davvero, sgradevole, per metterlo leggermente. Voleva entrare, ed Erik l'ha fattoentrare, e sono entrati nella grande stanza.

Quando si sono seduti, il Cliente dice che si chiedevano dove fosse andato Erik? Poi ha cambiato il suo numero di telefono e non lo ha sentito dall'ultima rapina. Erik non aveva avuto contatti con questi ragazzi in più di sei mesi.

Il cliente cominciò a spiegare tra le righe che non poteva semplicemente finire con questa clientela. Erik cominciò a rendersi conto che stavano affrontando una resa dei conti negli inferi. Erik aveva fatto la sua scelta su a chi avrebbe fatto parte, ma il cliente non era affatto su quella linea. Erik gli disse che aveva mantenuto il suo impegno nei loro confronti con buoni risultati. Erik ha anche capito ora che il risultato in cui è riuscito, significava che non volevano liberarlo, perché Erik era una buona fonte di reddito per loro. In modo amichevole, con un esito fatale alla risposta sbagliata.

Il cliente si chiedeva se Erik si ricordasse di aver chiesto chi Erik stava facendo l'accordo?

Sì. Naturalmente ricordo che Erik rispose.

Spiegò che erano fondamentalmente un industriale russo che teneva le corde ed era ora arrabbiato e deluso dal fatto che Erik si fosse appena presentato. Vorrebbe vedere Erik a breve, se poteva immaginarlo.

Il cliente pensava che la risposta di Erik fosse estremamente stupida, in quanto non avrebbe voluto ottenere questo russo dopo di lui, ma sapeva che aveva rinforzi dal club, ma allo stesso tempo non dovevi mettere il club nei guai, o nessun fratello individuale per questo. Erik sapeva che avrebbe potuto rivolgersi a Jonte se avesse avuto problemi, o si chiedeva qualcosa, quando Jonte era, a capo di Erik in quelperiodo periodo.

Quando Erik incontrò Jonte, Erik gli chiese come risolverlo? Jonte ha detto che sapeva che Erik aveva lavorato con clienti russi prima che si interessassero a lui. Dice anche che Erik deve accontentarsi una volta per tutte di loro, perché altrimenti non avrai mai pace e tranquillità. Bene! È stato un po' difficile. A cosa stava pensando Jonte?

Erik andrebbe da solo a fare un accordo con un uomo d'affari russo e la sua guardia?

Poi Jonte mi dice di decidere l'ora e il luogo con i russi il prima possibile. Hai avuto il tuo cuore in gola! Erik ancora non sapeva se li avrebbe incontrati lui stesso o se avesse avuto un backup dall'Organizzazione. Jonte avrebbe fatto un controllo con l'Organizzazione per vedere se potevano avvisare i nostri nemici dell'altra banda di Motociclisti che stavano attraversando il loro territorio. Per i club di notificarsi a vicenda era in modo che non fosse percepito come un atto di guerra. Un tentativo che i club avevano concordato, di evitare conflitti il più lungo possibile, anche se c'era guerra tra i club.

Erik ha preso il cliente e ha deciso l'ora e il luogo. Ha scelto un ristorante lungo la strada sulla E4, quindi era un luogo pubblico, quindi forse potresti evitare gli spari. Jonte esce nel cortile del club dopo 10 minuti e dice che va con Erik e lo libera da questo uomo d'affari russo. Jonte ha detto che guidava la sua moto, e che Erik avrebbe preso la macchina e guidato davanti. Hanno portato due pistole da polso come rinforzo se avessero allestito unaspecie di trappola. Questa sarebbe la prima volta che Erik esce con un membro a pieno di attività. Non credo che l'adrenalina abbia mai pompato come adesso.

Quando sono arrivati, erano quasi un'ora prima.

Jonte voleva che andavano nel ristorante lungo
la strada e ne mangiavano un po'. Mangiare?
Erik ha detto. Non riuscivo a ottenere una
briciola di pane verso il basso se qualcosa mi
fissò in gola. Era onestamentemolto, nervoso.
Anche se aveva il suo addestramento, e un
membro a pieno titolo con lui, che forse
affrontare una resa dei conti negli inferi non era
qualcosa chesei andato, e pensava che fosse
bello in qualche modo. Erik vorrebbe tornare a
casa.

Jonte andò nel ristorante lungo la strada e
ordinò cibo, e poi andò e si sedette a uno dei
tavoli, quanto calma in qualsiasi momento. Lì
andarono in un ristorante lungo la strada armati
e mangiavano poco prima dell'accordo. Erik ha
preso solo un bicchiere d'acqua, che era
abbastanza difficile da abbattere. Jonte vide che
Erik era carico e nervoso.

Jonte era abituato a questo tipo di accordo, e
disse che non ci sarebbe stato un problema così
grande, ma che avrebbe gestito i negoziati, ed
Erik aveva bisogno di essere tagliente solo se
dovesse andare via con pistole o simili.

Particolare! Pensavo Erik. Sii acuto, facile
quando era come un frullato vivo. Beh, certo che
lo sono", rispose Jonte.

Ha detto a Erik di prepararsi dopo aver mangiato. Quello che intendeva era che Erik avrebbe fatto un discreto movimento del mantello, così Erik aveva una cartuccia in gara e si assicurava la sua arma. Detto e fatto! Hanno iniziato a uscire dal ristorante lungo la strada. Quando sono uscito, c'era un'auto più bella, in fondo al parcheggio e un certo numerodipersone fuori dall'auto.

Eccolo! Jonte ha detto.

Ora Erik era carico.

Andiamo da loro, disse Jonte, e cominciarono a camminare. Hanno anche iniziato a muoversi, ma non sapevano ancora se erano queste persone che avrebbero incontrato, ma probabilmente erano loro.

Ora si erano avvicinati così tanto che Erik vide il Cliente, e disse a Jonte che erano loro, e che Erik poteva ora vedere il cliente. Buono. Jonte dice.

Ora si trovavano l'uno di fronte all'altro e accolti prendendosi cura. Il cliente ha detto che volevano trovare un accordo. Jonte ha chiesto dov'era per l'insediamento? Ci servono i servizi di quell'uomo un'ultima volta, per un lavoro al computer. Indicò Erik. Jonte rispose che non era considerato e disse loro di fare un passo indietro quando Erik ora apparteneva a questa Organizzazione.

Il cliente ha detto che potrebbe significare pesanti perdite per la loro organizzazione se non gli fosse permesso di usare Erik un'ultima volta per un lavoro. Jonte ha chiesto se il cliente li ha minacciati.

No! Ha detto il cliente, dico solo cosa succederà se non abbiamo avuto modo di usare Erik di nuovo un'ultima volta.

Scusati, ha detto Jonte al Cliente.

Il cliente sorride un po'. Un sorriso che ha fatto esplodere Jonte.

Merda Erik pensava, ora sbattes, ora sbattes, aveva avuto una vera scarica di adrenalina ora, e sperava solo di non doversi tirare la pistola. Poi probabilmente con un'arma disegnata è stato in grado di colpire solo le nuvole.

Jonte prende la mano destra dietro la schiena, dove aveva l'arma e dice al cliente un'ultima volta di scusarsi. Il cliente capisce che non abbiamo più negoziato diplomaticamente. Il backup del cliente si allarga ai lati, ora Erik si prende un po 'intorno alla sua arma ma non la tira, Aspetta. Lo stallo era quello che avevano in questo momento, qualcuno che usciva dalla loro auto. Un uomo con un cappotto lungo brillante. Una persona molto ben curata. Erik capì che quella persona era l'uomo d'affari russo.

Poi Erik si rese conto che l'agente McGill e la sua forza erano sulla scena, era un'auto che sembrava schiuma e dimostra che era un'auto scout. Ora, probabilmente l'agente McGill avrebbe parlato con Henke, perché come diavolo potrebbero essere questi due idioti corrotti nello stesso posto altrimenti.

Ora c'era un raduno di potere chiamato abbastanza buono.

L'agente McGill voleva chiaramente mostrare la sua forza, e, anche mettere il tuo Erik e i suoi amici in prigione, poi Henke aveva fatto servire l'intero lavoro su un piatto d'argento.

Ma non è quello che stava pensando Erik.

Ha tenuto lontane queste persone mostrando che ERIK NON ERA NUDO (CON UNA PISTOLA) Quindi non sono venuti a correre allora, ed era solo una macchina che appariva. Erik e Jonte si concentravano maggiormente sull'uomo d'affari.

Si è scoperto che Erik si sbagliava. Era il destro dell'uomo d'affari russo. Il cliente ha iniziato a parlare russo con la persona. Le abilità linguistiche russe di Erik non erano buone in questa occasione, ma così tanto capì che non era positivo. Erik ha visto sul Cliente che era sotto pressione dall'uomo che è sceso di recente dall'auto, e che ha iniziato a parlare con fermezza e in modo più nitido. Il cliente si rivolta contro Jonte e dice che il suo cliente non vuole lasciar andare Erik senza qualchetipo di risarcimento. Jonte dice al cliente che un proiettile in testa potrebbe offrirgli se non si fa indietro, e che il cliente si scusa. Mentre Jonte dice che va uno dei loro uomini dietro la loro auto e fa un movimento del mantello. Sia lui che Erik tirano fuori le armi, ma le tengono con il barile a terra in modo che il pubblico non veda.

L'uomo che era il destro del cliente russo dice poche parole in russo. Il che porta il cliente a dire ok, ok. Lasciamo che quello strano sia pari - dice il cliente -. Jonte ha appena cambiato idea dall'essere una persona pienamente capace di sparare a queste persone, a infilare la sua arma e guardare felice.

Erik non era felice. Non sa cosa fosse, ma almeno non era felice.

Tutto finisce con il cliente che si scusa e presenta i desideri del suo cliente di ottenere ancora una volta, ottenere aiuto da Erik, ma che avrebbero pagato sia me che il club. Non era qualcosa che Erik voleva fare.

Che Jonte conosceva più che bene. Ha detto che i nostri rapporti finiscono qui e ora. Il che ha fatto sì che il cliente e gli altri lutti di quel gruppo saltano in macchina e si allontanano dal parcheggio. Jonte dice che si ritirano nel club, ma proprio mentre guidavano dal parcheggio, è il mirino che beeps prima e subito dopo i beeps di Erik.

Era il numero di telefono dell'Organizzazione, il che significava che si sarebbe andato all'Organizzazione abbastanza immediatamente. Erik non poteva andare, perché probabilmente fu Henke a convocare tutti, e Jonte di poche persone tenne Erik alle spalle.

Com'è diavolo? Jonte ha detto, a Erik prima di guidare.

Bene. Abbiamo uno squittio, e questo è il leader.

Che diavolo stai dicendo? Ha detto.

Sì, l'abbiamo fatto, ha detto Erik, ma neparleremo più tardi. Ora vai all'Organizzazione e fai finta che non sia successo niente.

Jonte sembrava completamente confuso ma sapeva allostesso tempo, tempo che Erik non lo avrebbe detto se non fosse stato così. Aquanto pare, era successo qualcosa, ma cos'era? Si chiese se fosse stata la polizia a colpirlo di nuovo e che non fossero stati avvertiti da quegli agenti di polizia, che hanno sempre informato ben prima di un raid. Jonte si recò immediatamente all'Organizzazione per ascoltare o vedere cosa era successo. Quando entrò nella fattoria, alcuni membri a pieno titolo vennero a parlargli.

Henke ha iniziato dicendo che hanno un membro che ha ucciso Anton, ed è Erik che l'ha fatto sfortunatamente. Jonte guardò Henke e gli chiese di fermarsi perché poteva accettare Erik, non avrebbe mai ucciso un membro.

No, ha detto Henke, all'inizio non la pensavo così, ma ora è provato, ed è stato stabilito. L'agente McGill lo sta cercando per omicidio.

Henke, sai cosastaidicendo? Stai parlandodi una persona che fa parte dell'Organizzazione da molto tempo. Sei serioche Erik l'avrebbe fatto? Ehi, Henke, devo dare un'occhiata, quindi lo sai. Jonte dice.

Sì, fallo. Henke ha detto.

Capitolo 22

Si è rivelato essere un membro del test che era andato a tatuare un simbolo che puoi avere solo se hai il consenso dell'Organizzazione, e un prerequisito era che tu fossi un membro a pieno che non era. Ma nel mondo criminale e soprattutto nell'Organizzazione, i tatuaggi erano di grandissimo importanza. I tatuaggi parlavano molte lingue, e ogni simbolo rappresentava ciò che si era degni, e che aveva subito. Unaspiegazione molto, semplicistica dell'importanza del tatuaggio.

Jonte era piuttosto in alto ed è stato per questo motivo che lo hanno richiamato quando i membri a pieno titolo volevano consultare, lui su come risolvere il tatuaggio non autorizzato di questa persona.

Tutti erano d'accordo sul fatto che avrebbe dovuto essere rimosso. Il motivo per cui nessuno l'aveva visto era perché il ragazzo aveva un ampio braccialetto di pelle al polso, proprio per nascondere il tatuaggio.

Questo club possedeva la maggior parte di quel particolare studio di tatuaggi, e aveva scoperto attraverso il tatuatore che il ragazzo aveva chiesto di farsi tatuare in questo simbolo, ma anche il tatuatore aveva sbagliato, tatuando il simbolo quando sapeva che il ragazzo non era un membro a pieno titolo. Il tatuaggio sarebbe stato rimosso a tutti i costi. Il ragazzo è uscito nel garage e la smerigliatrice angolare con la mola è stata avviata. Il ragazzo è andato nel panico ma sapeva che questa soluzione era una punizione migliore di quella che avrebbe potuto altrimenti ottenere. La smerigliatrice ad angolo ha appena strappato la pelle, quindi ha volato pezzi di pelle e schizzi di sangue sulle pareti del garage. Potete vedere come il sangue che ha colpito le pareti è stato risucchiato nel cartongesso mentre colpivano il muro di gesso. Nessuno ha reagito.

Tutti pensavano fosse giusto farlo. Aveva indossato un tatuaggio che non gli era permesso indossare, e ora doveva prendere la sua punizione. Il ragazzo ha ricevuto aiuto per pulire la ferita e ricondottarla, perché il ragazzo voleva continuare il suo addestramento.

Il tatuatore era un po' spaventato ora, quando sapeva cosa stava passandoil ragazzo, e gliè stato dato un vero avvertimento su cosa gli sarebbe successo se avessecommesso quell'errore.

L'organizzazione cominciò a sospettare che gli agenti che davano a Erik informazioni sul giro di vite, fossero stati duramente colpiti, poiché non avevano informato Erik per molto tempo.

Erik lo prese al sicuro prima dell'incerto e spostò l'armeria. Erik cominciò a nascondere le armi a conoscenti che erano bianchi come la neve e non erano sul casellario criminale. Nascondendo grandi scorte di armi alla gente comune che aveva legami con qualcuno dell'Organizzazione, la polizia non poteva accedere alle armi. Era quasi improbabile che il pubblico ministero richiedeva un mandato di perquisizione a una persona impunita e senza prove. Erik stesso non poteva avere grandi scorte di armi a casa. Quando la polizia spesso accese gli indirizzi di casa di Erik. Tutti i trucchi sono stati usati durante la guerra. Era molto stretto. Non avevano informazioni per diverse settimane dalla polizia. Non potevano permettersi di prendere un rischio perché poteva significare che avevano perso l'intera armeria. Sarebbe stato un disastro.

Allo stesso tempo, si allenano e, mantengono anche l'ordine sul mercato e in tutti i territori, quindi nessun club sporgente ha cercato di rivendicare la quota di mercato del club. A tutti i club che cercavano di entrare nel mercato furono date due scelte, entrambi i membri erano all'altezza e potevano gestire il loro club come un loro sottoclub,e dove dovevano indossare il colore del club o la liquidazione. La maggior parte dei club che si presentavano, di solito scomparivano sciogliendosi quando gli fu detto che nell'Organizzazione stavano per uscire nel loro club. C'erano anche nuovi club che volevano testare la loro capacità e dove le cose si sono scatenate.

È successo alla fine della libertà vigilata di Erik dove sarebbero uscito in un club appena iniziato, per assicurarsi che scomparissero una volta per tutte. Avevano un autobus carrozzina del modello arrugginito in cui hanno fatto saltare cinque persone. Qualcuno aveva "puffers" con loro nel caso avessero armi da fuoco! Quando hanno raggiunto un bivio, un'auto della polizia scivola sul lato di loro. Se ne sono andati non appena è diventato verde. Siamo andati avanti senza il loro ritrovo.

Erik sapeva che la realtà si basa su molti altri fattori, eventi e dove ci si trova in uno stato più, o meno sotto controllo del cervello. Erik fece molti atti indifendibili, e più la guerra si sviluppò, più risorse furono impiegate contro la criminalità organizzata, l'organizzazione aveva unbudgetabbastanza ampio. SAPO ha iniziato contrassegnando i membri per romperci psicologicamente. Stavano fuori dal cancello del club dove hanno fatto del loro meglio con varie provocazioni. Potrebbe essere, per esempio, che ci abbiano sputato ad attacchi, o contro le biciclette e le auto che hanno guidato nel cortile del club. Hanno buttato fuori parole verbalmente brutte, tutte per far saltare quelli dell'Organizzazione sulla polizia in modo che potessero arrestarli per violenza contro gli agenti. Quando sono uscita dalle moto si sono alzati e hanno avuto controlli del traffico, dove hanno fatto ispezioni volanti sulle biciclette. Potevano prendere a calci un paraocchi sulla moto, così si è piegato, o addirittura rotto. Poi hanno ottenuto una multa per questo controllato in modo che fossero sobri e generalmente parlavano di loro nel club a persone che erano associate al controllo del veicolo o abbastanza se il Dipartimento di Polizia avesse preso una quantità maggiore dai contribuenti che hanno pagato questa festa e dove i poliziottihanno infranto la legge per farli infrangere la legge. Un piatto pulito.

La polizia in piedi fuori dai cancelli spesso aveva un cappuccio sul viso, quindi quanto fossero davvero duri, può essere discusso. Gli agenti che avevano avvertito il club avevano dato l'impressione che ci sarebbe stato un grave giro di vite nel cortile del club, ma non sarebbe stata la polizia locale a colpire, quindi non sapeva quando sarebbe successo.

Erano carini, calmi ma sicuri, era teso quando arrivò la S.W.A.T. Probabilmente c'era qualche ragione per cui i colleghi della S.W.A.T li chiamavano il gruppo suicida. Questi poliziotti di palo sparavano pazzi come quelli del club. Quindi, quando c'è stato un giro di vite con questi poliziotti, non hai mai saputo cosa sarebbe potuto succedere. Il club decise di rimanere basso con affari, recuperoe altre attività illegali per due o tre giorni fino a quando non videro se c'era un giro di vite o meno. Nel frattempo avrebbero avuto una festa più grande, e dove ci sarebbero state due spogliarelliste professionisti per illuminare la giornata per loro. Ma la preparazione era ancora ai massimi livelli, il che significava che a tutti i membri non era permesso di partecipare a questo partito. Immagino che se ci fossero state proteste da parte di quei membri che avrebbero avuto la guardia quella notte. Oh sì, sì Fidati.

Sarebbe buon cibo, ma non avevano davvero qualcuno che potesse definirsi uno chef, quindi era insalata di patate e carne. Sono stati impostati con tavoli lunghi, piatti di carta e con posate di plastica. Tutti non vedevano l'ora di questa festa. Sono state le spogliarelliste a tirare e creare una brama di festeggiare. Avevano sentito parlare solo di una di queste spogliarelliste. Era stata estremamentebrava nel suo lavoro.

Avevano appena iniziato a mangiare un po' quando il primo spettacolo stava per iniziare. Tutti hanno smesso di mangiare per vedere se erano bravi a spogliarsi. Erik può attestare che lo erano. Era una ragazzamolto, bella e il suo spettacolo era decisamente grottesco.

Fondamentalmente ha messo tutta la mano nell'addome inferiore. Era davvero disgustoso, e nessuno aveva esattamente fame di insalata di patate dopo quella esibizione. Alcuni hanno persino buttato via il loro cibo. Era un po' troppo ruvida nella sua pratica quando si trattava di spogliarsi. Quando anche quelli del club non hanno pensato che fosse bello, allora puoi solo pensare a cosa penserebbe la gente comune. La festa è statamolto, buona, con molti elementi divertenti. Avevano un partito umano, anche se la preparazione era ai massimi livelli, potevano distozzamento. Sembrava che le ore della festa duravano, il che ti ha fatto asciugare.

La mattina dopo, la forza S.W.A.T della polizia colpì con forza. Si svegliarono con una motosega in esecuzione, e si sentì che stava segando qualcosa. Si sarebbe scoperto che l'autorità di polizia della contea di Skane aveva chiesto l'aiuto dei suoi colleghi della forza S.W.A.T di Gothenburg, e ora sono stati loroafare il raid. I colleghi si erano dottinella contea disk ane perché la Procura e l'Autorità di polizia avevano appreso che la poliziadella contea di Skane stava perdendo.

La procura era ben stanca di tutto il fallimento del giro di vite che è costato caro allo Stato finanziariamente. Non solo perché hanno dovuto sostituire il club per gli apparecchi che sono stati rovinati dal giro di vite, ma anche perché gli agenti di polizia che avevano la loro paga. Dove il pubblico ministero ha dovuto resistere con una decisione su un raid, ma senza risultati, che non ha avuto un bell'aspetto nella reputazione del pubblico ministero. Lì il giro di vite era solo un costo costoso. Anche questa volta è stato più, o meno un fallimento, in quanto hanno trovato solo piccole cose come nocche e parti di moto rubate, a cui non potevano legare nessuno.

L'intero incidente è stato che una squadra di poliziotti ha segato un buco nell'aereo che circondava l'Organizzazione, ed è stata quella motosega a svegliare l'intero club. Poi una squadra di poliziotti in un ascensore si trova contro uno dei frontoni della club house. Due poliziotti in piedi nell'ascensore del cielo indossavano i loro caschi da combattimento e l'arma automatica come arma di servizio. Alcuni membri erano carini, ubriachi dopo la festa di ieri e si chiedevano dove stava accadendo. I poliziotti hanno lanciato sia granate fumogene che granate di distrazione. È andata via da morire. Era il bagliore della luce al peggior Capodanno.

Questa volta è stata pura guerra all'interno del cortile del club. Ovunque guardassi, c'era quella della polizia, ehi, erano disciplinati, più di prima. Attraversano il cancello come soldati d'élite, dove il minimo movimento rapido innescherebbe una sparatoria. La polizia era tesa e quelli del club non erano meno attivi. La polizia era molto preoccupata che avrebbero iniziato a sparare alcune armi, ma non c'erano armi lì. Niente più di nocche e mazze da baseball. Nessuna contro-arma diretta contro la loro. La cosa migliore che il club poteva fare era lasciarli bloccare ancora una volta nei garage in modo da poter perquisire il cortile del club. Stava diventando di routine avere la polizia nel tuo assto. Che non avrebbero resistito è stato un dato di fatto dal momento che il pubblico ministero aveva battono le mani ed è stato in grado di rinchiuderle. Gran parte della tavola era corrotta, e non era nulla che la polizia dovesse pagare, quando in parte riuscirono a trovare il furto.

I vicini della club house pensavano che la polizia avrebbe esagerato più volte. C'erano forti colpi chiamati abbastanza buoni dalle granate di distrazione, così forti che i vicini si alzarono nei loro letti come vigili del fuoco. Erano famiglie con bambini, e hanno sofferto quando la polizia ha fatto irruzione. La polizia e i giornalisti tendevano a coprire il lorofallimento e i giornalisti scrivevano solo sull'efficacia del dipartimento criminale organizzato, nel lorolavoro di cartografia e di esenziare le reti criminali. L'immagine mediatica del lavoro della polizia con grande successo è stata toltaal cielo dai giornalisti acquistati che la polizia controllava promettendo aquesti giornalisti una buona storia, quando altre cose sono successe nella comunità. Il dipartimento di polizia voleva quindi dare all'opinione pubblica un falso senso di sicurezza che le autorità avevano il controllo completo delle bande biker. Quando la verità è che i contribuenti hanno ottenuto e devono ancora, per pagare gli sforzi falliti della polizia. Laddove una parte delle entrate dei contribuenti doveva anche aiutare a corrompere i giornalisti, il che darebbe alla società un'immagine modificata dell'effettiva società giuridica. Se la polizia fosse stata efficace come è stata evidenziata, non molti criminali sarebbero fuori dalle carceri, e ancora meno bande di motociclisti, ma purtroppo la società funziona in questo modo. I politici devono dare il loro contributo al dipartimento di polizia, ma nessuno ha capito il gioco di ping pong in corso tra polizia e politici. Perché se la polizia vuole avere più soldi, deve dimostrare che ce n'è bisogno. I politici devono vedere successi nelle somme stanziate per lacriminalità organizzata, ma non ci sono successi, e non vi è alcuna prova della realtà che ci sarebbe una riduzione delle organizzazioni legateall'MC, al contrario. I club motociclistici si stanno espandendo molto di giorno in giorno. Ci sono sotto-club per le grandi bande e le grandi bande si fanno strada in nuovi mercati.

Attualmente ci sono libri sul mercato che si chiedono perché sempre più bande di motociclisti criminali stanno comparendo in questo momento. La verità non è così sofisticata come si potrebbe pensare.

Le esigenze di vita di base di una persona in bicicletta erano la fraternità, sii libero, al di fuori della legge, prenditi cura di se stesso e degli affari che hanno intrapreso. Nessuno voleva liberare la propria quota di mercato ad altre Organizzazioni. La forza trainante della guerra sarà il denaro, il denaro. Non è necessario spiegarlo più difficile, ma risolverlo è stato molto più difficile.

Quando due organizzazioni combatteranno per la stessa torta, ci saranno combattimenti, proprio come nella vita normale, niente di strano in esso. Dove i comuni cittadini seguono lo statuto e hanno barriere umane. Queste barriere possono essere cancellate solo da una vita dura.

L'organizzazione dovette creare un reddito sicuro per le spese fisse ed Erik lo sapeva.

Le organizzazioni inizialmente avevano un grande reddito da droghe, recupero crediti, acquisizione di studi di tatuaggi. Questo passaggio è stato anche chiamato la prima Bilancia. La parola LIBRA diventerebbe la parola che descrive gli sviluppi criminali al pubblico. La seconda ondata consisteva nel patrocinio di ristoranti e altre aziende, dove queste aziende avevano poca scelta se, o meno, avessero bisogno di questa protezione. Avrebbero questa protezione. Altrimenti, la loro compagnia potrebbe scomparire nel segno delle fiamme, e il proprietario del ristorante potrebbe svegliarsi al MAS (Ospedale Generale di Malmö). Si è trattato di un puro ricatto di alto livello. Protezione forzata che sarebbe pagata in percentuale del fatturato annuo di una società di questo tipo. La seconda ondata consisteva anche di molti altri elementi, come la prostituzione e il traffico di esseri umani. Erik ha fatto di tutto per mettere ko queste parti perché sapeva che stava diventando doloroso. Ha eliminato tutti gli indirizzi e-mail. Erik fu in grado di prendere completamente il controllo di questi e come una copia che poteva leggere senza che nessuno se ne accorgesse.

Capitolo 23

La gente comune pensava che i membri a pieno titolo fossero i peggiori, ma era esattamente il contrario, ed Erik scelse di colpire duramente contro di loro, quando i membri apieno titolo non volevano alle loro mani inutilmente unas che ho detto, i cani dovevano fare la merda, luicani energici che volevano entrare nelle Organizzazioni. non aveva assolutamente barriere. Volevano dimostrarsi buoni e molte volte il loro desiderio tanto atteso era usato per diventare un membro a pieno 100. I pensieri andarono al momento in cui Erik veniva addestrato a diventare Point Man, e ciò che era richiesto alla persona, che voleva alzarsi.

Molti sono rimastimolto, delusi perché venivano sfruttati al massimo. Le autorità hanno fatto del loro meglio per entrare nell'Organizzazione attraverso operazioni sotto copertura. Dove gli agenti di polizia hanno cercato di infiltrarsi, cosa che sono riusciti davvero a fare nell'altra banda, con cui eravamo in guerra, la polizia è arrivata lì a causa del loro modo di reclutare nuovi membri. Piantando agenti di polizia nell'Organizzazione, avrebbero cercato di prevedere il prossimo passo nell'ondata criminale. Ma la terza ondata non poteva essere prevista dalle autorità, ed è stato attraverso

questi disperati tentativi che avrebbero dato alle
autorità un vantaggio, per colpire prima che
l'Organizzazione colpisse il sistema legale della
società. Erik sapeva con certezza che era
impossibile proteggersi dalla terza ondata. Non
c'è assolutamente alcuna protezione contro di
essa.

Per le autorità si è concentrato sull'apprensione
dei teppisti in varie organizzazioni criminali e ha
completamente perso le tracce di ciò di cui
sitrattava in realtà. L'organizzazione confondeva
le autorità attirando la loro attenzione sulle aree
di stabilimento sbagliate, in modo che la grande
cassa di risparmio potesse essere riempita
vigorosamente. Attraverso il grande capitale
dell'Organizzazione in varie banche all'estero, la
prima fase della terza ondata potrebbe iniziare a
prendere forma nella vita di Erik.

L'organizzazione iniziò a prendere il controllo di
diverse compagnie in modo completamente
legale, ed Erik lo fece anche per vendetta,
perché fece esattamente come l'Organizzazione
fece prima, anche se ora è Erik a possedere le
compagnie.

Acquistando azioni societarie. Alcune società
avrebbero venduto il 51%, quindi
l'organizzazione ha ottenuto la maggioranza,
delle azioni, ed è stata quindi in grado di guidare

la società nella direzione che Erik voleva. Le aziende che rifiutavano, divennero facili da convincere, perché volevano solo pace e tranquillità. L'organizzazione ha sempre calcolato con una certa perdita, sia di denaro che di membri. Era il prezzo del successo, un prezzo che nemmeno un'Organizzazione poteva evitare. La perdita che spesso colpì un'organizzazione, fu che qualcuno andò in prigione, ed Erik non voleva farlo di nuovo. Una perdita accettabile quando le società erano nel terreno del club, ma non in quello di Erik.

L'organizzazione ha sempre pagato il prezzo pieno per le azioni, quindi a quel punto non era illegale, ma proprio quando l'Organizzazione voleva farle ottenere il 51 percento, che ha dato una posizione di primo piano nelle aziende, di solito era piuttosto disordinato, e con molte minacce illegali e violenza. Se l'Organizzazione avesse preso una decisione, sarebbe stato così, in un modo o nell'altro. L'azienda stava entrando nell'Organizzazione così come nelle reti, ed è stato proprio lì che Erik ha usato la sua conoscenza della conoscenza del mondo. Erik ha quindi inizialmente preso il 51 percento di tutte le azionidelle Organizzazioni, il che ha reso il funzionamento senza funzione. Ora non avevano diritto di proprietà dell'organizzazione sulle aziende, pensò Erik.

Il secondo passo che Erik fece fu quello di svuotare il denaro in tutti i conti con l'Organizzazione, e questo fu probabilmente ciò che causò la reazione di Henke.

Jonte dell'Organizzazione chiamò il telefono di Erik, ma Erik capì cosa voleva, quindi non rispose.

Erik lavorò relativamente rapidamente, ma l'organizzazione ora cercò di coprire tutte le perdite che Erik fece con la sua vendetta. L'organizzazione non fu l'unica per cui Erik aveva questi piani, e l'acquisizione di varie aziende divenne un software puro che valeva oro in senso doppio. Ottenendo i soldi delle compagnie, Erik fu in grado di usarli per lo stabilimento e lo sviluppo, ma anche per raccogliere oggetti illegali, comeliquori, droghe e armi. Molto spesso le aziende prese il controllo avevanoun'ottima reputazione che rendeva molto più facile entrare le merci illegali! Gli imprenditori certamente non volevano essere collegati, con organizzazioni ancor meno volevano che usanze e polizia scoprisse la loro complicità nella criminalità.

L'agente McGill ha aiutato con questo incidente senza sapere cosa aveva fatto. L'agente McGill aveva ricevuto una chiamata da un dipartimento di polizia che aveva ricevuto una soffiata anonima da una persona che diceva che c'era molta attrezzatura ad un indirizzo, e che tipster voleva che SAPO lo controllassero, cioè l'agente McGill.

Chec'è?! McGill ha detto. Perché il tipster voleva che controllassi questa questione che nessuno capiva, ma presto avrebbe capito quel discorso, Erik stesso aveva lasciato una soffiata anonima e voleva che l'agente McGill controllasse il rapportoda solo, strano? Ha detto l'agente McGill, e si è chiesto perché qualcuno volesse che controllasse, ma non ne ha fatto un grosso problema, anche se aveva le sue preoccupazioni.

L'agente McGill se ne andò e chiamò Goblin kid per dissipare i suoi pensieri, ma divenne una cosiddetta conversazione madre e figlia, che riguardava vestiti e altre cose totalmente irrilevanti. Entrambi hanno riattaccato al telefono, e l'agente McGill ha dovuto pensare a ciò che il tipster voleva veramente, perché il bambino Goblin non aveva detto nulla a sua madre, ed era strano, o lei non sapeva nulla.

Henke aveva detto a Jim OneBone di cancellare tutti i dischi rigidi e i server, quindi non è uscito nelle mani sbagliate se SAPO o la polizia hanno messo le loro mani affamate di profitto su di loro.

Tutto ciò che Henke aveva detto a Jim OneBone sembrava che l'organizzazione stava ripulendo tutte le prove in modo che Erik non le prendesse.

Bob aveva detto a Henke che sarebbe stato una specie di suo come che pochi capiranno nell'Organizzazione.

"Sì, temo di sì", disse Henke.

Le pulizie continuarono mentre Erik continuò con la sua vendetta. Tutto è stato pianificato con molta attenzione da parte dell'Organizzazione. Erik era un pezzo del puzzle nel lavoro organizzato. Essere in grado di sfruttare questi imprenditori, ha creato incredibili opportunità a livello internazionale. Dove gli altri membri dell'organizzazione in altri paesi, potrebbero più facilmente inviare attrezzature importanti. Nessuno avrebbe potuto immaginare che una nota compagnia guidava spedizioni di armi. Erik sapeva che era realtà. La realtà di Erik che ha superato il cittadino comune è stata aggirata.

Molti degli imprenditori che erano stati acquistati dal club, dovettero vivere una doppia vita con le proprie famiglie, dove gli fu gentilmente permesso di mantenere il colore e non avevano più il controllo della propria compagnia. Un destino terribile per queste persone, dove potevano solo fare un rapporto della polizia, ma poi le loro vite sarebbero state, molto, brevi o sarebbero diventate una vita che avrebbe fatto percepire l'Inferno come puro paradiso. Pochissime persone denunciano un'organizzazione alla polizia, ed Erik lo sapeva.

Erik, naturalmente, vedeva questa azione come unagravissima escalation della minaccia, e non erano in ritardo nell'a mettere in atto contromisure. Erik voleva far a pezzi l'interoedificio, così andò nei locali per fare una bomba. Tutto il suo zaino era pieno di roba. Erik aveva bisogno di polvere da sparo, che più appropriatamente è taken da petardi, chiodi, vetro, noci, sì tutto ciò che è angolare e affilato, collegare il metallo, diam. = diam interno. Metal plug, con un piccolo buco nel mezzo. La saldatura doveva ottenere il massimo colpo sulla sua bomba. Erik quindi prende il tubo e attacca il tappo metallico senza fori al centro su un'estremità, Erik saldato perché aveva accesso a una saldatura. Erik riempie il tubo di polvere da sparo e oggetti appuntiti fino a quando non è quasi pieno, e proprio in quel momento ha sentito arrivare un'auto, che ha interferito con il suo tempismo sulla bomba. Erik vide nell'angolo del suo occhio che un'auto si stava dirigendo verso di lui ad alta velocità. L'organizzazione inizia a sparare armi automatiche a Erik.

SAPO era ormai pazzo dopo gli autori, che spararono con armi automatiche. E'gravissimo eseguire un'operazione del genere e, fortunatamente, nessuno è rimasto ferito. Ha detto, agente McGill, ma avrebbe potuto avere conseguenze devastanti se i colpi avessero colpito qualcuno. Non era qualcosa a cui l'Organizzazione stava pensando allora.

Tutti coloro che erano coinvolti nell'Organizzazione erano anche ficcanaso, quando si resero conto che qualcuno era stato nei locali. Si è rivelato inmolti, diversi modi. L'organizzazione divenne introversa e trattavano tutti piùo meno come il peggior nemico, il che li fece vedere tutto in nero. Il giorno dopo la sparatoria, piantarono una bomba a mano sotto il cofano di una delle auto di Erik. Devono essere stati estremamente stressati quando hanno montato la bomba a mano. Sembravano stressati perché non hanno fatto scendere di nuovo l'intero cofano, il che era probabilmente una pianificazione strategica, pensò Erik. Poi avevano messo un filo nell'anello stesso, il che consente di estrarre il perno con. Quindi, la loro intenzione era che Erik sollevasse, su per il cofano e poi il filo d'acciaio tirasse fuori il perno e la bomba a mano esplodesse. Potrebbe funzionare se non mettevano un filo troppo lungo. Pensavo Erik. Questa bomba a mano potrebbe essere facilmente rimossa e messa in sicurezza da Erik. Questo fu solo l'inizio dell'escalation di una guerra molto crudele e lunga tra Erik e l'Organizzazione.

Tutte queste bombe a mano piantate e altri ordigni esplosivi mettono molta pressione su SAPO.

Ora Erik ha colpito con scafo e capelli. Di notte Erik stava fuori dai locali dell'Organizzazione per far saltare in aria la bomba che aveva costruito.

Erik sviluppò una parte meccanica sul proprio corpo mentalmente l'uno con l'altro il giorno che passò. Mentre questo stato d'animo malato si sviluppò in lui come persona, ebbe due figli di cui prendersi cura ogni due fine settimana. La madre si rese conto che Erik era su un ghiaccio estremamente sottile e iniziò aprendere, azione contro Erik. Iniziò volendo la custodia del loro bambino comune, e divenne un altro puro atto di guerra. Anche se era la cosa migliore che avesse fatto, Erik non poteva accettare questa umiliazione per la sua vita. Non riusciva a vedere l'interesse dei suoi figli. Anche i bambini erano suoi, ma non ha visto i suoi passi timidi malati nello slam inferiore del crimine. Sembrava che fosse solo impostato su una frequenza che si trattava solo di rovinare, schiacciare e liquidare. Nessuna emozione normale poteva penetrare anche se era nel profondo, più che sapere che non era come una persona. Erik era controllato da un telecomando, che era controllato centralmente dal centro malvagio dell'organizzazione, mentre sentiva un immenso potere e sentimenti di illegalità. Le emozioni sono probabilmente la cosa più difficile che può descrivere in modo credibile, ma queste parole sopra sono il più vicine possibile al registro emotivo che Erik aveva all'epoca.

Capitolo 24

La madre ha chiamato!

Erik finalmente si rese conto che la cosa migliore per i bambini era che la madre aveva la custodia e firmò i documenti che il suo rappresentante legale aveva compilato. Erik a quel tempo aveva cominciato a rendersi conto di quanto si sbagliasse, ma con la sua firma fece qualcosa di buono in questo periodo cupo, e noi potevamo almeno essere nella stessa stanza senza grandi conflitti. Rendersi conto che stai sbagliando è una cosa, fare qualcosa al riguardo è un'altra cosa. Qualcosa che solo poche ore dopo la firma era sparito, e in cui Erik come persona sentiva che i pensieri erano solo una follia temporanea.

Rapidamente, Erik tornò di nuovo in pista, e pienamente attivo nel piccolo mondo criminale in cui viveva, e fu, come tutti gli altri membri dell'Organizzazione, determinato a far fuori i suoi nemici. Avevano reale lascaladella terza ondata e che c'erano molti vantaggi, ma non ultimo grandi asset liquidi che potevano essere facilmente gestiti da coloro che li hanno presi per primi. La mossa successiva fu quella di lanciare un certo numero di bombe a mano all'interno della loro tavola, dove la speranza sarebbe che questa Organizzazione scomparisse dalla zona per pura paura, quando una pioggia con bombe a mano può rendere chiunque facilmente sulle suole dei loro piedi, ed è veloce. Il piano era quello di entrare dietro l'Organizzazione, dove sul retro della loro fattoria c'era un piccolo ruscello. Era sul bordo della primavera e abbastanza freddo anche la sera. Fu solo pochi metri prima che Erik fosse così avanti, che potesse lanciare le bombe a mano, e dopo che se ne andarono, il piano era quello di andare nel loro quartier generale e sistemare alcuni pesanti ordigni esplosivi in modo che l'intero edificio diventasse chip. Questa era l'idea, ma alcuni membri dell'Organizzazione si presentarono sul retro quando avrebbero fatto pipì e visto Erik.

Ora erano fuochi d'artificio. Tutti hanno svuotato le loro riviste sparando un incendio. È stato così incasinato. Erik è stato completamente duro, di udito, e si è buttato aterra per pura riflessione, e questo ha garantito di rendere tutti sulla scena completamente iperattivi.

Erik si sentiva come se avesse un'overdose di adrenalina. Erik sentì il dito sul grilletto, e pre presciò e premo fino a quando le cartucce non furono esaurite. Erik fondamentalmente non hasentito, il suono delle armi, anche se erano i livelli sonori che potevano svegliare i morti senza problemi. Nessuno era preparato a questo sviluppo. Erik dovette ritirarsi quando i suoi nemici erano circa 36 uomini all'interno del club. Erik sarebbe stato massacrato se fosse rimasto bloccato lì. Si nascose nel torrente che era balbettare, e non c'era altro che acqua fredda in esso.

L'attesa di Erik era prevista per alcune ore, ma presto sarebbe stata di quasi due giorni. Dopo quasi due giorni pieni, il fratello di Sam venne a salvò Erik, e lo prese. Non che fosse inverno, ma abbastanza freddo da ammalarsi. Erik era a malapena cosciente e completamente refrigerato dall'acqua fredda. Il fratello di Sam lo aveva preso e lo aveva portato a casa sua. Erik era un grande bisogno di cure e doveva essere portato all'ospedale più vicino quando aveva contratto una polmonite a doppia faccia e aveva la febbre alta a causa di questo, ma è tornato dopo alcuni giorni di nuovo.

Erik era così stanco che quasi vedeva le stelle ma doveva andare avanti. L'umore di Erik era come un ECG che va su e giù. Ha acceso tutti i cilindri per, e voleva solo sdraiarsi.

Quella stanchezza era probabilmente molto mentale, poiché sperimentava cose che poche persone devono sperimentare, e che non vuole che nessuno deve sperimentare, anche nei suoi peggiori incubi.

Dopo una settimana di tempo il fratello di Erik e Sam decise di fare una visita alla casa dove una volta si formò questa Organizzazione e andò nella vecchia club house e avrebbe cercato di rilassarsi, anche se solo per alcune ore. Qualcuno ha fatto una festa più piccola e sono stati invitati, quindi mi è sembrato giusto andarci. Era alcol, ragazze di festa e altre persone simpatiche. C'erano anche molte persone comuni che venivano alla festa. Molti pensavano che la vita che vivevano fossemolto, interessante. Molti che volevano sentirsi liberi, ma non potevano, perché in primo luogo non avevano la psiche di una vita del genere, ma anche perché avevano le loro famiglie di cui prendersi cura.

Le spose si affollarono intorno a lorofinché arrivarono ed erano così gentili, ma con le spose e le loro venature, Erik presto si stancò. Volevano solo essere visti, e avrebbero fatto di tutto per stare con loro, e per sedersi sulle loro biciclette. Avevano le loro opinioni sulle donne, e ora retrospettivamente potrebbe pensare che l'immagine fosse un po' divisa, non perché avrebbero colpito una donna o fatto loro del male puramente psicologicamente, ma solo per lasciarle spogliare si sente un po 'apolitica, con doppi messaggi.

Sia il fratello di Erik o Sam si rese conto che entrambi non erano più fatti per questa vita, con spose e riempimento.

No! Erik ha detto, trovo difficile lasciarlo andare con la pianificazione, e che l'organizzazione mi ha fatto questo. Ci vuole vendetta, eio la prendo.

Ora, calmati. Ha detto il fratello di Sam. Questo non migliora le cose.

Erik aveva già pianificato cosa sarebbe successo, quindi era impossibile cambiarlo. In, affinché Erik affrontasse questa miseria, iniziò a bere grandi quantità di Whisky. Erik non era alcun modo a favorevole alle droghe, ma l'alcol è in grandi quantità un grosso problema come qualsiasi droga. Una dipendenza che ammontava a 8 bottiglie, o più a settimana al suo peggio. Il fatto che Erik bevesse così tanto era perché non riusciva a far fronte a questa quantità di violenza, senzaqualche tipo di anestetico. Non voleva davvero fare violenza o ferire le persone.

Erik aveva solo dollari come pietra angolare del suo crimine e ora aveva una solida lista di molti crimini. Tutto ciò che Erik fece fu criminale, comunque lo facesse, fu associato o fu un puro atto criminale. Erik era ora una persona con un livello di tolleranza molto al di sopra dell'umano, dove era duro come il granito e divenne come un essere umano, o meglio una macchina più difficile di giorno in giorno, e la sua psiche poteva resistere a quasi tutto.

La differenza tra gli affari criminali e il normale mondo degli affari non è così enorme come si potrebbe pensare. Certo, non avevano restrizioni e spesso venivano rubate cose che venivano vendute, ma per inciso, un buon affare è andato tranquillamente e con calma, purchénessuno abbia cercato di farle saltare in un modo o nell'altro.

Un accordo commerciale potrebbe svolgersi in un ristorante proprio come nel business ordinario. Tuttavia, c'erano grandi differenze se qualcosa andava storto, o se qualcuno entrava nel proprio territorio. Il che potrebbe essere che un giorno hai cenato di lavoro, e l'altro giorno c'è stata una guerra, quando hai provato a sparare all'altro partner. Questa sequenza di eventi non era troppo insolita, e se un debito non fosse stato pagato in tempo utile, una

richiesta di riscossione non fu quasi inviata con
SEK 150 come costo aggiuntivo. No! Poi si
trattava di dare a quella persona regole di
condotta chiare e chiare, e nel peggiore dei casi
è finito con grasso di pistola sulla fronte.

La vita èstata molto, dura, e tu starei sempre in
guardia.

Improvvisamente sembrava che tutti gli agenti
dell'SAPO fossero venuti nei locali in cui si
trovava la festa, ed Erik si chiese cosa
diavolostava succedendo, e come potevano
saperlo ora. Abbiamo avuto una perdita o cosa?
Erik vide che una donna uscì che il SAPO sciolto
circa.

Ciao Erik. Ha detto l'agente McGill.

Cosa vuole da me? Ha detto Erik.

Voglio che tu venga in macchina con me, ascolta
solo un suggerimento che abbiamo. Lei dice.

Non voglio nemmeno parlarti. Erik risponde.

Non devi parlare con noi, ascolta queste 2
persone che incontrerai.

Hm? Detto Erik e l'ha guardata. Cosa succederà
dopo? Erik ha detto.

Sarai messo in custodia protettiva, e dovrai rimanere lì finché i servizi segreti nonti parlano. Poi ti verràa prendere e ti porterà in un luogosegreto. Dice l'agente McGill.

Ora suona strano. Erik ha detto, la polizia o gli agenti non lo fanno. "Bene, vedremo", disse Erik.

Volevano solo che Erik desse loro 15 minuti per spiegarsi, in modo che potesse fare quello che voleva più tardi, o accettare la loro proposta. Cosa e' questo? Telecamera nascosta o cosa? Erik si chiese.

No! Ho risposto all'agente McGill. Capisco che trovi questo strano, dal momento che di solito non lo facciamo.

Sì, è dannatamente spaventoso, ha detto Erik e lei dice che il Dipartimento di Intelligence aveva avviato un progetto in cui si sarebbero sbarazzati dei criminali fortemente organizzati Erik le ha riso in faccia, poi sembrava.

Voglio che tu sia parte di questo progetto, così possiamo eseguire l'operazione stessa. Il progetto si basa sulla volontà di quattro criminali pesanti di iniziare questo in, per avere una nuova vita, al di fuori della vita criminale. Continua l'agente McGill.

Mi stai prendendo in giro? Erik si chiese.

No,assolutamente no! McGill rispose.

Vogliono rinchiudermi di nuovo? Erik aveva 100 pensieri in testa, e non un solo, uno era del tipo positivo direttamente.

Capitolo 25

Cosa vuoi da me? Chiesto Erik

Dovrai scusarmi, ma a me sembra che sia un cane sepolto, e il tutto sembra strano, dall'inizio alla fine. Erik l'ha detto all'agente. Non homai sentito parlare di operazioni come questa inquesto paese. Se ci fosse stato negli Stati Uniti, non avrei messo in discussione questa operazione, ma qui, dove tutto è nero o bianco, l'intero accordo sembra frivolo. Dice Erik.

Posso capire i tuoi pensieri e pensieri. Rispose l'agente McGill, che inizialmente pensava anche che fosse una strana operazione, ma sottoseloò e assicurò che questa operazione era ancorata dai vertici del Dipartimento dell'Intelligence.

Erik le disse che voleva saperne di più prima di prendere, una decisione. Dopo un attento esame, Erik ha deciso di accettare questa operazione di start-up.

L'agente McGill avrebbe dovuto portare Erik in un luogo segreto durante il fine settimana, fino a quando gli agenti "grigi" non sono tornati lunedì. Era venerdì, e il giorno che desiderava, quando sarebbe stato in grado di vedere di nuovo i suoi figli. Ma ora Erik si è trovato ancora una volta di fronte a una decisione che ha cambiato la vita. I bambini, i bambini! Per quale motivo avrebbe detto che non è venuto a prenderli? Ed Erik non sapeva con certezza che questa operazione era seria. Che lo stato avrebbe permesso al Dipartimentodi Intelligencedell'APO di rimuovere le persone e dare loro una nuova vita.

L'agente voleva che Erik rimanessi nel suo posto segreto durante il fine settimana. Hanno pagato tutto, e ha ricevuto un numero di telefono per questo agente che avrebbe potuto usare durante il fine settimana se c'era qualcosa di cui aveva bisogno o di cui si chiedeva.

È stata una notte insonne in cui i pensieri erano molto confusi.

Cosa stavo facendo? Pensavo che Erik, e il fratello di Sam, cosa ne pensasse? Ma la domanda più grande era come pensavano i figli di Erik. Erano tristi, o avevano paura che fosse successo qualcosa al padre, sisentivano terribilmente male, la sua testa sembrava che sarebbe esplosa.

E 'stato un fine settimana nel segno della frustrazione, per la leggermente. A Erik non fu permesso di chiamare casa dai suoi figli, in quanto poteva rappresentare un grande rischio. Erik ha lasciato una potente organizzazione, un'organizzazione che aveva una vasta rete di contatti, e sapeva come è successo quando qualcuno ha cercato di lasciare l'Organizzazionee, anche quali metodi hanno usato.

Tracciando le apparecchiature e i contatti con varie compagnie telefoniche, l'Organizzazione aveva tutta una serie di, in cui i dipendenti controllavano i numeri di telefono e le posizioni su dove un particolare telefonoera geograficamente f inding persone non era un grosso problema Erik conosceva queste informazioni e rompeva tutte le possibili possibilità di comunicazione. Il fine settimana è stato davvero difficile da attraversare, ed era molto preoccupato per cosa sarebbe potuto accadere se l'Organizzazione avesse pensato che Erik fosse andato sottoterra e avesse iniziato a perdere informazioni.

Erik non sapeva cosa gli fosse in serbo dopo il fine settimana, quando gli agenti responsabili si sarebbero mettersi in contatto con lui. Erik si chiedeva quali fossero le loro richieste su di lui perché gli avrebbero chiesto - era ovvio - che loStato non avrebbe rilasciato personepesantemente criminali senza sorveglianzae, anche dare loro nuove identità che eratroppo bello per essere vero. Erik aveva già sentito parlare di protezione testimoni in

precedenza, ma poi la persona inquestione
avrebbe testimoniato del crimine in, al fine di
ottenere questa protezione dallo Stato. Erik è
stato molto, chiaro su questo punto. Non
sferraglia su nessun altro, poi possono andare
subito all'inferno, ipensieri erano
probabilmentel'unica cosa di cui Erik era sicuro.
Essere schizzinosi era qualcosa che potevano
dimenticare subito, se ora era la loro visione di
essere in grado di inquadrare certe persone
dando loro libertà e una nuova vita. Avevano
fattola scelta sbagliata.

Mentre Erik era estremamentes keptical, era
anche curioso ed entusiasta di questa possibilità.
Una possibilità in cui non sapeva quale sarebbe
finito il cartellino del prezzo.

Nelle prime ore di lunedì mattina intorno alle 8
del mattino, l'agente McGill chiama e gli chiede
di entrare nella stazione di polizia locale. Non sei
davvero saggio se vuoiche vada in una stazione
dellapolizia? Ruggisce Erik.

Calmati! Dice l'agente McGill. Ci saràun agente
di polizia per incontrarti all'ingresso.

Senti, hai completamentespento la funzione
cerebrale nella tua testa. Non misono maiofferto
volontario per una stazione di polizia enon lo
farò neancheadesso. Che fu la risposta di Erik

all'agente McGill, che pensava che Erik dovesse essere un po' calcolato quando cercarono di dargli una nuova vita.

Cos'hai in mente? L'agente McGill ha detto.

Ho intenzionedi ricominciare da capo con una nuova vita e lasciare tutto vecchio alle spalle. Erik ha detto, e continua a dire. Voglio un'identità completamente nuova, e con nuove condizioni.

Hai delle richieste a Erik! cosa farai per noi? Me lo chiede lei.

In questomomento, non ottieni nulla, ma quando mi siedo nella mia nuova posizione, con nuove informazioni, ottieni tutti gli account e i server da me utilizzati dai siti dell'Organizzazione. Erik risponde.

Ma Erik, tutti nell'Organizzazione hanno bruciato, e distrutto tutto il valore, come ci darai le preziose informazioni di cui abbiamo bisogno allora. Mi chiedo, agente McGill.

Devi solofidarti di me. Erik risponde, o dovrai rinchiudermi di nuovo.

Quindi, dici che dice agente McGill. Non ho buone scelte, ma non vedo come puoi essere utile a SAPO?

Dammi sette ore e ti daròla soluzione chesperi.
Quella soluzione ti prenderà a calci nel mondo.
Erik lo dice con fermezza.

Che ne dici, Erik? Chiede all'agente McGill, che
era un po' timido, ma ha comunque colto
l'occasione.

Durante il suo viaggio verso la destinazione
segreta, Erik rifletté su come sarebbe stata la
sua vita nel nuovo posto in cui sarebbe andato.
Erik rifletté anche pensato a come sarebbe stata
la sua vita senza poter contattare sua madre.
Avevano un buon rapporto, ed Erik pensò alla
volta in cui lei aveva inventato una partita a
scacchi, che sua madre gli aveva prestato.

Erano state poco più di 8 ore, l'agente McGill
cominciò ad essere impaziente, e si rese conto
che era stata spazzata via da un gangster.

Poi squilla il cellulare di McGill, era Erik su
unalinea molto, cattiva, ma era possibile sentire
ciò che Erik le aveva da dire.

Erik ha detto che l'agente McGill avrebbe
scaricato il link che è arrivato al suo cellulare.

McGill scaricato immediatamente il file, e
cominciò a premere open file, quando Erik aveva

messo una crittografia su quella informazione
che ora esisteva.

Erik! Cos'è questa assurdità adesso? Chiede
McGill, un po' infastidito.

Agente McGill, voi ha tre tentativi, e poi il disco
rigido viene cancellato... McGill sentì quanto Erik
rideva di questa barzelletta. Erik, hai le
informazioni o no?

Agente McGill, certo che ho quello che le ho
promesso. Erik risponde. Avrai accesso a grandi
parti dell'organizzazione.

Buona fortunaora!
La password è: ERIKFRI

Dopo pochi minuti, Erik sentì quanto fosse felice
quando raccolse il file.

Come hai potuto avere tutte le informazioni
rimaste, tutto è stato cancellato? L'agente
McGill ha detto.

No, agente McGill, è rimastotutto perché
hospecchiato dischi rigidi e server e mi sono
assicurato tutte le informazioni utili. Ho notato
come stava diventando quando Henke aveva
parlato con fratello Carl, quindi l'ho presa al
sicuro prima delle informazioni incerte e
protette se in qualche modo sarebbe stata
cancellata. Erik ha detto.

Devi dirlo. Ha detto l'agente McGill, che era un piano estremamente ben pensato, ora posso cucire molti nell'Organizzazione, e questo con prove, ben fatto Erik.

Grazie Erik, hai mantenuto la parola data.

Ci vediamo McGill... Non!

Un libro dell'autore Jesper Persson

Diritto d'autore 2020

Lettore BeDe

Traduttore A.D Zingo